JN008930

黒狼の騎士は
隣国の虐げられた姫を
全力で愛します
人質姫が、消息を絶った。
2
鯵御膳
illust. 中條由良

「なんであんたがここにいるのよ⁉」

ああ。こいつか。
全ての元凶は、こいつだったのか。

Contents

黒狼の騎士は
隣国の虐げられた姫を
全力で愛します
人質姫が、消息を絶った。
2
鯵御膳
illust. 中條由良

✦第一章✦……マクガイン子爵家、始動

「ほっ、はっ、よっと！」

「ちょっ、まっ、うわっ⁉」

「くっ、流石《さすが》っ、黒狼《こくろう》っ」

俺こと、アーク・マクガイン子爵の朝は早い。

日が昇る頃には起き出して、基礎訓練やら剣術やらの稽古をするのがいつもの流れ。

最近はそのルーティンに少々変化があり……今俺は、ローラとトムの二人を相手取って、実戦さながらに打ち合う訓練を行っていた。

ちなみに二人が持つのはショートソードと呼ばれる、刀身が短い片手剣。当然刃は潰してあるが。

対して俺は３ｍ近い長さを持つ細長い棒。以前身体操作を習ったじいさんが言うに遥《はる》か東方では棍《つえ》と呼ばれているものを手にしている。

なんて懐かしさに浸ったりしながら、俺は二人の攻撃を捌《さば》いていく。

棍の真ん中付近を肩幅程度に開けて両手で持ち、両端それぞれ片手剣くらいの長さを余しながら振るえば、間合いの有利さもあって二人がかりでも対応は可能なんだ。

「なんっでっ、こっち見てない、のにっ、防げるんですかねぇ⁉」

「いや、見てるぞ？　目がそっち向いてないだけで」

「意味がわからないんですが⁉」

ぎゃあぎゃあ言いながらも、トムは攻め手を緩めない。

以前に思った通り、やっぱこいつ『も』ダガーやショートソードみたいな取り回しの良い小さめの武器が得意らしい。

もう一人は、もちろんローラなわけだが。

「視界の端で見てるっていうかなぁ。だから、気配消して隙を狙っても無駄だぞローラ」

「くっ、背後が、取れないっ」

騒がしいトムとは対照的にローラは口数も手数も少なくして、なんなら動きや気配も最小限にして俺の意識から消えようとしてるんだが、俺は微妙に位置取りを変えて二人を視界の中から離さない。

相手が二人の場合、必ず二人を結ぶ直線を描くことが出来る。

その直線が背中側にあったらどちらかが視界から外れるわけで、ローラはそれを狙ってるみたいなんだが、そうさせないように動いてるわけだ。

まあ、以前ゲイルに説明したら『そんなこと出来るのは隊長だけです』とか言われたのは気にしないことにして。

「ならっ、これはっ！」

そう言いながら、ローラの動きが急に……遅くなった。

逆にトムは相変わらず、いや、さっきよりも一段階スピードを上げたくらいか。

二人同時ではなく、タイミングをずらしてきたわけだな。

狙いはいいし、その上急加速した動きも恐ろしく鋭い。やっぱ腕も連携も大したもんだ、この二人。

特にローラは、こういった変化技を熟す器用さもあって厄介な相手だ。

まあ、それに対応出来てしまうのがこの棍という武器の恐ろしいところなんだが。

「んなっ⁉」

「持ち手の、間で受けた⁉」

二人が驚くのも無理はない。普通やんないからな、こっちの技術では。

いや、両手剣使う時はたまーにやったりするんだが……あまり好ましくはないか。

ところがこの棍の場合、持ち手の間で受けるどころか、ここで殴る打撃技まであったりする。槍《やり》、剣、徒手、全ての距離で戦えるのが棍だ、とじいさんも言ってたなぁ。

で、徒手の距離、ということは――。

「ここまで踏み込んでこれるとは、流石だなっ！」

「く、うっ！」

当然、蹴りの届く距離でもあるわけで。

ローラの胴を狙って右回し蹴りを放てば、察知したローラは後ろに飛び退《の》きギリギリで回避。いや、ほんと良い動きだわ。……ただ、ちょいと良すぎた。

俺は右足を振り抜いた勢いでくるりと身体《からだ》の向きを変え、一気に距離を詰める。

……トムへと向かって。

「へ？　ちょ、わぁ!?」

ローラが距離を取ったこの僅《わず》かな時間、俺が踏み込めば瞬間的にだがトムとの一対一になる。さっきまで二対一でも俺を崩せなかったところにそうなってしまえば、どうなるか。

「まっ、ちょっ、おわっ、たっ、のぉっ!?」

……いや、それでもかなり頑張って受けてんな、トム。

すまん、ちょっと見くびってた。

「悪いがここで決めさせてもらおうか！」

「それ悪役の台詞《せりふ》ぅ！」

なんてトムの抗議を無視して、俺は一気に決めるべく攻勢を強める。

体勢を立て直したローラがすぐまた間合いに入ってくるからな。

上に、下に、上に、下に、下に。

ショートソードは取り回しが良くて防御にも向いているんだが、刀身の短さがたたって足下の防御はどうしてもやりにくい。

そんだけ攻め立ててトムの意識を下に向けさせてからの、頭部への一撃。

……を、寸止め。まさか怪我《けが》させるわけにもいかんからな。

トムももちろんそれはわかったようで、両手を挙げて降参のポーズ。

すぐさま俺は振り返り、決着の瞬間を密《ひそ》かに狙っていたローラへと棍を突きつける。

あっぷね、まじでギリギリだったわ。

いや、入られたらまた二対一に戻るだけではあるが、終わりはいつになることやら。

「続けるか？」

俺が問いかければ、ローラはショートソードを構えたまましばし動きを止め。

それから、溜息《ためいき》を吐《つ》きつつ切っ先を下げた。

……。

「もうちょい気配を隠せ、勝ったと思って俺が気を抜いた瞬間を狙ってるのがバレバレだぞ」

「いや姐《ねえ》さんのそれに気付けた奴、今までいませんからね⁉　旦那様だけですってそんなの！」

「お、そうか？　戦場だと死んだふりしてる奴《やつ》とかわんさかいたから、鼻が利くのかもなぁ」

トムが騒ぐのを軽く流しながら、俺はローラから目を離さない。

この二人だったら、トムのこの発言だって俺の気を引いて隙を作るための可能性はある。

何しろ、ローラの口からはまだ降参したという発言は出てないんだから。

っていうか、そのつもりだったみたいだな。

「はぁ……参りました。私達《たち》の負けです」

俺が隙を見せないのに根負けしたのか、ローラはそう言いながら両手を挙げたのだ。

ちょうどそのタイミングで中庭にやってくる人の気配。

……この足音は、聞き間違えるはずがない。ニアだ。

「三人とも、お疲れ様です。そろそろ朝ご飯にしませんか？」

「は、はいっ！」

察知した通りやってきたニアの言葉に、俺は勢いよく返事をして直立不動の姿勢を取る。

いや、こんな姿勢を取る必要はない、と言えばないんだが……稽古終わりだからってダラけた様子を見せたくない、という男心をわかっていただきたい。

そんな俺の内心を知ってか知らずか、ニアはいつものように眩《まぶ》しい笑顔を見せてくれながら手にしたバスケットをちょっと持ち上げた。

「もしよろしければ……今日は天気もいいですし、ここにシートを敷いて朝ご飯、というのはいかがでしょう。ピクニックみたいでいいかな～と」

「いいですね、たまにはそういうのも」

即答気味に答えながら、俺はちらりと横目でトムを見る。

半ば矢面に立つような形で俺とやり合っていた彼は、じっくり見るまでもなく疲労困憊《こんぱい》。

歩かせるよりも、ここで休憩がてら朝食を摂《と》ってもらった方がいいだろう。

ちなみに、ローラはペース配分を考えていたのか元々体力があるのか、呼吸は整っている。

そして、一応屋敷の主である俺が承諾すれば、ニアが出す指示の下で侍女達が敷物を敷いたり食べ物や飲み物のセッティングをしたりと準備を始め、手際よい彼女達のおかげで、あっという間に朝食の場が整えられた。

一応主なので俺が最初に敷物に座れば、その隣にニア、更にその横にローラ。

一応ローラも俺を主《あるじ》として立ててはくれている。

……一応を連打しててなんだか悲しくなってきたが、気にしてたらやっていけないと気持ちを切り替えて。

ちなみにトムは庭師のおっちゃんと一緒にちょっと離れたところに座っていた。

あの二人は元々の知り合いってこともあり、よく二人でつるんでいる。……男三人しかいない屋敷なんだから、俺も仲間に入れてほしいんだが……立場がなぁ……。

なんてちょっと朝から黄昏《たそが》れていると、ニアが俺にコップを差し出してくれた。

「はい、アーク様。蜂蜜とレモン果汁を水で溶いたものです。運動をして汗をかいた後の疲労回復に良いと聞いたものでして……」

「そこまで気を遣っていただけるだなんて、感激だなぁ。ありがとうございます、ニア」

「いえいえ、どういたしまして」

俺から見れば天使の微笑《ほほえ》みとしか言えないニアの笑顔に、俺は癒やされる。なんか気持ちが癒やされると身体の疲れまで抜けていくような気がするから不思議なもんだ。

「後は食べやすいように、とこちらを用意させていただきました。手を洗ってからお召し上がりくださいね」

そう言いながらニアが差し出してくれたバスケットに入っていたのは、例のホットドッグ。

ただし、サイズはあの時の半分、いわゆる普通のものだ。

それから他にも、パンに具材を挟み込んだサンドイッチと呼ばれるもの。

これも例の男爵令嬢が流行らせたものなんだが、なんでサンドイッチなのかこれも知らなかったらしい。だからどういうことだっての。

考えても答えは出ないしと思考の向こうに追いやり、俺は水の入ったボウルで手を洗ってよく拭いて、それからサンドイッチに手を出した。

ちなみになんで手を洗うかと言えば、その方が病気になりにくいのだとか。

とある学者が、手を洗う村と洗わない村で流行病の被害が違うことに気付いて提唱し始めたらしい。

もちろんこんなことを知っていたのはニアである。流石ニア。

「うん、美味《うま》い！　……これもしかして、ニアが用意してくれました？」

早速一口いただくと、焼きたてだろうパンと肉の旨味が強いソーセージが合わさって力強い味わいが口の中を満たす。

これは朝から元気が出るなぁと思いつつ、ふと感じたことを口にした。

なんだかいつものに比べて、お仕事感がないというか。

いや、料理人はいつもちゃんとしたのを作ってくれてるんだが、やっぱ彼女からすればお仕事なわけで、そこを責めるつもりは全くないんだが。

そしてどうやらその直感は当たりだったらしく、ニアがとても嬉《うれ》しそうに笑う。

「あら……まさかわかっていただけるなんて。はい、実は。アーク様が稽古をなさっているのに、私一人のんびりしているのもどうかなと思いまして……あ、流石にパンは焼いてもらいましたけども」

「なんて健気な人だ……」

「け、健気っ、ですか⁉」

いかん、ついうっかり思ったことがそのまま口に出たっ！

ど、どう取り繕おう……いや、ここは変に誤魔化《ごまか》すよりも突き進むしか！

「そ、そうですね、俺はそう思いました。普通の貴族夫人は自分で料理をしようとは思わないでしょうに、ニアは俺やローラ達のためにと考えてくれたわけでしょう？」

まして彼女は元王族で、そもそも料理の仕方自体を知らなくても不思議じゃない。

……彼女の過去が過去だから、自分で料理をする場面もあったんだろうなぁと察することも出来てはしまったりするが。

それを過去のことにするためもあって今あれこれと準備しているんだ、頑張ろう。

と、密かに決意を新たにする俺へと、ニアははにかんだような顔を向けてくる。

「なんだか、そんな風に認めていただけると照れくさいですね。……でも……とても嬉しい、です」

「ニア……」

あ〜〜〜〜可愛《かわい》い！　うちのニアが可愛い！

とか内心で大騒ぎなのだが、何とか顔に出さないように我慢する。

何しろ今ここにはローラにトム、庭師に侍女やメイドと使用人達が何人もいるのだから、俺がにやけた顔でもすれば一瞬で家中の人間にその話が広まってしまうのは間違いない。

流石にそれは、主の威厳を損なうに余りある事態だと思うのだ。

なお、内心ですら『俺のニア』と呼べないヘタレ具合は看過していただきたい。

わかってる、自分でもわかってるんだ！

だけど仕方ないじゃないか、呼ぶに呼べないんだから。

つまりそういうことだ、察してくれ！

「さ、アーク様、こちらもどうぞ」

「あ、ありがとうございます、いただきます」

大荒れな俺の内心を知る由もなく、ニアがかいがいしく俺にサンドイッチを差し出してくる。……多分、バレてないよな？　顔に出てないよな？

ニアの場合、察した上で気付かなかったふりをするなんて気遣いをしてくれそうだから、断言は出来ないが。

まあ、もし彼女が気付かないふりをしてくれているなら、それはそれで便乗させていただこう。多分俺が賢《さか》しらな真似をするよりも、そっちの方がずっといいだろうから。

「あ、これも美味いですね。これならいくらでも食べられそうだ」

「ふふ、おかわりはたくさんありますから、お好きなだけお召し上がりくださいな」

俺が舌鼓を打てばニアが嬉しそうに返してくる。

たまにはこんな朝もいいもんだ、と俺はしみじみ幸せを噛《か》みしめた。

そんな感じでニアに癒やされながら朝食をある程度食べたところで、ちょっと回復したのかトムが俺の方に問いを投げかけてくる。

「ところで旦那様、なんであんな無茶苦茶な稽古なんてやってんです？　あれ、思いつきで始めたとかじゃないですよね？」

「そうだなぁ、あれを始めたきっかけは、以前剣を習ってた師匠から言われたことなんだが」

「ほうほう。なんて言われたんです？」

「三対一にはなるな、二対一までならいい、ってな」

俺が答えると、何故かトムは渋い顔で沈黙。

ふとローラの方を見れば、彼女も何やら眉間に若干皺《しわ》が寄っていた。

「……なんかもう、その時点でヤバイ人に剣習ってたんだってひしひしと感じるんですが」

「普通は一対一になるようにしろって教えるみたいだよなぁ。俺が教わった師匠は、最初の一太刀で一人倒せば一対一になるから二対一まではいいって言ってたんだが」

「その発想がまずおかしい！　なんで最初の一太刀で即一人倒せる前提なんすか⁉」

「いや、もちろんいきなり出来るとは思ってないぞ？　それを目指して修練しろって話で」

「そこに辿《たど》り着けるって考えてるのがまずおかしいんだよなぁ！」

俺が答えるほどにトムのツッコミにキレが増す。

……なんかちょっと嬉しくなってくるな、遠慮がなくなってきてるみたいで。

「ただな、戦場に出るとそれだけじゃ通じなくなったんだ。なんせ戦場だと、一度に三人向かってくることが時々あったからな。逆に、三人まで、とも言えるが」

「ああ、だから一人倒した後、二人同時に相手出来るように、と」

「いや、二人同時に殴り倒したらあとは一人だろ？」

「その発想が更におかしいんですが⁉」

などとトムがツッコミを入れてくるが、ちゃんと理論だってあったりするんだよなぁ。

「ちゃんと数学だとかも使って考えてるんだぞ？　アルフォンス殿下に教わったんだが、三角形は必ず外接円を持つらしいんだ」

「……は？」

「ああ、だからアーク様はあの『狼牙棒《ろうがぼう》』をお使いなのですね」

まったく理解できないという顔のトム。それに比べてニアはすぐに俺の言わんとしていることを理解したようだ。流石ニアである。

「えっと、姫様……もとい、奥様、どういうことです？」

「ある任意の三点……特にルールなどなしに決めた三点であっても、その三点を通る一つの円が必ずあるの。こんな感じね」

そう言いながらニアは、その辺りに落ちていた枝を使って地面に点を三つ打ち、その三点を通るように円、というかその一部のカーブを描いていく。

しばらく感心したようにそれを見ていたトムが、急にはっとした顔になってこっちを見た。

「待ってください、ってことは、この三点がそれぞれ敵で、旦那様はその三点を通るカーブに沿う感じで『狼牙棒《ろうがぼう》』を振ってるってことっすか……？」

「お、その通りだ。これなら三人纏《まと》めて薙《な》ぎ倒せるし、理論上四人まで相手に出来るからな」

「なるほど、速攻で三人倒して残る一人を相手にすればいい、と。完璧な理論っすね……普通の人間じゃ実行不可能って点を除けばですがぁぁぁぁ!!」

あ、キレた。流石にツッコミ役ばっかりさせてたらいかんな、うん。


さて、なんでまた早朝からこんな訓練をしているのか気になった人もいるんじゃなかろうか。もしかしたら、わかっている人もいるかもしれないが。

簡単に言えば、与えられた領地へ出発する日が近づいているから、だ。

ニアとの婚姻に絡む手続きも終わり、特務大隊での引き継ぎも何とか目処《めど》が立った。

となると、急いで移動しなければ、という話になる。

なにしろ与えられた領地は先日の戦争で獲得した土地。こちらに対する住民の不安や反感もあるだろうから、いつまでも領主不在でいいわけがない。

おまけに治安維持という名目で一個旅団を派遣しているんだが、彼らが現地を安定させていたのが、いつの間にやら支配に変わっていた……なんてことになってもよろしくない。

もちろんあのアルフォンス殿下がそんな不心得者に旅団長なんてさせるわけがないんだが、王都から離れて自分がその土地の責任者となった途端、なんてこともないわけじゃないからな。

ということであと数日で移動開始なわけだが、その前に一度ローラとトムの腕を確認しておきたかった、というのが訓練をした理由の一つ。

最初に会った時から『できる』と思ってはいたんだが、確認しとかないと心配だからな。

もっとも、実際確かめてみたら予想以上。二人とも剣を使っての近接戦闘なら並の騎士よりよっぽど強い上に、組み合わせがいい。

正面から打ち合える体力と根性のあるトムが引きつけて、駆け引きや搦《から》め手の上手《うま》いローラが隙を突いて仕留めにかかる、とかやられたら、凌《しの》げる人間はほとんどいないだろう。

これだけの腕があれば、ニアの護衛役を安心して任せられるというものだ。

なにしろ向こうに行けば俺は多忙が予想され、いつもニアの傍《そば》にいられるとは限らない。

その点、この二人なら傍にいないことの方が少ないほど。特に外出時。

もちろんニアは子爵夫人なんだから護衛もつける予定ではあるんだが……駐屯する旅団から借りることになっているんで、どんな奴が来るかわかってないんだよな。

正直、旅団側がこっちをどう思ってるのか測りかねてるところもあるし。

なので、腕がわからん相手を頼りにするよりはってことで、二人の腕を確認したわけだ。

あともう一つは、二人の感覚を研ぎ直すっていう意味もある。

普段からニアの周囲を警戒してくれてるんで、不審者だとかを見つけるのは問題ないと思う。ただ、ちょっとここ最近は平和なこともあって、いざ戦闘となった時の防御勘、反撃タイミングの嗅ぎ分け方が鈍ってないかっていう懸念が少しばかりあった。

なので、ああして二対一の戦闘訓練なんてやってみたわけだ。

実際、訓練開始時よりも後半の方が反応良くなってってたし。

あ、二人の名誉のために言っておくと、開始時でも十分強かったけどな。最初の一撃で決まる、なんてことはなかったし。

とはいえ、多分もうちょい鋭く出来ると思うんだよなぁ。

「ということで、明日以降もやってくからな」

「ま、まじっすか……いや、やりますけども」

俺が宣告すれば、トムは顔を引きつらせながらも頷《うなず》く。

別に俺が脅しをかけたわけじゃないぞ？　こう見えてトムはちゃんと上下関係をわきまえているから、俺の言うことに従ってるだけのこと。理不尽な命令ってわけでもないしな。

「心配するな。身体に疲れが残って移動に差し障りが出たら本末転倒だし、時間は短めだ」

「……ありがたいように聞こえますけど、騙《だま》されませんからね？　身体に、とか、時間は、とか気になる言い方してるの気付いてますからね？」

「そこに気付くとは流石だな。まあつまり量より質、死なない怪我しないギリギリを探る感じでやってくことになるわけだから、神経は疲弊すると思うぞ」

「笑顔でさらっと怖いこと言うのやめてくれませんかねぇ!?」

思わずといった感じで声を上げるトム。うむ、元気でいいことだ。

なんて思いながらちらっとニアの方を見れば、彼女は小さく頷いてから口を開いた。

「大丈夫、トムならできます。それに、あちらに行ったらトムに守ってもらう場面が増えると思うから、まだこちらにいる間にトムの頼りになるところを見られたら、私も安心だわ」

「姫様……わっかりました、この不肖トム、頑張りまっす!!」

ニアが微笑みながら言えば、トムはピンと背筋を伸ばしながら良い声で返事をした。

呼称が奥様から姫様に戻ってるが、ここで言うのも野暮ってものだろう。

しかし、やはり使用人達の人心掌握についてはニアに任せた方がいいな。

いずれは俺もこのくらいにならんといかんのだろうが、今この時点においては積み重ねてきた時間が違いすぎるし仕方がない。

それでも前に比べたらずっと打ち解けてるし、前進はしているはずだ。

「あ、もちろん言うまでもないけれど、ローラも頼りにしてるからね?」

「ええ、もちろんわかっております。姫様の御身はお任せください」

ちゃんとローラにも言葉をかけるあたり抜かりがない。流石ニア。

……まあ、思わずって感じだったトムに比べて、ローラはわざと『姫様』呼びしたように思うんだが気にしないようにしておこう。あんまり突くと怖い気がするし。

ローラのニアに対する忠誠心に疑いはない、それが確かならそれでいい。

「向こうに行ったら忙しくなるし、俺とニアで二手に分かれないといけないことも多いだろうから、ほんと二人は頼りにしてるよ」

と、俺からも言っておこう。こういう積み重ねが大事だってのは、アルフォンス殿下を見てて学んできたし。だから無茶振りが多くてもあの人は慕われてるんだと思う。

「そうですね、アーク様は旅団との打ち合わせも多いでしょうし、私は顔見知りのところへ挨拶回りに行かないといけないですし」

少々悩ましげにニアが言う。これが、二手に分かれないといけない理由だ。

俺達の領地となったストンゲイズ地方。正確に言えばストンゲイズ、ストンハント、ディアマンカットの三地方を合わせた地域になるのだが、以前エミリア嬢とクイズバトルをした時にわかったように、ニアはこの地域を訪れたことがあった。

で、その時に諸問題を解決しようと奔走したため、地域住民や村長、町長からの印象もいいとあって、統治への協力をニアがお願いしに行こうとしているわけだ。

もっとも、ソニア王女は現在失踪、生死不明となっているため、表立って正体を明かすわけにはいかないのだが……そこはニアの会話術と人徳に頼ることになる。

……それなら安心だ、と思ってしまうのは、流石ニアと言わざるを得ない。

「出来れば、俺も同行した方がいいんでしょうが……『黒狼』が来る、っていきなり言われたら、向こうも緊張するなり警戒するなり、なんなら恐怖するなりしかねないですからねぇ」

悲しいが、容易に予測出来る事態である。

そもそも俺が領主として任じられたのも、俺の悪名とも言えるこの二つ名を住民が恐れ、大人しく従うことを期待したところが大きい。

っていうか、多分それ狙ってアルフォンス殿下が噂《うわさ》を流布させた節があるし。

そんな俺がいきなり乗り込んだら、住民がビビってただ服従するだけになる可能性がある。短期的な統治ならそれでもいいんだが、長期的に考えたら恐怖による統治は反発を招くし、反乱の火種にもなりかねない。

この三地方はじっくり開発したい地域だから、それは避けたいわけだ。

そこで、既に信頼のあるソニア王女が密かに戻ってきたと伝えることにより、地域住民との信頼関係構築をスムーズに行おうというのが狙いである。

「アーク様の人となりを理解してもらえば、住民達も安心してくれるとは思うのですが……噂が先に立っていますから、最初から偏見を持って接する人は少なくないでしょうし」

「そこはまあ仕方ないですよ、それを利用してきたところもありますから。むしろ、そのフォローをニアにお願いするのが心苦しいくらいなんですが」

ニアが申し訳なさそうに言ってくれるが、正直これは当然のことだとも思っている。

『黒狼』の名で相手を恐れさせて士気を挫《くじ》いてきたのなら、占領統治の段階でも恐れられるのは当然の結果。その後の施策や態度で理解してもらうしかない。

その施策も、恐怖ばかりが先にあると拒否反応が出てくるかもしれない。

そうならないために、まず受け入れてもらう土壌をニアに作ってもらおうとしているわけだが、適任であるとわかってはいるけれど心苦しい。

あと単純に、ニアと離れるのが寂しいというのもある。

あるが、それは顔に出さない。出してはいけない。絶対にだ。

そう決意して、意識的にきりっとした顔を作っていたのだが。

「あら、むしろ私は、アーク様のお手伝いが出来て嬉しいですよ？　今までお世話になっていた分をやっとお返し出来るのですから、頑張りませんと」

なんて可愛いことを、こう、両手を持ち上げるガッツポーズのような恰好《かっこう》をしつつ言ってくれるもんだから、一気に俺の顔は崩れてしまった。そりゃもう、雪崩《なだれ》のような勢いで。

だめだ、うちの奥さんが可愛すぎる……。

ちなみに、侍女やメイド達の大半はほんわかした顔をしている。

ローラはいつものごとく、砂糖と生姜《しょうが》を同時に口に突っ込まれたような顔をしているが。

ともあれ。こうしてニアもやる気を見せてくれているのだから、俺も頑張らんと。

俺は改めてそう決意したのだった。

第二章 赴任先は不穏な気配

それから数日後。

ローラとトムも順調に仕上がり、俺も良い刺激になってと人的な準備はバッチリ。

運ぶ物だなんだの用意はニアが中心となって完璧に整えられた。流石《さすが》ニア。

また、特務大隊での引き継ぎも完了し、アルフォンス殿下からも色々と指示を受けた。

「あっちに連絡要員を派遣しておくから、上手《うま》く使うように。それから……旅団長のファルロン伯爵宛てに手紙を書いたから、渡しておいて」

「……なんですか、伯爵の弱みでも握ったんですか？」

「何を言ってるんだアーク、私は王族だよ？　弱みなんてわざわざ握る必要もないじゃないか。ちょっと気分良くお願いを聞いてもらえるようなことは書いてるかもしれないけど」

「うっわ～胡散臭《うさんくさ》い。いやまあ、確かに届けますけども」

そんないつものやり取りもあったりしつつ。

ちなみに、ファルロン伯爵は領地を持たない宮中伯で、王国軍の中枢を担う王立騎士団でも指折りの実力者なのだとか。

また、領地を持たないが故にそれを広げようだとかいう野心もなく、より高位である侯爵家だとかの走狗《そうく》になっている様子もないという。

「なるほど、安定していない国境付近へ派遣する旅団の長としては理想的な人物、と。俺より爵位が上なのは、旅団の独立性を維持したいってのもあるんですかね、騎士団としては」

「それは多分にあるだろうね。先の戦ではお前に随分と話題を持ってかれたわけだし」

「別になりたくて話題になったわけじゃないんですがねぇ……」

からかうような殿下の声に、俺はわざとらしく溜息《ためいき》を吐《つ》いてみせた。

この王立騎士団と特務大隊の関係が、また少々面倒くさい。

王立騎士団は、名前の通り王国によって作られた騎士団であり、直接的には王国、つまりは国王陛下の麾下《きか》にある、本来であればこの国最高の戦力を誇る戦闘集団のはずだった。

しかし、現在国王陛下が政務をほぼ全く行えていないため、折角の戦闘能力が持ち腐れと言っていいほどに発揮されていない。

というのも、有事の際には国王陛下からの出撃命令が必要になるわけだが、まず国王陛下がそれを出せる状況にない。

現在は騎士団長が国王代理である第二王子アルトゥル殿下にお伺いを立て、アルトゥル殿下が陛下に確認し、高位貴族達からの合意も得て、やっと出撃命令が出せるという状況。

当然、こんな状況では即応性が大きく落ちる。

先日の戦でこちらが序盤は後手に回ったのも、この状況に拠《よ》るところはかなりあった。

ちなみに、バラクーダ伯爵は王立騎士団には属しておらず、伯爵領が独自に持つ私設騎士団を率いているため、現地で大暴れだったりしたのだが。

で、当然そんなスピード感じゃアルフォンス殿下の策略は回らないってんで設立されたのが特務大隊。第三王子アルフォンス殿下直属の部隊になるわけだ。

その性質上、規律と伝統を重んじる王立騎士団に比べ、特務大隊のメンバーは現場で柔軟な判断が出来る裁量権を持っていたり身分に囚われない組織構成をしていたりする。俺が外交官特権を与えられたり、平民出身であるゲイルが小隊長や中隊長になれたのはその最たるもの。

だから王立騎士団の人間は特務大隊のことを奔放な新参者と下に見ているし、こっちはこっちで王立騎士団のことを頭の固い権威主義者と疎んでいるため、両者の関係は微妙である。

そんな状況の中、先日の戦で俺をはじめとする特務大隊が活躍したもんだから、向こうとしては面白くないところだろう。こっちとしては単に職務に励んだだけなんだが。

「……まさか手柄を立てたくて暴走したりはしませんよね？」

「それはないと思ってるけどね。シルヴァリオ側が攻めてきた時に反撃するのは現場判断で出来るけど、攻め込むとなると国王代理である兄上の許可が要るし」

今までのあれこれを思い出しているうちに不安になった俺が尋ねれば、殿下は笑いながら返してきた。……例の『微笑《ほほえ》む氷山』な、とても良い笑顔で。

「殿下、この手紙の中身見ても良いですか、何書いてんのか不安になってきたんですが」

「心配しなくても、伯爵を煽《あお》るようなことは書いてないよ。むしろこっちと歩調合わせた方がそっちの利益にもなるよって話をしてるだけで」

「そこで字面はそうでも、逆に煽るようなことにならないかが心配なんですけどねぇ……」

殿下、相手のプライドやらを逆撫《さかな》でするの得意だからなぁ……。それで墓穴を掘った人間を何人も見てきたから、俺としてはそれでも安心出来ないけども。

同時に、俺をどうにもならない窮地に追い込むような真似《まね》もしない、と信頼してもいる。

どの道、言われるがまま手紙を渡すしかないわけだし、ここは腹を括《くく》るとしよう。

そんな俺に、殿下は安心させようとばかりに笑いかけてくる。ちっとも安心出来ないが。

「そもそも、内輪もめしかねない手を打つのはよろしくない状況だからねぇ」

「……あ～、例の、シルヴァリオ側が傭兵《ようへい》かき集めてるって件ですか？」

「そうそう。こっちに情報筒抜けなの、わかってないのかねぇ」

「わかった上でやってんなら、よっぽど自信があるのか、情報の大事さをわかってないのか……ですかねぇ。どの道、懲りてないってことだけは確かですが」

先日の戦の相手、シルヴァリオ王国は、敗戦し多額の賠償金やらいくつかの領土やらをこっちに渡した上で停戦となったというのに、まだやる気らしい。

元々この辺りで最大の貿易港を持っているため金銭的には潤っており、その経済力を背景に軍備を整えている強国、のはずだった。

だが、先日の戦においては、どうにもチグハグだったというか……補給が途中から滞っていたらしく、しばらくしたら瓦解した、という失態を犯している。

このあたりについては現在調査中で、遠からず事情が判明することだろう。

で、そんなシルヴァリオ王国がその資金と船による運搬能力に物を言わせて傭兵をかき集めているらしい。

これは、停戦条約の不履行に関する調査の際、あっちの王宮内に色々仕込みをしたことで入るようになった情報からわかったことなので、確度は高いはず。

それも、千人を超える数を集めているというのだから、不穏にもほどがある。

っていうか、こっちに再戦を仕掛ける気なんだろうなぁ、としか思えんのだが。

そんな状況なんで、こっちとしては防衛戦力の内側に要らん火種を作りたくないわけだ。

「どっちの可能性もあるんだよねぇ。中心となってるのは、どうも第二王子みたいでさ」

「第二王子……なるほど、ニアから聞いている性格からすると、あり得ますね」

アルフォンス殿下の言葉に、俺は頷《うなず》いて返す。

シルヴァリオ王国第二王子、バルタザール。

側妃の第一子であり、息子を国王にしたい母親とその父親、つまり祖父である侯爵によって随分と甘やかされて育ったらしい。

王太子になると目されている第一王子エルマーのことを敵視しており、彼に対する敵愾心《てきがいしん》と王位に就きたいという権力欲に突き動かされ、功名心がとても強いのだとか。

そんな人間が、傭兵を集めている。となれば、自身の功績のために失地回復を狙おうとする可能性は高いだろう。失敗したら取り返しがつかない、なんてことも考えずに。

「となると、駐屯する旅団とはもちろんのこと、周辺の町村とも関係を良好にしておかないといけませんね。侵攻の予兆となりそうな情報は欲しいですし。兵の動員にも協力してくれるところまでいければ理想的なんですが」

「まあねぇ、強制的な徴兵は、もうしばらくは避けたいところだし」

俺の考えに、殿下も賛意を示してくれた。

ある程度以上の規模を持つ軍隊を動かそうとすれば、どこかにその兆候は表れる。

周辺の食料や燃料が買い占められるなどはその典型的なものだが、一般の視点から見ればささやかな変化でしかない場合も多い。なので、そんな話をしてくれるような関係を築けていると、事前に動きを摑《つか》めることもある。

当然、新たな支配者となったこちらがそんな関係を築くのは、すぐには難しい。

そしてもう一つ、こっちは更に難易度が高いんだが、徴兵によるのではなく、自主的に兵として動員出来るようにもしておきたいというのもある。

現在、マクガイン子爵領となったストンゲイズをはじめとする地域は、領主直属の軍がない。なので、ファルロン伯爵が率いる旅団が駐屯しているわけなんだが、これは俺が直接動かせる兵力じゃない。そうなると、こっちの都合で動きたい時に動かせる手勢がないわけだ。

もちろん、殿下が協力を要請すれば伯爵も応じてくれるだろう。騎士団と特務大隊は不仲だが、同じ王国に属する組織なんだから敵対関係まではいっていない。

ただ、いつもと同じようなスピードでは動かせないし、騎士団に借りを作るのも後々面倒なことになる可能性もなくはない。

ということで、俺や殿下の都合で動かせる手勢が幾ばくか欲しいのが正直なところだが、まだ人心を掌握していない状況で強制的に徴兵すれば、当然反感を買う。

今後の統治を考えれば、それは避けたいところだ。

「この辺りは、現地に行って温度感を確認しないと何とも言えませんね。アルトゥル殿下が物資を潤沢に送ってくださってますから、旅団が略奪や強制徴収なんかをやらかして反感買いまくってる、なんてことはないでしょうけども」

「うん、先に現地入りさせてる連絡員からも、そういった報告はされてないしね。後は新領主たるお前の手腕一つでどっちにも転がるってわけだ」

「やめてください、ただでさえ痛い胃に穴が開きそうなんですが！」

なんて冗談めかして言ってるが、実際俺次第ってところは大きいはず。

これが俺一人で行く羽目になっていたら、胃に穴が開くどころの騒ぎじゃなかっただろう。

「そのための、奥方だろう？」

「結果としてそうなっただけ、と思ってますが。まあ、彼女自身も現地で動くことに乗り気ですから、俺としても止める理由はないですし」

むしろ、『やっと働けます！』と言わんばかりの顔をしてたけど。そんなニアも可愛《かわい》い。

とはいえ、彼女の勤労意欲に甘えてばかりなのも申し訳ないしな。

「ま、とにかくこうなったら出来る限りの成果を上げられるよう頑張りますよ」

「うん、頼むよ。お前なら大丈夫だろうから」

そう言って、アルフォンス殿下は笑った。

……くっそ、こういうとこなんだよなぁ、この人の狡《こす》いところ。

んなこと言われたら、頑張っちまうじゃねーか！といつも思う。

そして、頑張っちまって、結果を出してきたわけだが。

「ええ、殿下のご期待には応えてみせますよ」

だから俺は、いつものように笑い返しながら答えたのだった。

＊＊＊

こうして一通り準備を終えた俺達マクガイン子爵家一行は、新領地へと向かう旅路に就いた。

先頭には騎士団から派遣された騎士が二騎。

ついで二番目には騎乗した俺が続き、そのすぐ後ろがニアの馬車。当然御者はトムであり、ローラが同乗している。それから使用人達が荷物と共に乗った馬車が二台続き、最後尾にはまた騎士が二騎、という隊列で進んでいる。

多分、新領地へと移動する子爵家一行としては、比較的少ない方だと思う。特に護衛は、普通ならもう少し要るんだが……うちの場合、自衛出来る人間が多いからなぁ。

ついでに言うと、俺が騎乗してるのも護衛を兼ねてのこと。……領主が護衛兼任なのはどうかと言われたらそうなんだが、この中では俺が一番強いんだから仕方ない。

ニアと一つ馬車の中、おしゃべりしながらのんびり道中を楽しめないのは辛《つら》いが！

しかし皆の安全が第一なんだ、ここは我慢するしかない！　俺は領主だから！

いやまあ、俺がゴツいんで、同乗したらニアが窮屈だろうなっていうのもあるんだが。

こんな時ばかりは、恵まれすぎた体軀《たいく》が恨めしい……。

なので、休憩時間が数少ない癒やしの時間となっている。

王都から領地まではおおよそ一週間。

騎馬だけであればもっと短くで済むところだが、馬車連れとなるとそうもいかない。

馬に負担がない速度で走らせると、実は人間が歩く速さの1・5倍程度しか出ないのだ。

もっとも、それで何十倍という荷物を運べるわけだから、やはり頼りになるのだが。

ということで、到着までには何回も休憩を挟むことになる。

「疲れや体調不良などはありませんか、ニア」

「はい、お気遣いありがとうございます、アーク様」

昼の休憩となって、馬車から降りるニアのエスコートをしつつ俺が尋ねれば、疲れを感じさせない笑顔でニアが返してきた。

実際、ステップを下りてくる足取りもしっかりしているし、顔色も良い。

無理をしているわけじゃないな、と俺も一安心である。

「奥様、腰を下ろされるのはこちらがよろしいかと」

敷物を広げながら、ローラが言う。

……うん？

「まてローラ。お前さっき降りてきた時には敷物なんて持ってなかったよな？」

この辺りでは、使用人と主《あるじ》が馬車に同乗していた場合、使用人が先に降りるのがマナー。降りた先に危険がないかや、エスコート役が来ているかの確認をするためだ。

で、さっきローラはニアに先駆けて馬車から出てきたわけだが、その時は特に何も持っていなかったはず。なのに、いつの間にか敷物が準備されている。

「ええ。まさか奥様がおられる空間に、敷物のような嵩張《かさば》るものを置いておくわけには参りませんから」

「なのに、なんでもう敷物が敷かれてるんだ？」

「使用人の馬車から持ってきただけですが」

まじか。いくら俺がニアとの会話に気を取られていたからって、その間に？

やっぱこいつの身のこなしは侮れんな……ボヤボヤしてたら後ろからバッサリやられかねん。いや、もちろん今はやられる理由はないんだが。恨み買わんようにせんとなぁ。

「ささ、旦那様も座って座って。今食事の準備をしますから」

そう言いながら、トムがカシャカシャと金属板を数枚使って何かを組み立てていた。

……うん、知ってるぞ。あれ、軍とかで使われてる携行用コンロだ。

それを、めっちゃ慣れた手つきで組み立ててる。……ツッコミ入れた方がいいのかこれ。

まあ、今は身内しかいないから、いいか。

気にしないふりをして、俺はニアの隣に座った。

作業を続けながら、トムが俺に向かって話しかけてくる。

「まあ、食事って言っても簡単なものですけどね～」

「移動の途中なんだ、温かいものが出てくるだけでも十分ご馳走《ちそう》だよ。行軍中とかだと、硬いパンとドライフルーツを水で流し込むとか何回もあったし」

「あ～、そっか、旦那様はそういう経験おありですもんねぇ」

「ついでに言えば、何もせずに座ってるっていうのも正直落ち着かないんだがな」

「そこはまあほら、今は領主様なわけですから、ど～んと構えてもらってですね？」

なんて俺と会話をしながらトムの手は止まらず、いつの間にかコンロの中で火が燃えていた。ここまで火を焚《た》くのに慣れてるってことは、こういう経験が多かったんだろうな。

ちらりと、隣のニアを見る。

ということは、ニアも野外で休憩を取ることが多かったはずで。

「アーク様、どうかなさいましたか？」

「いえ、ちょっとこないだの朝食を思い出してました」

「あ、あのピクニック気分で食べた時の。ふふ、こういうのって解放感があっていいですよね」

そう言いながらニアは笑うが、俺はどう答えたものかと迷う。

故国シルヴァリオの王宮では随分と窮屈で辛い生活を送っていたはず。

そんなニアからすれば、外での食事の方がよほど気が楽だったのだろう。

どうせ王族としては粗末な食事に変わりがないのなら、空気が良いだけまだましだ。

「……そうですね、今日はいい天気だし」

見上げれば、空は高く青い秋の空。

ニアと出会ってから、時間は飛ぶように過ぎていった。そんなことを、しみじみ思う。

うん、あまりニアの過去をほじくるような会話はやめよう。

彼女はもうソニア王女じゃない。一人の人間、ニアなんだから。

「こんないい日にのんびり出来るなんて、いつ以来かな。昼寝の一つもしたくなります」

「アーク様、お忙しかったでしょうからね。……でしたら……」

いやほんと、どれくらいぶりだろ。とか感慨に耽《ふけ》る……というには重たい、思い出したくない日々が脳裏に浮かびそうになるのを打ち消そうとしていると、ニアが言い淀《よど》んだ。

はきはきとしゃべる彼女にしては珍しいな、と思って視線を戻すと、少し顔が赤い。

どうしたんだろうとしばらく見つめていると、ややあってニアが口を開いた。

「……お、お昼寝、なさいませんか？　そのっ、ひ、膝枕、とかで……」

ポンポンと膝を叩《たた》いてみせるニアの顔は、赤い。真っ赤である。

え、何その出血大サービス。ま、まじでいいの？

とか俺の脳内は大混乱、多分俺の顔も真っ赤になってるはずだ。

ま、まさかニアがこんな大胆なお誘いをしてくるとは……え、俺どうすりゃいいの？

もちろんお言葉には甘えたい。甘えてしまいたい。

だが、背後から感じるローラの視線が冷たい。アルフォンス殿下のごとく絶対零度である。いや冷たいを通り越して鋭い、になっている。雇い主に向けていい視線じゃねぇぞ、おい。

言うまでもなく、最優先すべきはニア。

だがしかし、不用意にローラをはじめとする使用人のヘイトを高めるわけにもいかない。

どうしろってんだこれ。とか俺が悩んでいた時だった。

「姫様、旦那様、お茶が入りましたよ〜」

と、トムの能天気そうな声が響く。

それを聞いた俺もニアも、慌てて座り直した。

「ん？　どしたんすか？」

と、妙に姿勢よく座っている俺とニアを見て、トムが不思議そうに首を傾《かし》げる。

え、今の会話聞いてなかったんか？　それとも、聞いてて助け舟なのかお邪魔虫なのかわからん介入をしてきたんか？　どちらなのか、トムの顔色からは見えない。

……なんだか前者っぽいな、これ。いや、変に追及するのはやめておこう。

「いや、なんでもない。すまんな、ありがたくいただこう」

「ええ、私もいただくわ」

残念なような、助かったような。

そんな気持ちを抱えながら、俺はトムの差し出してきたカップを受け取ったのだった。

＊＊＊

休憩も終わり、移動再開となってニアはローラと共に馬車に戻った。

扉が閉まった途端、ニアは俯《うつむ》くようにしながら両手で顔を覆う。

「……姫様？」

「どうしましょう、ローラ。アーク様が可愛すぎるわ……」

感情が堪《こら》えきれなかったのか、絞り出すように言うニア。

それを聞いたローラの脳裏には、同時に二つの思考が走った。

『あの男のどこが？』と、『いえ、可愛いのは姫様ですが』の二つである。

だが、訓練された侍女である彼女は、それらの感情を全く顔に出さない。

そのせいで『スン……』としか表現の出来ない真顔になってしまってはいるが。

「どうしようも何も、あんな感じで振り回して差し上げればよろしいのではないかと」

ローラがニアへと言うにしては随分と感情のこもらない棒読みな声。

いや、最近ではこういう物言いも増えてしまっている。言うまでもなく、ニアがローラに対してこんな風に相談のような惚気《のろけ》のようなことを言い出した時に応対する際はこんな声になってしまうのだが、その頻度は確実に増えているからだ。

「大丈夫かしら、振り回してしまって嫌がられたりとかしないかしら」

「間違いなくあり得ません。というか、振り回されてると思っていないのではないかと」

『あのヘタレは』という言葉は、流石に胸の内にしまう。

いくらローラであっても、名目上の雇用主にして書類上はニアの夫となっているアークを直接的に貶《おとし》めるような発言は出来ない。しない程度の理性は残っている。

それでも言いたくなってしまうのも、また仕方のないところだろう。

手塩にかけた姫様をかっさらわれたのもムカつくが、その姫様相手に十分なアプローチが出来ていない現状にも不満がある。侍女心は複雑なのである。

「どう見ても旦那様は姫様からのアプローチを喜んでいらっしゃいます。ただ、どう受け取ればいいかがわかっていらっしゃらないだけで。経験不足が露呈しているだけですから、姫様が気に病む必要はありません。むしろゴリゴリに押して主導権を握るのも一つの手かと」

「ゴ、ゴリゴリに……流石ローラね、参考になるわ……」

ゴクリ、とニアは思わず生唾を飲み込む。

この時代、この辺りの貴族社会において、女性は男性のリードに任せるものとされている。

だが実際は裏で夫人が実権を握っている夫婦などよくあることで、『表向きは夫を立てて家では尻に敷いている方が上手くいく』とまで言う淑女の仮面を被った女傑もいるほどだ。

社交界経験がほとんどないニアはローラからの伝聞でしか知らないが、案外そういう家の方がよく回っているケースも少なくないのだとか。ローラの助言は、そういう上手くいっている家を参考にしろ、ということなのだろう。多分。

そんなことを考えていたニアは、ふと気になったことを口にした。

「それにしても意外ね、こんなにも不慣れだなんて。アーク様だったら随分ともてそうに見えるのだけれど」

『え？』と言いそうになったローラは、己の理性を総動員して、口にするのをとどめた。

それから、自覚している色眼鏡《いろめがね》を外してアークについて考えてみたが、いまいち頷けない。

「……旦那様の場合、恐らくお人柄を知られる前に避けられていたのではないかと」

「え？　でも、あんなに素敵なお顔立ちなのに……」

『あばたもえくぼ』という言葉がローラの脳裏に浮かび、すぐにそれを打ち消す。

冷静になって考えてみれば、否定は出来ないのだ。

「確かに旦那様のお顔立ちは整っていますが、それを打ち消してしまうだけの条件がありましたからね。そもそも、社交界に顔を出す暇もない激務だったようですし」

「それは、確かに……いくらお顔が良くても、見ないことにはわからないし」

「でしょう？　そうなると、社交界での旦那様は『男爵家の三男で、休む暇もなく第三王子殿下からこき使われている、いつ死ぬかわからない特務大隊の騎士』でしかないわけです」

「ず、随分な言われようね、それ……でも、否定出来る要素がないわ……」

人目がないからと容赦のないローラの言い草に、しかしニアも言い返せない。

実際、結婚前のアークはローラの言う通り。

彼がその立場から抜け出せたのは、皮肉なことに彼女達の故国との戦争で上げた武功によって昇進したから、とあって、ニアとしても複雑なものがなくはない。

「社会的な評判がそれな上、実際の旦那様を見た人間からの評価は『人間とは思えない武力』だとか『見上げるような長身と、それに見合う膂力《りょりょく》』とかだと思いますよ、多分」

「な、なるほど……アーク様を間近で見る機会のある人は、騎士とかそれ関係の方ばかり……その方からすれば褒め言葉なのに、令嬢からすれば恐怖の対象にすらなりかねないわ」

今のニアからすれば、それらは全て『頼りがいがある』に変換される。

だがしかし、普通の貴族令嬢、それも上昇志向のある令嬢からすれば、それらは何のメリットにもなりはしない。むしろ家庭内暴力が危惧されて、デメリットですらあるだろう。

令嬢達からすれば、貴族社会を上手いこと渡り、家に利益をもたらす能力が大事なのだから。

「そういえばお義父様もおっしゃっていたわね、子爵に任じられた後、アーク様に見合い話が大量に舞い込んできたと」

「『こき使われている騎士』から『第三王子殿下の信頼厚い、領地を与えられること確実で籠絡しやすそうな青二才の子爵』になったわけですから、それは群がることでしょうね」

「おまけに今後の展開次第では当代で伯爵にまで上ることすら十分見込めるものね……」

ローラが解説したことは、もちろんニアもわかっている。

わかるからこそ、不満にも思う。

政略的な面で判断されるのは、貴族である以上仕方ないにしても、だ。

「皆、アーク様の本当の魅力をわかってないわ。いえ、私だけが知っていればいいことだから、知られなくて良かったとも思うのだけれど……でも、なんだか不満だわ」

「……まあ、姫様がおっしゃることもわからなくはないですが。実際のところ、人前で見せるのは中々難しいところばかりだと思いますよ？」

「それは、そうなのだけれど……」

はふ、と溜息を零《こぼ》すニアから視線を外し、ローラは外へと目をやった。

進行方向に背を向けて座っているローラからはよく見える、出発時から変わらず、ぴったりと馬車の右斜め後ろに随伴しているアーク。

野盗などが馬車を襲う時、御者や護衛の目が届きにくく、馬車の扉にも接近しやすいということで狙うことが多い方角。つまり、一番危険な場所。

最も腕利きの護衛を配することが多いそこに、彼は自らその身を置いている。

もちろん本来は領主となる子爵がそんなところにいるなど、とんでもないことなのだが……彼の能力が、皆に否やを言わせなかった。

広い視野、後ろへ目を配っているのに馬は同じペースで直進させているという卓越した馬術。これで剣を抜けば護衛騎士の誰よりも強いのだから、文句の言いようもない。

その腕前と心意気は、ローラも認めなくはないのだが……それを社交界で披露できるかと言われれば、難しいと言わざるを得ない。精々、武勇伝として語るくらいだろうか。

「後は、人前で堂々といちゃついて、一途な溺愛ぶりを見せつけるくらいでしょうか」

「い、いちゃつくだなんて！　そ、そんなこと出来ないわ⁉」

ローラの言葉にぱっと顔を上げ、頬を染めるニア。

『ああ可愛い』『ああムカつく』という二つの感情がローラの中で同時に涌き上がる。

言うまでもなく、後者はアークに向けたものだ。とんだとばっちりである。

ムカつくが、ローラは時折こうしてニアにちょっかいを出さずにはいられない。可愛いからである。

そして、こんなニアを見られるのは、ローラだけの特権だからでもある。

同時にアークに対する嫉妬心のようなものが湧かなくもないが、それを差し引いてでも見る価値があるとローラは思っているため止《や》められないのだ。

「溺愛、は否定しないのですね？」

「はうっ⁉　だ、だってそれは……私も、その、わかってるつもりだし……？」

ローラが追撃すれば、頬を染めたまま上目遣いで見てくるニア。

『ああ可愛い』『ああムカつく』という二つの感情が、再びローラを襲う。

そして、少しばかり優越感も覚えてしまう。もちろん、アークに対して。

こんなにも可愛い姿を、まだまだニアはアークに対して見せられない。

彼女もまた、そういったことには不慣れなのだから。

「それを表立って見せられるように、今から教育していくのもありですよ？」

『調教』という言葉を呑《の》み込んで言えば、ニアからの反応に拒絶の色は薄い。

「きょ、教育だなんて……いいのかしら、そんなの」

彼女も、それはそれでありなようだ。

『……姫様が大人になっていく……』と寂しいような嫉妬するような感情を覚えなくもないが、それが彼女の幸せに繋《つな》がるのならば仕方ないのだろう。

こうして、少々歪《ゆが》んだ忠義者であるローラからのレクチャーは、人知れず馬車の中で行われていくのであった。

✦第三章✦……子爵と旅団長の微妙な関係

こうして俺達は、問題なく旅路を進んだ。

一番心配していたニアは予想以上にタフだったし、侍女やメイドといった女性陣も体力的には大丈夫に見える。

いわく『あの王宮の居心地の悪さに比べれば』だとか『余計な仕事を色々押しつけられていて、体力だけには自信があるんです』だとか。

……ソニア王女だけでなくその近辺の扱いも大概だったようだ。

これなら、穏便に乗っ取る分には彼女らも拒否することはないどころか、積極的に協力してくれそうな空気ですらある。

多分その辺りもアルフォンス殿下は組み込んでいくんだろうなぁ……。

元々殿下のプランでは、攻め滅ぼすのではなく叩《たた》くところだけを叩いて比較的穏当に併呑《へいどん》するのが基本方針。

こうすることで住民への被害を出来る限りなくし、後の統治をしやすくするのが狙いだ。

言っちゃなんだが、住民、特に平民からすれば、上が誰になろうがあまり関係がない。

大事なのは年貢や税、兵役がどうなるか、日々の暮らしが変わってしまうかどうか、だ。

だからその町や村を統治する人間が変わるかどうかの方が大事だったりする。

……なんてことを苦もなく受け入れて策略に組み込むのが、アルフォンス殿下というお人だ。

普通の王族ならば、王たるものの権威が～だとか不敬だ～とか騒ぐところかもしれないが、殿下はそれが権威として通じる場面とそうでない場面を把握して使い分けている。

そりゃまぁ、王族なんて見たこともない農村の人間に王権がどうだとか語っても仕方ない。

都市部の人間に至っては、税金をぶんどる憎い奴《やつ》とすら思っていても不思議じゃない。

そんなところに『王族の命令だ、従え！』とか言ったら反感を買うばかり。

最悪、襲われて命を失う可能性だってある。

だからアルフォンス殿下は、王族の権威を絶対視しないし平民の感情まで策略に組み込む。……たまに、ほんとに悪魔なんじゃないかと思うこともあるが、仕方ないんじゃなかろうか。

ともあれ。当然そんな殿下の策略には、彼女らも組み込まれている。

そのことはもちろんニアにも話しているし、彼女も承諾しているから問題ないとは思うが。

侍女達《たち》に危険なことをしてもらうつもりもないしな。

王宮でのことを話してもらったり、親類縁者に手紙を送ってもらったり、といったところ。

もちろん、その親類縁者がスパイ容疑で捕まりかねないような文面にはしていない。

安全かつゆっくりと、密《ひそ》やかに確実に、策は浸透していっている、はず。俺も全貌は摑《つか》めてないんだが、あの人に手抜かりがあるわけがないってことだけはわかるし。

つらつらとそんなことを考えながら、俺は馬の背に揺られていた。たま～にローラが『仕事してんのか』って感じで視線を向けてくるから、適度に緊張感を保ちつつ。

　こうして、特に襲撃だとかもなく俺達は無事に領地となるストンゲイズ地方、その中でも領都となる一番大きな街ビグデンに到着した。

「なるほど、これは殿下が急《せ》かすわけだ」

　思わず、俺の口から本音が漏れる。

　街そのものは、よくある地方都市といった佇《たたず》まいで、これといった特徴はない。

　国境近辺の都市にしては防壁が低いから、そこは気になるところだが。

　問題は、その外側。

　仮設の宿舎が幾棟も立ち並び、大勢の人間、それも鍛えられた男性が行き来をしている。

　言うまでもなく、ファルロン伯爵率いる旅団の駐屯地だ。

　ビグデンの街の住人が三千人弱らしいんだが、それに倍する軍隊がすぐ隣にいるんだから街の住人も落ち着かないことだろう。

　もちろん旅団の一部は各地に派遣して哨戒《しょうかい》や治安維持に携わっているんだろうが、見たところ大多数がここに留《とど》まっている。

　いつシルヴァリオ側が仕掛けてくるかわからない今の状況だと、兵力の分散を嫌うのは仕方ないところではある。だが、街の住人からすれば、それこそ知ったことじゃない。

　だから、俺という領主が出来るだけ早く来る必要があったわけだ。

　旅団と同じ国の人間である俺が領主として街の中に入れば、旅団が攻め込んできたりといった無体を働く可能性は大きく減るわけだから。

　もちろん今までだって乱暴狼藉《らんぼうろうぜき》はしてないはずで、襲ったりしてこないと頭ではわかってるんだろうが、感情は別問題なのが厄介なところ。

　それも、今日俺が到着したことで解消される……まではいかないかもしれないが、多少は緩和されることだろう。

「まずは旅団長のファルロン伯爵に挨拶しにいかんとな。やれやれ、着いたばかりだってのにやることが多いったらありゃしない」

　そんなことをぼやきながら、俺達一行は街の中へ。

　もちろん歓迎のパレードなんかは予定されてなかったので、何事だと遠巻きに見られながら進んで、領地の館に辿《たど》り着く。

「ニア、お疲れ様でした。どこか身体《からだ》に痛みなどはありませんか？」

「ありがとうございます、アーク様。ええ、大丈夫です」

　馬から下りて一旦近くの柱に繋《つな》ぎ、ニアの乗る馬車へと駆け寄って降りてくるところをエスコートしながら尋ねれば、ニアは微笑《ほほえ》みながら返してきた。可愛《かわい》い。

　いやそうでなく。彼女の性格上、しんどくても隠したりしかねないんだが、見たところ、言葉通りで無理なんかはしてないようだ。

　それから使用人達の様子も観察するけれど、全員大きな問題はない様子。

　これで、無事到着と言って良いだろう。

「よし、皆ここまでお疲れさん。連絡して掃除なんかはしてもらってるはずだから、それぞれに割り当てた部屋に私物をまずは運んで一旦休憩してくれ。疲れが酷《ひど》い者は今日はそのまま休んでくれて構わない。本格的な業務開始は明日から、という認識でいいからな」

俺がそう告げれば、全員がぴしっと背筋を伸ばして立ち「かしこまりました」と返事をしながらお辞儀。長旅で疲れているだろうに、この辺りは実によく教育されている。

各自それぞれ動き出したのを見ながら、俺も自分の荷物を自室へと運ぶ。

ほんとはニアの荷物も運んでやりたいところなんだが、ローラが絶対に許してくれない。

いやまあ。『中には姫様の下着なども入っているのですが？』とか言われたら触れない。

別に荷ほどきまで手伝うわけじゃなし、見るわけでも直接触るわけでもないんだから問題ないはずなんだが、こう、なんか、なぁ？

なお、小声で言われたので、ニアはこのことを知らない。……知られたら知られたで、お互いどんな顔すればいいのかわからなくなりそうだが。

というわけで、俺は自分の荷物だけを自室に運んだ。

ちなみに、ニアの部屋は隣だ。

ついに。

ついに、部屋が隣同士になった！

ただし、二つの部屋を繋ぐ内側の扉は固く閉ざされているが。

これは、領主と夫人の部屋が離れているのは流石《さすが》に体裁が悪かろうという判断によるもの。王都内の屋敷ならともかく、領地のど真ん中にあって役所的な機能も兼ねて持つ領主の館だと、ひょんなことから部屋の配置に気付かれる可能性もなくはない。

そうなったら体裁が悪いなんてもんじゃないし、領内におけるニアの活動にも支障が出かねない。

ということで、この部屋配置になったわけだ。

……正直、心臓に悪い。

ドキドキしすぎて夜になったら眠れないんじゃないかと心配すらしている。

だがしかし、嬉《うれ》しいのも嬉しいのだ。

それに、書類上は夫婦になったんだから、部屋が隣同士でも全く問題ない！　むしろ隣り合ってない方が問題なんだからな！

……早く『書類上』ってのがなくなるように頑張ろう、仕事もプライベートも……。

などと感情を上下させまくりながら俺は荷物を自室の中に置き、荷ほどきもそこそこに着替え始めた。動きやすい旅装ではなく、騎士の正装へと。

使用人達には休憩してもらいたいが、俺はそうはいかないし、体力も余っている。

今日着くことも挨拶に行くことも手紙で知らせてるから、すっぽかすわけにもいかんし。

今のうちに、というか出来るだけ早く済ませたい用事を済ませねば。

着替え終わる頃には丁度隣の部屋も荷物の運び入れが終わったようだ。

そのタイミングで、俺は隣の部屋のドアをノックする。

「ニア、すみません。少しだけいいですか？」

「アーク様？　はい、構いませんよ」

許可を得てドアを開ければ、ニアもローラもまだ旅装のまま。

これから着替えるところだったんだろう。我ながらいいタイミングである。

まさか着替えてるところにノックするわけにもいかんからな……。

「これからファルロン伯爵のところに挨拶しに行くので、そのことを伝えておこうと思って」

「あ、今から、ですか？　着いて早々、お疲れ様です」

俺が用件を告げれば、少し驚きつつもニアは俺を労《いたわ》りながら頭を下げてきた。

段取り自体は事前に打ち合わせていたのだが、旅団と俺、その後ろにいる特務大隊の微妙な関係を知っているニアは、着いて早々挨拶に行く意味と効果を理解している。そもそも向こうの旅団長は伯爵、こっちは一つ下の子爵。おまけに、三カ月ばかりの間この辺りの治安維持もやってくれている相手なんだから、急ぎ挨拶に伺うのが筋ってものだろう。

これが文官系の子爵なら、一日休むくらいは大目に見てもらえるかもしれない。

だがしかし、騎士がやった日には『軟弱な』と舐《な》められることになる。

なんなら、到着から休憩の時間を置いて訪問しても同じように舐められる。

その上、王国騎士団と仲が微妙な特務大隊出身とくれば『これだから特務大隊は』と侮られることになりかねない。これは大変よろしくない。

騎士といえども軍人、荒事専門の肉体労働者である。舐められたら負けだ。

その昔の騎士などは『舐められたら殺す。それが騎士の流儀』とまで言っていたそうだから恐ろしい。そして、今もその精神は多少マイルドになりながらも続いている。

　いくらニアといえどもここまで踏み込んだ騎士心理はわからないだろうが、それを除いても俺が到着早々ファルロン伯爵に挨拶しに行く意義は大きいと理解してくれている。

「あの、私も一緒に行った方がいいでしょうか？」

　だから、こんな健気なことを言ってくれるわけだが。可愛い。

　しかし俺は、そんな健気なニアの提案を、首を横に振ってお断りした。

「いえ、明日なり後日で大丈夫でしょう。殿下から聞いたファルロン伯爵の性格から考えるに、『長旅でお疲れのレディを引き連れてくるなど！』とか怒り出しかねません」

「まあ、そうなんですか？　わかりました、でしたら私は、館内の片付けを取り仕切るようにいたしますね。清掃の方は問題なくしてもらえているようですから、その分は楽ですし」

「わかりました、お願いします」

　俺の説明に納得したらしく、ニアは一つ頷《うなず》いたと思えば次なる提案をしてきた。

　休んでくれてていいのに、とも思ったが、彼女のやる気に水を差すのもなんだし。

　何より、積極的に何かしようとしてくれるその姿勢がありがたい、というのもある。

「ニア、ありがとう。働き者の領主夫人が来てくれて、俺も住民も幸せだと思いますよ」

　言いながら、ちょっと照れる俺。そうだよな～領主夫人なんだよな、ニア。

　当たり前のことなのに妙にふわふわしちまうんだが、どうやらニアも同じだったらしい。

「やだそんな、そんなこと言われたら、照れちゃいます、よ？」

頬を赤くしながら、上目遣いに俺を見てくるニア。……可愛すぎて心臓が止まるかと思った。なんとか心臓を動かしつつ、溶け崩れそうな表情筋にも気合を入れる。そうしないと大分気持ち悪い表情になるであろうことが、自分でもわかる。

「本当はもっと照れさせたいところですが……日が暮れても終わらなくなりそうなので。すみませんが、いってきますね」

「……は、はい、いってらっしゃいませ」

ちょっとだけ残念そうだったのは、俺の気のせいだろうか。

気のせいじゃないといいな。

そんなことを思いながら、俺はニアの部屋を後にした。


それから俺は、また馬上の人となってファルロン伯爵率いる旅団の駐屯地を訪れていた。

本当はトムを先触れに出した方がいいんだろうが、あいつもずっと御者やってたから疲れてるだろうし、ってことで直接訪問することにしたんだが、さてどうなるか。

宿営地をぐるりと囲うように柵が巡らされ、そこに簡易ながら門も作られていたので、まずはそこに向かう。

「先触れなしに申し訳ない。アーク・マクガイン子爵だ。本日よりこの地の領主として着任したため、旅団長であるファルロン伯爵にご挨拶に伺った。訪問させていただく旨は手紙にてお伝えさせていただいているはずだが」

「はっ、マクガイン子爵様ですね！　確認してまいりますので、申し訳ございませんがしばしお待ちいただけますでしょうか！」

「ああ、もちろん。いきなり押しかけてしまったのはこちらだしな」

俺が宿営地の門番の兵士に声をかければ、びしっと背筋を伸ばして門番が答え、もう一人が急ぎ駆け出していく。……動きを見るに、練度も士気も高いっぽい。

流石、騎士団でも指折りの実力者と言われるファルロン伯爵。よく鍛えているようだ。

なんて感心しながら案内された部屋で待つことしばし。

こちらへとやってくる気配に立ち上がって待ち受ければ、すぐに扉が開いた。

「……随分とお待たせして、申し訳ない」

やってきたのは、二人の騎士を伴った四十前くらいの偉丈夫。

顎に髭《ひげ》を蓄え、眼光も鋭く体格も良く、と熟練の騎士たる風格のある様相。

ただまあ、戦士としての格で言えばバラクーダ伯爵の方が上だな、これは。

彼の立場からすれば、指揮官としての能力の方が重要なんだろうけども。

そんなことをさっと頭の中で考えながら、俺は笑顔のまま首を横に振った。

「いえ、こちらも時間までは指定しておりませんでしたし、そちらもお忙しいでしょうから」

「申し訳ない、やはり割譲されたばかりの国境付近とあって、気を使うことが多いもので」

「やはり、色々と不安定なところもありますか。その辺りも軽く伺えればと思うのですが……ああ、その前に自己紹介がまだでしたね」

と、俺とファルロン伯爵はお互いに名乗り合い、自己紹介を済ます。

もちろん既にわかってはいるのだが、礼儀というのはそういうもんだ。

で、改めて話をとなって、ファルロン伯爵も同じく椅子に座ったのだが、体軸にぶれがなく、視線も油断したところがない。

今まで見てきたあれこれから考えるに、評判通り実戦経験もちゃんとあって部下の指導も出来る、指揮官としては有能な人とみていいだろう。

となると、上手《うま》いこと協力関係を構築した方がいいとみた。

「まず、街の治安は落ち着いています。それは、ご覧になっておわかりかと思いますが」

「確かに、荒れた雰囲気はありませんでしたね」

伯爵に言われて、さっき通ったばかりの街並みを思い出す。

こちらを見て驚いている住民は多かったが、怯《おび》えたり警戒したり、敵意をむき出しにしたりなんてのはいなかった。治安が悪くて荒れていれば、もっと視線も荒れているはず。

しかし、そうなると気になるな。

「ということは、治安維持は出来ているものの、告知だとか雑務に回す人手が足りないと？」

「残念ながら、そういう側面はあります。先ほど、街の治安は落ち着いていると言いましたが……街と町や村を繋ぐ街道はそうでもないのです」

「ほう。ここに来るまではそうでもありませんでしたが……他の街道で？」

俺が尋ねれば、ファルロン伯爵はコクリと頷いて返してきた。

なんでも、シルヴァリオ領だった三地方を結ぶ街道で、頻繁に野盗の集団が出るのだとか。

それも、十人以上という野盗としては大きめの規模で。

当然駐留旅団としては見過ごせないため、あちこちに騎士達を派遣しているのだが、根絶には至ってないそうだ。

「人数が多い上に、この辺りの人間なのか土地勘が良く、逃げられると追いつけないのです」

「なのに町や村で治安はさほど悪化していない、と。となると野盗連中は町や村にねぐらがあるゴロツキではない可能性が高い……森や山の中に根城があるとしたら、見つけるのも骨ですね」

「おっしゃる通りです。もっと人数を動員して山狩りでも出来ればいいのですが、シルヴァリオ側に不穏な空気がある以上、あまり兵をばらけさせるわけにもいかず……」

ふぅ、と溜息《ためいき》が漏れるファルロン伯爵。

騎士団の重鎮である彼は、特務大隊出の俺に弱みは見せたくないだろうに。

ということは、それだけ心労が溜《た》まっているような状態、とも言えるだろう。

「状況はわかりましたし、ファルロン伯爵が力を尽くされていることも理解しました。これからは私も治安維持にご協力いたしますので、ご安心ください」

「マクガイン子爵……そうですね、是非とも協力を」

俺が手を差し出せば、伯爵も握り返してくる。

……ここで素直に握手に応じるあたり、悪い人ではないんだろう。

政治的には色々あるのかもしれないが、この場でやるべき事には誠実な人に見える。

こっちとしても、色々裏を感じる動きをしてる連中がのさばっている状況は看過出来ないし、ここは彼と協力して街道の野盗退治もやっていくべきだろう。

「そういえば、アルフォンス殿下からファルロン伯爵への手紙を預かっておりまして」

「アルフォンス殿下から、私にですか。それは一体……」

「さて。中身は見ておりませんので何とも」

そこで一度言葉を切った俺は、ニンマリとした笑みを見せる。

……殿下に似た笑みは作れただろうか？　いや、多分無理だな。

「ただ、伯爵にとって得になる内容、とだけは聞いています」

「はて……？」

俺の説明に全く合点がいってない顔で、それでも伯爵は俺が差し出した手紙を受け取った。


その後、ファルロン伯爵とはそれなりに情報交換をして、宿営地を辞去したわけだが。

「思ったよりも面倒な状況かもしれんなぁ……」

馬に揺られながら、そんな独り言が零《こぼ》れてしまう。

伯爵との会談が終わってから、こっちに来ている顔見知りの騎士にも何人か挨拶して回ったんだが、その際に聞いた話も大体似たようなもの。

むしろ実際に出くわした奴からの証言を聞けばより深刻にならざるを得ない。

恐らく連中は、計画的に街道を荒らしている。そう考えざるを得ない。出現する場所やタイミングが計画的だし、動きに統率が取れていて装備も標準化されている。となれば、ただの野盗であるわけがなく、ほぼ間違いなくシルヴァリオ側の工作だろう。

「じゃあどうするかって話なんだが……う～ん」

手を打たなければいけないのは間違いない。

この領地は国境付近だから前線基地として安定させておく必要がある、だけじゃない。

眠っていると思われる鉱山の開発も早くに取りかかりたいわけだが、シルヴァリオの手勢がウロウロしているような状況ではそうもいかない。

気付かれたら奪い返そうとか考えて紛争の火種になりかねんし、それがなくとも貴重な鉱山技師に万が一危害が及んだら目も当てられない。

となれば、うろちょろしてる野盗連中をきっちり叩いておかねばならんわけだが。

じゃあどうするのかとなると、打てる手がかなり限定されてくる。

まず単純に、手数が足りない。

騎士団は動かせるだけ動かしているが、それでも足りていない。

となると、数十人単位でなく数百人単位での人手が、新たに必要になるわけだが、当然そんな人数がほいほいと見つかるわけがない。

「まずはアルフォンス殿下に報告、か」

特務大隊なら、数百人くらい動かすことは出来る。

ただし、殿下は他の方面にも動いているから、必ず人を出してもらえるわけじゃない。

そこら辺の判断は、報告を上げておけば殿下がしてくれるだろう。ついでに、詳細を記した報告書でも持っていってもらったら多少優先順位はあがるだろうか。

これがまずやるべき事、ではあるんだが、それだけしてのんびり待ってるわけにもいかない。報告したはいいが、やっぱりこっちに人をやることが出来ない、というケースはあり得る。そうでなくとも、連絡員が王都まで辿り着いて、大隊の一部を動かす手筈《てはず》を整えて、どれくらい時間がかかるかわからない。……殿下なら何とかしそうでもあるが。

となると、こっちでも何か手を打つ必要がある。

でないと、殿下が来た時にバカにされる。それはもう思いっきり。

それは面倒だし、何より領主として被害をこれ以上広げるわけにはいかない。

「……ニアにも相談しないと、だな」

残念ながら、俺にはまだこの辺りの人脈がない。

だから、無理して人を集めようとすれば領主の強権発動になりかねない。

それは、まだ着任したてであるこの時期には避けたいところ。

となると、顔見知りがいるというニアに頼むのが一番確実だろうし、ほぼ間違いなく彼女も乗り気で助けてくれることだろう。それがまた、気が重いが。

この状況であちこちニアに動いてもらえば、当然野盗に扮《ふん》した連中との遭遇も増えるはず。ローラとトム、護衛騎士もつけたとしても万が一ということがあるし、俺も不安だ。

「その辺りも相談して、明日からでも動かんと、か」

そう結論づけると、俺は子爵邸となっている屋敷へ馬を少しばかり急がせた。

＊＊＊

馬屋に馬を連れて行った後、すぐに俺はニアの部屋へと向かった。

まだそんなに休めていないかもしれないから申し訳ないが、ある程度今のうちに方向性だけでも話し合っておきたいしな……。

ということで、ニアの部屋のドアをノック。

声をかけてからしばらくして、ローラがドアを開けた。

……うん、ニアが休めと言っても休まずニアの傍《そば》についてたんだろうな多分。

中に入ると、丁度ニアがお茶を飲み終わったらしいところだった。

ニアは休めてるようで良かった……いや、ローラが無理矢理休ませた可能性はあるな。

少なくとも、俺へと向けてくれるニアの微笑みに疲れの色は見えない。

「お帰りなさいませ、アーク様。出迎えもせず、すみません」

「いや、ニアも疲れてるでしょうし、戻るという連絡もしてませんでしたからね」

なんてやり取りをしながら、この辺りのルールは決めておいた方がいいかとも思う。

領主となったからには、話の流れで人を招くこともあるだろう。

そんな時に、誰も迎えに立っていなかったら、相手に対してかなり失礼な扱いになる。

だから、こういう時は使いを出すから出迎えてほしいとかルールを決めて。

……俺が一人で動いてる時には、どうしたもんか。旅団の人を借りてもいいという取り決めをファルロン伯爵としておいた方がいいかもしれん。

これも含めて相談だな。

「旅団への挨拶は、無事に終わりましたか？」

「ええ、挨拶自体は問題なく」

若干の隔意は感じたけど、大きな問題になるほどではないだろう、あれなら。

それよりも別のことの方がよっぽど問題だし。

「挨拶自体は、ということは、他に何か？」

「ええ、実は……」

察したらしいニアが話を向けてくれたので、旅団の駐屯地で聞いたことを話したところ、ニアも思案げな顔になった。そんな顔も可愛い。いやそうじゃなく。

この辺りに来たことがあり地理もある程度頭に入っているニアからすれば、被害状況やそれが及ぼす影響なんかも俺よりずっと鮮明に理解出来るはず。

そんな彼女が事態に心を痛めるのは当然だし、重く捉えるのは自然なことだろう。

「まず、この辺りの地理に詳しいものによる襲撃なのは間違いないかと。というのも、逃げ足はもちろんなのですが、この街道を狙っているのが厄介なところでして」

「……物流の阻害が目的、ということですか？」

ニアの言葉に少し考えた俺が返した言葉に、ニアは頷いてくれた。

よかった、的外れじゃなくて。

なんて内心でほっとしてる俺にニアが説明してくれたところによれば、マクガイン子爵領となったストンゲイズ・ストンハント・ディアマンカットは、それぞれで取れる農作物などに違いがあるらしい。

で、この三地域が互いにそれらの物品を融通しあって互いに足りないところを補い合うことで人々の生活を成り立たせているのだという。

「流石に、今すぐ餓死者が出るとかそんなことまではないのですが……」

「中長期的には影響が大きくなっていく、と。……うん？　当然そんなことは、地域住民であればよく知ってますよね？」

「はい、その通りです。しかし、着任したてのブリガンディア貴族であれば、普通は知らないことでもあるでしょう。相手の狙いの一つには、アーク様がお考えになったこともあるかと」

俺が疑問を口にすれば、ニアが嬉しそうに頷いてくれる。嬉しい。

それはともかく。ニアが頷くということは、そういうことなんだろう。

「すぐに大きな影響が出るわけじゃないから、着任したての領主は後回しにする。しかし地域住民からすれば後々大変なことになるのがわかってるから、すぐに取りかかってほしい。むしろなんで放っとくんだと不満にすらなる。意識のズレを狙った小賢《こざか》しい手ということですか」

「恐らくは。特に今は秋、これから冬支度を考え始める頃合いです。なのにその算段が立たないということは、住民からすれば死活問題でしょう」

「あ。おまけに、やってきた領主はブリガンディア王家から旅団宛てに届く物資のおこぼれもあって、お膝元の心配はしなくていいとくればなおのこと？」

「そうして、ストンゲイズと他の地域と軋轢《あつれき》が生じることも狙っているかもしれません」

そこまで話したところで、ニアが小さく溜息を吐《つ》く。

呆《あき》れてるような悩ましげなような、複雑な顔。何か言いたいことがあるようだと彼女の言葉を待てば、ややあってからニアは口を開いた。

「この、目的に対して有効ではあるけれど、それに目が眩《くら》んで地域住民の迷惑や被害を全く考慮しないやり口には覚えがあります。恐らく、シルヴァリオ王国第二王子バルタザールが後ろで糸を引いているのではないかと」

「第二王子バルタザール……それって、ニアがよく尻拭いをする羽目になってたっていう？」

聞き覚えのある名前に俺が反応すれば、ニアも苦笑しながら頷いている。

第一王子エルマーと王太子の座を争っているが、母親が側妃であること、年下であることから不利な立場であり、何かと手柄を欲して動いては時に自滅しているという話だ。

「なるほど、ここを奪還したとなれば第二王子の大手柄。そのために街道を荒らして疲弊や混乱を招こうとしている、と。たとえそれが住民に迷惑をかけることになったとしても」

「往々にして策とはそういう側面を持ちますが……ほんの数カ月前まで自国民だった者に対して行

うのもどうかと思います。もっとも、それをやってしまうのが彼なのですが」

語るニアの言葉に、家族に対する情のようなものは欠片《かけら》もない。

第二王子は側妃の子、つまりソニア王女と同腹なはずだが……聞いてはいたが、ニアがこんな態度を取るということは、家族と思えない関係だったのだろうと改めて思う。

また、殿下という敬称も付けないあたり、婚姻の儀式を終えてブリガンディア王国の貴族となった彼女からすれば最早《もはや》敵国の人間とさえ言えるのだろう。

頼もしくもあり、複雑でもあり。

しかし、ニアが割り切っているのであれば、俺がとやかく言うことじゃない。

今やるべきことは、それじゃない。

「では、相手がわかったならば打てる手も見えてきますか?」

この地の新領主として、参謀たる彼女に問えば、力強い頷きが返ってくる。

「もちろんです。多少の準備は必要ですが……必ず仕留めてみせましょう」

その笑顔に、俺の背筋はゾクゾクと震える。

ほんと、頼りになる領主夫人だ……とか感慨に耽《ふけ》っている間に、ニアの中では考えが進んでいたらしい。

「とはいえ、当面やるべきはそんなに派手なことではないと思っています。まずはストンハント、ディアマンカットそれぞれに訪問して、現状を把握していると伝え、対策を取ると約束すること。つまり、蔑《ないがし》ろにしているわけではないとわかってもらえばよいかと」

「ほほう。初手としては簡単ですが、それだけに見落としがちでもある。特に今回のケースだと、対策に四苦八苦しているうちに地元への説明を忘れてしまいそうだ」

ニアの出した案に、俺も理解を示す。

それこそ第二王子が軽んじている部分で、領主となった俺が忘れてはいけないことだ。

ニアによれば、この地域はシルヴァリオ王国の国土だった頃は扱いが蔑ろだったらしい。

経済的には豊かなシルヴァリオ王国だが、その主な収入源は王都にある港での交易。

ただでさえ人間は近いところにばかり目がいくところに、お膝元で派手に儲《もう》けているとなれば地方に目がいかなくなるのは自然な流れ。

困ったことがあって嘆願してもろくな対応はされず、たまに第二王子が気まぐれで介入し、状況を引っかき回して後は知らんぷり、なんてこともあったらしい。

そんな状況で第四王女が自らやってきて視察してくれたりすれば、そりゃ住民からすればありがたいことだろうし特別に思われたりもするだろう。

「……もしかして、第四王女ソニア様と同じ事を、子爵夫人としてやろうと考えてます？」

「……実は。この状況でしたら、アーク様の優先順位を変更してもいいと思いますし」

「それは確かに。領地の安定化、という意味でも有効でしょうから」

ちょっと悪戯っぽく笑うニア。可愛い。ってそうじゃなく。

俺達が急いで婚姻の儀式を済ませてバタバタとやってきたのは、戦争で割譲されたこの地域を速やかに安定させ、統治するためだ。

そのためにはファルロン伯爵率いる旅団との協力関係の構築に加えて、統治するための組織を編成するのが最優先と考えていたんだが、どうやらそれは変更した方が良さそうである。

いつ反乱を起こされるかわからないような状態にされちまったら、たまったもんじゃないし。

「財務や納税に関する資料はある程度整理された状態で残されているようですから、文官を派遣していただければ最低限回すことは出来ると思います」

「それはアルフォンス殿下に報告する際、一緒に申請しておきましょう。特務大隊から騎士を数百人だとか派遣してもらうよりはずっと楽に手配出来るでしょうし」

「その際には、護衛として数人から十人ほど騎士をつけていただけるとありがたいですね。出来れば特務大隊の方から。その後もしばらく残っていただけたら嬉しいのですが」

「それなら多分問題ないですよ。殿下は常に余剰人員があるように手を打ってますから」

少なくとも一個小隊、数十人は余してるはずだから、十人くらいは問題ないはず。

休暇の関係で、小隊まるっとはきついかもしれんが。

それにしても、ポンポンとやるべきことが決まってくな～。

「ニアに相談して良かった。俺一人だったら、どうしたもんかって考え込んでたでしょうし」

「そう言っていただけて嬉しいです。でも、私だってアーク様が動いてくださらないとわからなかったことがありますし、殿下との繋がりがなければ打つ手が浮かびませんでしたから」

俺が率直に言えば、はにかむようにニアが笑う。

ああ、なんかいいなぁ、こういうの。癒やされるというか。

やってることは会議なんだが、特務大隊とかでやってるのとは空気が違う。

「……こういうのも夫婦らしい会話なんですかね、貴族としては」

不意に浮かんだことが俺の口を衝《つ》く。

貴族といえば政略結婚は当たり前。その場合ビジネスライクな会話は多くなるだろうし、そうでなくとも領地の政策決定においては夫婦間での話し合いは必須なはず。多分。

いや、妻に何も相談せずに決める領主とか、領政に無関心な妻もいるみたいだが。そういうとこは大体夫婦関係は危機的な状況にあることがほとんどみたいなんだよなぁ。

俺としては、そういうとこは反面教師としておきたいところ。

そして、ニアは相談相手としてとても理想的なのがありがたい。

「ほんと、ニアがいてくれて良かった。心からそう思います」

「えっ、な、なんですか急にそんなっ」

俺がしみじみと言えば、照れるニア。

……俺の中では繋がってる話だが、傍《はた》から見れば藪《やぶ》から棒かもしれんな、確かに。

いやしかし、もう口にしてしまったら仕方がない。

「本当に、ただそう思っただけです。こんな風に領政に踏み込んだ話になっても嫌な顔一つしないでくれる。むしろ積極的に案を出してくれますし」

「そ、それはほら、私としても目的に合致しているわけですから」

「そういう打算だけじゃないと感じたんですが、違いますか?」

「ひ、否定はしませんけれども……」

言葉を重ねるほどにたじたじとなるニア。可愛い。

なんだか珍しい状況な気がするし、ニアは可愛いし、このままグイグイといってしまいたい気持ちになってきてしまう。

「こういう日々を重ねて、本当の夫婦になれたらいいな、と心から思います」

「アーク様……」

頬を染めるニアの手を取り、口づけしようと……。

「んんっ！　ゴホンゴホンっ‼」

……したところで、ローラの咳《せき》払いが聞こえて、俺は思わずぱっと手を離してしまった。

そうだよ、こいつもいたんだったよ。話し合いに没頭してすっかり忘れてたけど。

いることに気付かせないのは侍女として優れた能力ではあるんだが。

「あ、あ～、すみません、まだ決めないといけないことがありましたね！　ええと、そうだ、殿下に報告送ってる間に、それぞれの地域の町長とかに訪問の約束を取り付けるとか！」

「そ、そうですね、そうしたら放置するつもりはないということがまず伝わりますし！」

何だか盛り上がりかけたところに水をさされ、恥ずかしくなってしまった俺達は慌てて相談を再開する。なんか妙に早口になってしまってるのは仕方ないと思う。

しかし、実際明日にもやっておきたいことが決まってなかったんだから、そういう意味じゃありがたかったかもしれない。個人としての感情は別として、領主としては。

こうやって領主としての自覚や思考は出来上がっていくのかねぇ。多分違うとは思うが。

「明日、早速ファルロン伯爵に協力を要請しに行かないと。……今からトムに使いを頼んでも大丈夫そうですかね？」

こっちに着いたのは昼過ぎ、それからなんやかんや数時間。大分日も傾いてるが、ひとっ走り行ってもらうくらいなら夜になる前に戻って来てもらえるだろう。

という算段でニアに聞いてみれば、彼女も頷いてくれた。

「御者台でずっと馬を操ってくれていたので、申し訳なくはあるのですが……トムが無理なら、アーク様ご自身が行くつもりでしたよね？　それは流石に……子爵家当主がお使いにというのは、体面が悪いかと思いますし」

「まあ、そうなんですよね。じゃあ、トムには悪いですが行ってもらいます」

申し訳なさそうにしているニア。正直、俺も疲れてるあいつを使いたくはないんだが、仕方がないのもわかってる。領主が自分で自分の使いっ走りとか、物笑いの種にしかならんからな。

ついでに、暗くなり始めてる時間に一人で行かせられるのがあいつくらいしかいないし。

庭師のおっちゃんは膝が良くないんだよな。

俺が一介の騎士だったら、さっさと自分で行くとこなんだが……貴族家当主ってのは面倒が多い。

今後はこういうことも増えてくんだろうし、慣れないといけないんだろうなぁ。

「ひとまず、部屋に戻ってトムに渡す手紙を準備しときます。あ、君、トムを俺の部屋まで呼んできてくれるか。ゆっくりでいいとも伝えてくれ」

俺は、部屋にいたメイドにそう伝言をした。

例えば、こんなこともその一環。

手紙を書き終わってから俺がトムの部屋に持って行けばいいんじゃないかと思うかもしれないが、こういうことこそ使用人をこっちに呼ばないといけない。

ついでに、呼ぶ時にも人を使わないといけない。まったくもって、面倒くさい。

面倒くさいが、ここで俺がいつもみたいに振る舞ってると舐められる可能性があるんだよな……特に、外の人間に。

貴族ってのは、舐められたら負けなところがある。

交渉事においても、一度下に見た人間の言うことは真摯に聞かないし、相手に理不尽なほど不利な条件を平気で突きつけてくるんだよなぁ……。

なので俺は舐められないように貴族家当主らしい振る舞いを心がけないといけない。

その辺りはうちの使用人達もわかってくれている。流石、元王宮勤め。

なので彼女らに気を遣う必要はなく、後は俺が慣れるばかり。

どうにも慣れないが、なんとかしていくしかないんだろう。

ふう、と息を吐き出して、それから貴族家当主っぽい顔を作る。

「ということで、俺は部屋に戻ります。いきなりお邪魔してすみませんでした」

「いえ、とんでもない。相談してくださって嬉しかったです。それに……その、私達は、夫婦なのですから……支え合いませんと、ね？」

なんて可愛いことを言うニアのはにかむような微笑みの直撃を受けて、俺は胸を押さえた。危ない、可愛さで死ぬところだった……心臓が止まるかと思った、まじで。

「あ、あの、アーク様？」

急に動きを止めた俺を、ニアが不思議そうに見る。

そうか、無自覚か……そうだよな、ニアは意図的にそんなことしないよな。

天然でこれとか、そっちの方が質《たち》が悪い気がしなくもないが。どうか今のままのニアでいてくれますように……。

「いや、なんでもないです、大丈夫です！　それじゃ、失礼しますね！」

そう返した俺は、ギクシャクとぎこちない動きでニアの部屋から退出、自室に戻って手紙を準備しようとしたんだが、手が震えて何度も書き直す羽目になったのだった……。


何とか書き終わった手紙をトムに持っていってもらったところ、ファルロン伯爵も明日時間を作ってくれるという返事をすぐに書いてくれた。

で、翌日俺は、ニアを伴って宿営地を訪れたわけだが。

「……待遇が違うのは、ニアが一緒だからですかね」

とか思わず言ってしまったのは許されてほしい。誰もいないタイミングだったし。

昨日は宿営地の入り口付近にあるテント。

今日は宿舎の中にある応接室。

もちろん簡易に作られた宿舎の中にあるものだから、仮設とも言えるレベルのものではあるんだが、ちゃんと壁と扉があるんだから、待遇としては大違いである。

ま、向こうの都合もわかるから、直接文句をぶつけるつもりもないが。

「それよりは、話の重要度をご理解いただけているから、と思った方がいいと思いますよ？　その方が、アーク様もお話ししやすいでしょうし」

「まったくもってその通りなだけに、反論のしようもないですね。俺としても、ファルロン伯爵とは上手くやっていければと思っていますし」

ちょっとわざとらしいくらいに真面目くさった口調で言うニアのフォローに、俺は愛想良く応じる。実際、そんなに気分を害してるわけじゃないし。

むしろ、俺が本気で言ってるわけじゃないことをニアがわかってくれてるっぽいのが嬉しい。

出会った当初に比べて、お互いの理解が進んでいるような気がするから。

……まだまだお互い遠慮がちなところはあるが。

でもまあ、無遠慮になるよりはいいんじゃなかろうか。

「……っと、伯爵が来たようです」

「え？　あ、はい、そうなんですね」

こちらへと向かってくる足音を耳に捉えた俺が言えば、ニアが一瞬キョトンとしてから頷いて立ち上がる。……ちょっと嬉しい。俺の感覚を信じてくれているってことだから。

なんてしみじみ味わいつつ、俺も当然立ち上がる。爵位が上の人間に会うわけだしな。

「お待たせしましたかな？」

「いいえ、まったく」

昨日に比べたらな！とかいう嫌味に取られないように気を付けながら俺は言う。

牽制《けんせい》しあうつもりならともかく、今日はそんなつもりはまったくないし。

そのニュアンスは伯爵にも伝わったのか、若干ほっとした顔である。

この空気なら、サクサク話を進めてしまっても大丈夫だろう。

「お話の前に妻を紹介させてください。こちらが私の妻であるニアでございます」

「マクガイン子爵が妻、ニアでございます。どうぞお見知りおきください」

俺が紹介すれば、ニアが整ったカーテシーを見せる。

……どこがどう違うのかわからんが、華やかさが抑えられ丁寧さが伝わってくるその姿に、色んな意味で感嘆してしまう。

つまり、王族風の振る舞いではなく子爵夫人として恥ずかしくない、その中でも最上級の礼を見せた、挨拶を使い分けたってことなわけで。

そういう教育を受けさせられていたと聞いてはいたが、ここまで見事に使い分けるとは。

どうやらファルロン伯爵にもそれは伝わったらしく、感心したような表情になっている。

「これはご丁寧にありがとうございます。この旅団の長を務めております、ファルロンにございます」

部屋に入ってきた時から昨日と違った伯爵の空気が、更に柔らかいものになる。

いや、ニアが美人だからって鼻の下を伸ばしてるとかじゃなく。
協力関係を持つに値する相手だ、という評価を深めてくれた感じだな、これは。
貴族は侮られたら負けと言ったが、逆に価値があると思われれば力になることがある。
で、礼法を修めているか、教養があるかというのは一種の貴族的バロメーターで、そこを見てまず当たりをつけるのはよくあること。

騎士団に所属するファルロン伯爵だが、無骨一辺倒ではなくそこを見る目もあるようだ。
領地のない宮中伯であれば、上流階級と騎士団の間に立つことも多いだろうから、むしろ必須の技能なのかもしれないが。……やっぱ味方につけた方が良さそうだな、この人。

一通り挨拶も終わり、お互い席に腰を下ろしたところで早速俺は口を開いた。

「手紙である程度お伝えしましたが、例の野党対策に関して相談したく本日は参上いたしました。具体的には、まず使者として幾人か騎士をお借りしたいのですが」

「ええ、そういうことでしたらこちらも異論はございません。野盗を探索させるのには幾日かかるかわかりませんが、使いであれば最悪でも二日あれば行き帰り出来ますから」

ファルロン伯爵の言葉に、なるほど、と俺達は頷いて返す。

騎士の操る馬であればストンハント、ディアマンカットの中心都市まで数時間。

馬を十分休ませるために一泊したとしても二日で済むわけだ。

これが応援を要請して王都から送ってもらって、となるとどれだけ時間がかかることやら。

おまけにそれをやっちまえば、旅団のメンツにも関わってくるし。今何をすべきか、手詰まり気味だったファルロン伯爵からすればかなり助かることだろう。

「それから、その後のことですが……」

と、続けて俺は今後の相談に入る。

行政官の派遣については当然必要、護衛の騎士を特務大隊から寄越《よこ》すのも問題ない。

この形であれば、旅団の面子にも関わりはない。たとえ、護衛の騎士達がその後も残って、俺の用事をやってくれたとしてもだ。

この辺りは問題ないのだが。

「しかし、子爵夫人も一緒にあちらへ出向かれるのは……」

と、ファルロン伯爵が難色を示す。まあ、普通の反応だろう。

当然これは想定していたので、俺もニアとの打ち合わせ通りに返す。

「実は以前ニアはそれらの町に行ったことがありましてね。顔見知りもいるものですから、そちらから私のことを紹介してもらえば、話が早く済みそうなのですよ」

「なんと、それはまた……でしたら、確かにお力をお借りした方が良さそうですな」

俺の発言にファルロン伯爵は驚いたようだが、それも無理からぬこと。普通の貴族令嬢でなら、国境際の町や村に出かけるなど、領地でもない限りはしないだろう。

この辺りは、学者の娘という設定が活《い》きてくる。……ほんとすげーな、この設定考えた人。

だからこそ、その人の期待を下回るような動きは出来ないし、したくないわけだが。

「妻としても、知己の者が苦しんでいるのを見過ごすわけにはいかないと申しておりまして」

「加えて、お恥ずかしながら私は先日の婚姻をもって貴族の一員となったばかり。貴族たる者の心構えを行動で示せる機会を与えていただいたとも思っております」

ニアが、柔らかさの中にも凛《りん》とした強さのある声で俺の発言に続けば、ファルロン伯爵は驚いたような顔でしばし沈黙した。

何しろニアは元王女、それも国民のために動いていた『本物』の王族。

そんな彼女がその気になった時に纏《まと》う高貴な雰囲気は、子爵夫人のそれではない。

だからこそ乱発すべきではないんだが……このタイミングでの効果は覿面《てきめん》だったようだ。

「なんと……奥方殿の心根、まさしく貴婦人と呼ぶにふさわしいものでしょう」

演技でもなんでもなく、心から感動した面持ちで言うファルロン伯爵。

騎士の心得として、貴婦人を尊重すべし、といったものがあったりする。

現場叩き上げの騎士にはあんまり根付いてない精神だが、伯爵のような宮中貴族の騎士であればそれが必要になる場面は多いはず。

政略結婚に繋がったりだとか、政治的に意味があるっていうのもある。

それともう一つ、物語に出てくるような騎士として振る舞うっていうのも、目立つ場所にいる騎士には必要なこと。憧れや尊敬の対象となる騎士がいることで、平民達が身を律することに繋がったりもする。

もちろん騎士を目指したり、それが無理でも兵士になろうっていう子が出てきて国防に繋がるって側面もあるしな。

あ、ニアが貴婦人にふさわしいってのは当然として。

そんなファルロン伯爵へとニアがはにかんだような微笑みを向ける。

……大丈夫、嫉妬してない。大丈夫。俺はそんなに心が狭い人間じゃない。

「ありがとうございます。真の騎士たるファルロン伯爵様にそう言っていただけるのは、身に余る光栄でございます」

……大丈夫、嫉妬してない。大丈夫。ニアが俺のことも真の騎士だって思ってくれてるってわかってるから大丈夫。

今後はニアが騎士や目上の貴族と関わることも増えるんだ、こんな社交辞令で心を乱してたら身が持たないというもの。

「こちらこそ身に余る光栄です、レディ」

言葉通りに感じ入ったような顔で応じるファルロン伯爵。

見ての通り、効果は抜群だ。

流石ニア、という気持ちと、醜い嫉妬や独占欲が同時に湧いてくるが、それも我慢。

俺一人の感情は俺一人で処理出来ること。仕事と感情は別物なんだ。

というか、それを上手く処理出来ないと、ニアの夫など務まらないだろう。

それくらい、ニアは魅力的な女性なのだから。

実際、そこから話はトントン拍子。

この件に関する協力態勢に関して、理想的なほど前向きな話が出来たのだった。

こうして無事ファルロン伯爵との打ち合わせを終えた俺達は、恙《つつが》なく領主の館へと戻ってきた。

一仕事終えた俺達は、軽く休憩でも、と茶話室へと移動。

「本当にニアがいてくれて助かりました」

お茶の準備がされたところで、俺はニアへと頭を下げた。

戻ってくるまでの時間で、俺の感情はすっかり折り合いが付いている。

この辺り、馬車と馬に分かれて移動していたのが功を奏した形と言えるだろう。

一人で馬に揺られていたおかげで、頭を冷やすことが出来たわけだ。

これがニアと同じ車内だったら、表情か声のどっちかで気付かれていた可能性は少なくない。遺憾ながら、俺が恋愛沙汰に不慣れなことはバレていると思う。だが、嫉妬だなんだに振り回されて感情的なところを見せてしまうのはまた別問題じゃないだろうか。

いやしかし、寛大なニアならそうでもないのだろうか。

……こんなところも、いつか話し合えるようになるといいなぁ。

ってなことは馬上で考えていたこと。

今こうしてニアの前にいる時点では折り合いを付けているし、ニアの表情を見るに、多分制御は出来ているんだと思う。

「いえ、私は何も。ファルロン伯爵がこちらの話を聞いてくださる方だったからで……。でも、少しでもお役に立てたなら嬉しいです」

だから、ニアから返って来た答えにもこちらを気遣ったりといったところはない。

謙遜もしつつ、こちらの言うことを受け入れもする。こういう返しをされると、こっちとしても満足感があるんだよな……。

こういうやり取りが自然に出来るあたり、ニアの対人経験というものは豊富なのだろう。

一瞬ちらっと嫉妬が頭をよぎったが、流石に不特定多数相手だとそれもすぐに消え去る。

それよりも、この状況においては頼もしさの方が勝るし。

「むしろニアの出番はこれからなんですけどね。向かう先の町長ですとか相手の交渉は、特に最初はお任せすることになりますし」

「はい、それはもちろん。最初からそのつもりでしたしね」

答えるニアの口調に、揺らぎはない。当初の予定とはズレてしまったというのに。

こっちに来る前の計画では、俺が内政の安定を担当しつつニアが町々を巡って各地の長と連絡を取って、統治への協力を要請するはずだった。

だが、この状況でニア達だけを向かわせるのは正直危険である。

ということで、俺も一緒に出向くことにしたのだ。

そうすれば俺も安心だし、町長達にこちらの姿勢を一層強く示すことも出来る。

おまけに、それだけでは終わらない。

「……食いついてきますかね？」

「恐らくは。裏にいるのが第二王子であれば、少しでも早く手柄が欲しいはずですから。その、申し訳ないのですが……アーク様は、これ以上ない餌になるかと」

俺の問いに、ニアはこくりと頷いてみせた。

あちこちに出没する野盗に扮した連中。その裏にいるのは、恐らくシルヴァリオ王国第二王子、バルタザール。

第一王子を蹴落としたい彼は、常に手柄を追い求めているわけだが、そこに先の戦争で悪名を轟《とどろ》かせた俺を捕縛、あるいは討ち取る好機が巡ってきたらどう動くか。

おまけにそれが、領地奪還のためにこれ以上ないほど有効な手になるとなれば。

まず間違いなく、俺にちょっかいをかけてくるだろう。

「こっちが追いかけたら逃げるだけの連中も、俺が出歩いているとなれば話は別。向こうから仕掛けてきてくれれば、一人二人とっ捕まえるくらい大したことじゃないですからね」

「あちらがどれくらいの手勢を揃《そろ》えているかにもよりますが……今までの情報から考えるに、最大で三十人ほどでしょう。特務大隊から派遣してもらえるであろう護衛騎士の数を考えると、危ない橋を渡ることにはなるのですが……」

気楽に応じる俺へと向けるニアの表情は、とても申し訳なさげだ。

それも当然で、恐らく派遣してもらえるのは十人前後。連中の数はその三倍。俺やトム、ローラもいるとはいえ、普通は厳しい状況である。いくら鍛えられている騎士とはいえ、数を頼みに囲まれてはその力を発揮出来ない。普通は。

「まあ、そんなこともあろうかと特務大隊の連中は鍛えてきたわけですし」

「……言われてみれば、そうでしたね」

俺に言われて、思い出したかのようにニアが苦笑する。

多分彼女が思い出したのは、こっちに来る前に見せた朝稽古の風景。

俺が複数相手の戦い方も鍛えていたのは、こういう時のため。

当然、俺が隊長を務めていた中隊の連中も同じようなことはさせている。俺くらい出来るようになった奴はいないが、それでも普通の騎士よりはずっと一対多を経験しているはず。

特務大隊は少数精鋭で動くことも少なくないから、こういった訓練も必要となるのだ。

それが今回は活きることになりそうである。

「とはいえ、実際に連中の動きを見たわけじゃないんで、あまり軽く見てもまずいですが。旅団の面々を見るに実戦で鍛えられているようですから、見立てもそうズレてはいないでしょうし」

「そこはもう、信じるしかありませんね。本当はもっとじっくり調べてから動きたいのですが……あまりのんびりしていては、冬が来てしまいますし」

「ストンハントやディアマンカットの住民にも不信感を与えかねないですしね。急いで対応するとか言っておきながら動かなかったら、かえって不審を煽《あお》ってしまいそうだ」

「そうですね。彼らは新しい領主であるアーク様を見定めたい気持ちもあるでしょうから、言葉よりも行動で示さないと説得力がなくなってしまうでしょうし」

ニアの言葉に、俺も頷かざるを得ない。

前にも言ったが、住んでる住民にとっちゃ国がどうなるかなんて知ったこっちゃない。

町長や村長がどうなるか、精々その上の領主がどうなるかの方がよっぽど大事だ。

そこに、口だけは立派なことを言いながら腰が重くて動いてくれない領主が来たら、どんな目で見られるかなんて言うまでもない。

おまけに、そんなことをしたらニアの持つ人脈まで失われかねない。

人間、期待していないことが起きなかったからって何も思わないが、期待を裏切られたら根に持つものだからな。

「逆に、行動で示すことが出来れば大きい。特に、今みたいな状況であれば。ニアや俺に危害が加わる可能性がある代わりに、野盗連中を撲滅出来てシルヴァリオの策も挫《くじ》けて、おまけに住民達の信頼も獲得出来るとくればやらない手はありません」

「得るものが大きい分、リスクも大きいのが申し訳ないのですが……」

指折り数える俺に、ニアが申し訳なさそうに言う。

そんなに気にすることないんだけどなぁ。

「俺からすれば、そんなにハイリスクでもないんですけどね。ニアのことだけが心配ですが」

「もう、少しはご自分のことも心配してください！」

珍しくニアがむくれたような表情になる。可愛い。いや違う。

いやしかし、そうか。つい俺基準で考えちまうから、いかんな。

「すみません、心配させてしまって。俺からすると、三倍の敵を相手にするくらいは割と普通にあったことなもんで、あまり気にならないんですよ」

「それはそれでどうかと思うのですが……本当に大変なお仕事だったのですね……」

めっちゃ同情した目で見られる。……いかん、これはこれでいいなとか思ってしまったら、人間として何かだめだろ、流石に。

「しかし、アルフォンス殿下がそのような差配をしていたとは、意外ですね。あの方でしたら、事を成すに十分な数を揃えてくるのだと思っていたのですが」

「ああ、なるほど。それは、確かにそうですよ？」

「……はい？」

ニアの所感に、あっさりと俺は頷いた。ほんとにあの人は、十分な数をちゃんと投入していく。たまにギリギリなこともあるけど。そういう時は大体俺が行かされてるんだけど。

だが、それを聞いたニアは、すぐには呑《の》み込めなかったのか聞き返してきた。

まあ、気持ちはわからんでもない。

「だから、確かに十分な数を投入してたんですよ」

「……え？　あの、相手は三倍の数、だったんですよね……？」

「ええ。ですが、全部何とかしてきました。だから俺が今ここにいるわけですし」

「ぜ、全部……そうなのでしょうけれど、何と言うか、理解し難いものがありますね……？」

困惑しきりのニアだが、よくよく考えたらそれも当たり前のことで、兵法書なんかには、防御が堅い城や砦《とりで》を攻める側は最低でも守備側の三倍の数を用意しろと書かれているほど。

つまり、それだけ有利な相手を倒すために用意するのが三倍という数。

そして、ニアは理解しているから驚いたんだろうが、特務大隊はアルフォンス殿下の策略を実行する言わば攻めの部隊だというのに相手の三分の一しかいなかったわけだ。

もちろん正面からの城攻めなんかを担当したことはなかった、というのはあるんだが。

野戦であっても、三倍の数で守ってる相手に突っ込んでいくのは無謀である。普通は。

だから、多分言葉でいくら説明しても理解し難いと思う。

「恐らく、これは実際に見てもらった方が早いんじゃないかと」

「そうですか、アーク様がそうおっしゃるなら」

そう俺が言えば、ニアはあっさりと頷いてくれた。

聡《さと》い彼女のことだ、俺が考えたことなんてお見通しなんじゃなかろうか。

少なくとも、ただの冗談とは思ってないようだ。

「でも、本当は実際に見ることにならない方がいいんですけどね」

そう言って、苦笑気味に笑ったのだから。

第四章……ストンゲイズ地方の人々は

そんなやり取りがあってから一週間ほど。

アルフォンス殿下にお願いした、文官とその護衛の騎士達《たち》が到着した。

流石《さすが》に、今回のメンバーにゲイルは入っていない。あいつも中隊長になって忙しいだろうから、仕方のないところである。

それから業務の引き継ぎと指示出しになったのだが、これは実にスムーズに終わった。

これは、待ってる間にニアが業務に関する指示書を纏《まと》めてくれていたので、何をいつまでにどうやってどうする、が整理された形で渡せたのが大きい。

派遣された文官はアルフォンス殿下が選んでくれただけあって優秀で、そんなのがあったら業務の理解などあっという間。後は誰が担当するかを決めるだけだったから楽なもんだ。

ちなみに、俺も手伝いはしたからな。

その間にストンハントとディアマンカットの両方と無事連絡を取ることも出来た。

やはり不安が募り始めていたようで、こっちから連絡を取ることで向こうも少しは安心してくれたようだ。

ただ、これで俺達が行かなければ反動で不安が跳ね上がりかねない。

というわけで、到着して一週間とちょっと経ったばかりだというのに、俺達は早速領内行脚へと出発したのだった。

「……なるほど、あまりいい空気じゃないな、これは」

領都と言ってもいいビグデンを出てすぐ、馬に揺られながら俺は小さく呟《つぶや》く。

他の二地方と行き来する主要街道のはずなのに、寂れた雰囲気。

そもそも、行き交う商人だとかの姿がほとんど見えない。

「この分ですと、物流への影響は相当なものかと」

すぐ近くを走っている馬車の窓が開き、ニアが顔を出した。

可愛《かわい》い、といつものごとく言いたいところだが、深刻そうな彼女の顔を見ればそんな浮かれた感情はいくら俺でも浮かんでこない。

俺と違ってニアは顔見知りがこの先のストンハントやディアマンカットに住んでるんだ、深刻にもなろうってもんだ。

だから俺も、真剣な顔で頷《うなず》いて返す。

「ビグデンの街に閉じこもってたら、この深刻さを肌で感じることはできなかったですね」

「その通りですね……あの街はまだ、物資も十分にありましたし」

ニアの言う通り、他の地方からの玄関口にもなっているビグデンは、そちらからも物資が入ってくるため、まだ活気は失われていなかった。

それだけを見て勘違いしていたら、他の二地方は致命的なことになっていてもおかしくない。

正直、背筋が寒くなる思いがする。

「冬になる前に来ることが出来てよかった。婚姻の儀式を早めた甲斐《かい》があったと言いますか」

「これで手遅れになっていたら、悔やんでも悔やみきれないところでした……」

明らかにほっとした表情のニアが、一瞬ちらりと馬車の中を見た。

そこには、今回の訪問で役に立つだろうある物が積んであったりする。

彼女が見知っている町や村の長、顔役達は年配の人も当然多い。

そんな人達が物資不足が酷《ひど》くなってから冬に突入していたら、最悪の事態になっていたことは十分考えられる。

また、体力の少ない赤子や幼子だって危なくなるだろう。

これは人間としての感情面でも、領主としての責任の面でも避けなければならないところ。

それを防げる手を打てただけでも大分ましと言える。

……打てただけじゃだめなのが現実の厳しいところではあるが。

なんとしても、連中の企《たくら》みを潰さんとなぁ。

「あちらの知人と連絡が取れて良かったですよね。向こうでの動きも取りやすくなりましたし」

「ええ、本当に無事で良かった……安心してお仕事に取り組めます」

俺がそう話しかけると、ニアもコクリと頷いて返してくる。

なんでも、ソニア王女時代にこの三地方合同で取り組んだ案件があったんだそうな。

で、その時の中心人物の一人がビグデンにいて、その人経由でも手紙を回し、密《ひそ》かに連絡を取ってもらって、ストンハントとディアマンカットの町長にもニアのことは知らせている。

ソニア王女が生きてるって情報が漏れないかという心配はなくもないが、この二人はソニア王女に恩義を感じているので恐らく大丈夫だろうとのこと。

元々シルヴァリオ王国から蔑《ないがし》ろにされていた上に今回こんな工作をされてんだから、ただでさえ薄くなっていた忠誠心も霧散したんじゃないかと思うし、多分大丈夫だろう。

まだここいらがシルヴァリオ王国の領土だったら、もうちょいじっくりと相手を見定めてから動くところだが、時間の余裕があまりないのもあって無理を押したところもある。

「安心、か……ニアには申し訳ないですが、道中はもちろん、町中でも警戒はさせてもらいます。多分、野盗に扮《ふん》した連中の手先が町の中に入り込んでるでしょうから」

「やっぱり、それはそうですよね。荷物の動きを事前に摑《つか》んでいる節がありますし。……迂闊《うかつ》な発言はしないよう、気を付けないと」

「それは、どっちかっていうと俺の方ですけどね。相手が一人なら、追うことも出来ますが……話を聞いてると、複数人を入れておくくらいの頭はありそうだ」

「ええ、恐らく。後ろにいるであろう人は、その程度の手配は出来るはずですから」

なんて会話をしてる間も、『後ろにいるであろう人』の名前は出さないようにしている俺達。

今護衛についてくれてる騎士達は特務大隊の面々だから、一応聞かれても大丈夫だとは思うんだが……今のうちから気を付けていた方がいいのも確かなことだしな。

それにしても……聞けば聞くほど、『後ろにいるであろう人』シルヴァリオ王国第二王子バルタザールに対する印象が微妙になっていく。

「なんていうか、小細工は得意な策士気取り、って印象が拭えないのは俺だけですかね？」

「ええと、それは……否定のしようもないですけれども」

つい俺が素直な感想を漏らしてしまえば、ニアは苦笑をすれども否定しない。

実の兄といえども、彼女からすればかつて色々と振り回してくれた相手。

向こうでの扱いを考えれば色々罵倒の言葉が出てきてもおかしくないくらいだが、それを言わないところがニアの優しさではあるのだろう。

ただ。それはそれとして、打倒すべき相手としても見ることが出来ているのが、彼女の底知れなさではあるのだが。

「目先の策に執着しすぎるところがあるのは事実ですね。策は大きな目標を達成するための手段でしかないはずなのですが、策を成功させることが目的になってしまうというか」

「なるほど、そこにつけ込む隙がある……例えば自分では絶対上手くいくと思っていた策が失敗しそうになったら、その策を捨てるのではなく意地でも成功させようとする、とか？」

「はい、その通りです。その性質のせいで、何度フォローする羽目になったことか……」

小さく溜息《ためいき》を吐《つ》くニア。

上役のフォローをする、なんて経験は俺にもあるし、それがどれだけ面倒かもよくわかる。

上手くいっても上役の手柄、下手こいたら自分の責任、だったりするもんなぁ。

おまけに、次善の手を上申するのにも気を遣うし。

……うん？　しかしそうなると。

「ニア。……今、その人のフォローをする人っているんですかね？」

「いなくはないと思うのですが、以前とは勝手が違っているでしょうね。与えられた権限もかなり少ないでしょうから」

俺の問いに返って来た答えは、予想通りのもの。

そりゃなぁ、冷遇されていたとはいえソニア王女は王族だったわけで。

普通の貴族だとかが同じ事をしようとしても、身分のせいで出来ないことは多いはずだ。

「……結構イライラが溜《た》まってるかもしれないですね？」

「多分、かなりイライラしているのではないかと」

「そこで更に失敗が重なれば、焦《じ》れて動き出す可能性が高まる、と」

「そういうことです」

ニッコリと良い笑顔を向けてくるニア。うん、実にいい顔だ。殿下に匹敵するくらいに。

ここでの工作が失敗すれば、あっちにとって不十分な状況であっても焦れたバルタザール王子が強攻策に出る可能性が高い。

そこを仕留めることが出来れば、シルヴァリオ王国攻略は一気に前進するはずだ。

さて、相手はそのリスクをわかっているのかどうか。

そして、仕留めきれるくらいの準備が出来るかどうか。

「きっちり痛い目見てもらうためにも、この訪問は実りあるものにしないとですね」

「はい、気を引き締めていきましょう」

そう結論づけて、俺達は頷き合う。

それから視線を前に向ければ、目的地である町が見えて来た。

話し込んでいるうちに、随分と進んでたんだなぁ。

さて、どこまでの協力を取り付けられるか。

ニアに言われた通り、俺は気を引き締め直したのだった。

＊＊＊

こうして俺達はストンハントの町を訪れたわけだが。

「おお……まさか、こうしてまたお会いできるとは……」

話を通してあったこともあるんだろうが、面会は滅茶苦茶スムーズに進んだ。

今俺達がいるのは、町長の家にある応接室的な部屋。

結構歳《とし》のいってる町長は一応准男爵にあるらしく、平民と貴族の間くらいの立ち位置。

財産もそれなりにあり、邸宅も立場に恥ずかしくないもの。

見たところ、本人もその立場に恥じない人物に見えるのだが……一点だけ、邸宅の手入れがあまり行き届いていないらしいのが気に掛かったんだが。

「そうでしたか、あの後そんなことが……」

「はい、あれからますます地方のことなど目に入らなくなったようでございまして……」

神妙な表情で応じるニアへと、涙を滲《にじ》ませながら痛切な声で訴える町長。

以前ニアがこの辺りを訪れて、第二王子が色々と手を打った。

もちろん、そうなるように裏でニアが動いたおかげではあるんだが。

ところが、例の戦争が始まった途端に中央からの支援はなくなり、戦場が近いこともあって領主は徴兵したり臨時徴税を行ったりと奪っていくばかり。

すっかり疲弊したところで今回の割譲が行われたのだ、町長からすれば捨てられたとしか思えなかったのも当然だろう。

「こうもされると、トカゲの尻尾にするから最後に収奪したのかとすら……」

「そんなことは……ない、とは言い難いのが申し訳ないと言いますか……」

慰めの言葉を口にしかけて、しかし言い淀《よど》むニア。

そんな彼女へと気遣わしげな目を向けながら、俺は密かに感心していた。

ニアが言い淀んだことには、二つの意味がある。

心優しい彼女ですら否定出来ないくらいに、シルヴァリオ王家とその傘下にある貴族はやはりダメなのだと印象づけること。

そんな中で、出来ないけれども彼女は慰めようとした、気遣っているとも伝えられた。

そうすると、どうなるか。

「おお……なんと、我らのために心を痛めてくださるとは……」

と、町長は感涙しきり。

これで彼は『シルヴァリオ王国から切り離されて良かった、ブリガンディア王国の方が少なくともましだ』と思ってくれることだろう。

あと、ソニア王女は姿が変わっても心は変わっていないと安心もしてくれたはず。

このやり取りそのものは、実は想定して用意していたりはするんだけどな。

多分ろくな扱いはされていなかっただろうと、ニアは予測していた。

その場合、シルヴァリオ王国や旧領主に対する恨み言の一つや二つ、出るはず。

それは、新しく領主となった俺達にとって好機になると踏んだわけだ。

そして、好機とあれば畳みかけるのが戦術の基本。

「いえ、割譲されるとあって、心配していたのです。……あ、心配と言えば。流行病の方は大丈夫ですか？　もしかしたらと思って、医薬品の類いを持ってきたのですが」

「なんと！　あ、ありがとうございます、まだ今年は流行していないのですが、これから寒さも厳しくなっていきますのに、備蓄に不安があったのでございます」

ニアが言えば、町長は一瞬驚きで目を見開き。それから、とうとう涙を流し始めた。

なんでも、この辺りには風土病ともいえるような流行病があるらしい。かつては冬になると猛威を振るったそうだが、薬を使うことでかなり抑えることが出来るんだとか。

お察しの通り、その安定供給にもソニア王女が一役買ったらしいんだが……今回の野盗騒動で、その薬が届きにくくなっていた。

で、今回の訪問に際してニアが乗っていた馬車に積んでいたのが、その医薬品なわけだ。

なんせ俺が座るはずだった場所が空いてるし、食料なんかと違って医薬品は町の人間全員分を積んでもそこまでの量にはならない。

これで訪問がもうちょっと遅くなっていたら食料も積んでいかないといけないところだったが、早めに動いたことで、今回は医薬品だけで済んだとも言える。

いずれにせよ、この町のことをソニア王女は忘れていなかったとアピールするにはこれ以上ない手土産になったことだろう。

「良かった、間に合ったようで。話を聞いて、薬のことが一番に心配になったのです」

「ああ……姫、いえ、子爵夫人様、なんと慈悲深いお言葉を……」

と、町長は椅子から立ち上がったと思えばひざまずき、ニアへと頭《こうべ》を垂れた。

……ちょ、ちょっと効果ありすぎたかもな～……？

いやまあ、今後を考えればありがたいくらいではあるんだが。

これで少なくともストンハントは、俺達の統治を心から受け入れてくれることだろう。

流石ニア。

策がばっちりはまった、というだけじゃない。

この策は、彼女が本当に心からストンハントのことを考えていたから出てきたものであり、彼女が心からそう思っていると声にも出ていたからこそはまったものだ。

計算と人情、両方が彼女の中で矛盾なく同居しているから、とも言える。

……どっかの王子と似てるなぁ、そういうとこは……割合は違うけども。

ともあれ、これで町長の心はばっちり摑めたことだろう。

なんて安心していたところで、ニアも立ち上がり、町長へと手を差し伸べた。

「顔を上げてください、町長。あなたがこの町をなんとか守っていたからこそ、こうして私達の手が間に合ったのです。それは、あなたが誇るべきことです」

「なんと……なんと、お優しい言葉を……」

ついに町長はボロボロと泣き始めた。これでトドメである。

とはいえ、実際よくやってたと思うんだよな。

王都からの支援も領主の庇護《ひご》も不十分だった上に近くで戦争があったのに、町は何とか安定している。

邸宅の手入れが行き届いてないとは言ったが、逆に言えばその程度。

ここまで治安を維持出来ていたのは、どう考えても町長の手腕である。

そこも見てますよと言われたら、そりゃ町長も泣くよなぁ。

これもう、俺がいなくても良かったんじゃないかと思ったりしてたんだが。

「それに、私が慈悲深いだなんてとんでもない。私がこうしてここに来ることが出来たのは、全て夫であるマクガイン子爵が心を砕いてくださったからなのですから」

とか嬉《うれ》しい言葉を放り込んでくれるニア。

い、一応この言葉をどこかで入れるのも、打ち合わせ通りではあったんだ。

だが、こう……これまでにあったあれこれをじっくりと懐かしむような口調で頬を染めながら言われたら、破壊力が桁違いすぎるんだが……。

あ、俺達の背後でローラが砂糖と生姜《しょうが》を同時に口の中にぶち込まれたような顔してるのが気配でわかる。

いきなりニアから惚気《のろけ》のようなことを言われた町長はぽかんとした顔になり。

表情が固まったまま顔を俺の方に向けて。

しばしまじまじとこっちを見て。

「さ、左様でございましたか！　あなた様が、あなた様がソッ、ひっ、こちらのお方を！」

色々察したのだろう、身体《からだ》ごと向き直り、勢いよく、額を床に打ち付けかねない勢いで頭を下げ、ほとんど平伏といっていい姿勢になった。多分、途中で言葉に詰まったのは、『ソニア王女』とか『姫様』とか言いかけたんだろうな。

さっき姫って言ったのは、貴族令嬢も領地じゃ姫とか言われたりするから、まあいいとして。流石にソニア王女って呼ぶのは、いくら応接室的な部屋とはいえ、まずい。

それをわかっていたから、危ういところで言葉を呑《の》み込んだんだろうなぁ。

うん、理性に関しても信頼して良さそうだ。……とか冷静に考えてる俺も、大分貴族ってものに染まってきたような気がしないでもない。

「ああ、偶然というか縁があってな。それがこうしてこの町のためになったのなら、俺としても嬉しく思う。これからもよろしく頼むぞ？」

「はいっ、はいっ！　もちろんでございます、この老骨に鞭《むち》を打ち、全てを捧《ささ》げましてでも！」

俺が領主らしく悠然とした態度で答えれば、町長は平伏した姿勢のままそう答える。

くっ、やっぱこういうのにはまだ慣れんな……いや、慣れなくてもいいのかもしれないが。

「頭を上げてくれ。いや、座り直してもらおうか。この町のこれからについても話をしないといけないからな」

「はいっ、かしこまりましてございます！」

がばっと勢いよく頭を上げた町長が、いそいそと、しかし礼を失しない丁寧さで椅子に座り直す。

うん、やっぱこの方が話をしやすいや。

「では、これからについてなんだが。まず、野盗対策として……」

気を取り直した俺は、ニアと決めていた、話し合うべきことについて町長に話し始めたんだが、話し出したら、そりゃもう止まらなかった。

町長としては色々不安も心配も懸念もあったことだろう。

それを、腹を割って話しても大丈夫そうな領主が直接聞きに来たというのだから、いくらでも話すネタは出てくるってもんである。

……こんな状態になってもらうために、さっきの挨拶からの会話があったわけだ。

やっぱ人間、何を話すかじゃなくて誰が話すか、誰と話すかだな～と改めて思う。

ニアの若さでそのことをわかっているのは、複雑なもんがあるんだが……。

多分シルヴァリオの王宮で、言った人間に合わせて態度の変わる使用人だとか見てきたんだろうなと思うと胸が痛い。もっとも、それを察する賢さもあれば、そこから飛び出す強さもあったから、今のニアがあるわけだが。

その手助けをしてくれたローラとトムには感謝しかないな。……とか考えてる俺を見るローラが気味悪そうな顔しそうなのは気のせいだろうか。

などと感慨に耽《ふけ》っている余裕があるのは、もちろんニアがしっかりとヒアリングをしてくれるため俺の出る幕がないからなんだが。

「ああ、やはりあなた様のお心は今もお変わりがなく……この世に聖女という存在がいるとしたら、きっとあなた様のことなのでしょう」

とか町長は最早《もはや》信仰対象レベルでニアのことを見てるし。

……いや、まてよ。

町長の言葉が、俺の勘に引っかかった。

聖女。もう長いこと現れてないから伝説上の存在でしかないんだが、神に祝福された清らかな女性のことをそう呼ぶ。

神に祝福された。

その言葉で、先日の結婚式、聖別されたワインを口にした時のことを思い出した。

司祭も驚くほどの、明確に何か神聖なる存在の力が注がれていたワイン。

奇跡が使えるだとか魔法が使えるだとか関係なく、ただ神に祝福された存在が聖女だとすれば……。いやいやまさかそんな。いやしかし。

ちらりとニアの顔を見るも、真面目に町長の話を聞いているだけで動揺は見られない。

彼女のことだから、自分が聖女だとかそんなことは欠片《かけら》も思わないんだろう。

だが、俺としてはどうしても気に掛かる。贔屓目《ひいきめ》があることはわかっているが。

これはちょっと、色々落ち着いたら調べ直してみる方がいいかもしれんなぁ……。

なんせ伝説上の存在だから、俺はまるで興味がなくてろくすっぽ知らなかったりするし。

もっとも、調べられる資料なんて王都くらいにしかないんだろうが……。

「お二人のおかげで、心のつかえがすっかり取れました。どうぞよしなにお願いいたします。そして、この町の人間を代表して、マクガイン様に心からの忠誠を誓います」

なんて頭の隅で考えてた間に、町長は言いたいことを言い終えたらしい。

深々と頭を下げてくるその姿からは、言葉通りの忠誠心を感じる。

ニアが聖女かはともかく、この町ですべきことの大半はこれで終わったと言っていい。

「その忠誠、ありがたく受け取ろう。町の皆にも話をしたいのだが」

「はい、そういうことでしたら……町の主立った者を集めての酒宴を準備しておりますので、是非その場でお話しいただければと」

俺の言葉に、町長は好々爺《こうこうや》の笑みで応じてくる。

ニアに対する信仰心じみたものではないが、俺の方もちゃんと信頼は獲得できているようだ。

そして、この町ではこの町長の影響力が強く、彼が大丈夫と言ったら住民達も信じるらしいので、彼が酒宴の場で語ってくれたら住民達の人心掌握もかなり進むことだろう。

……そのついでに、もう一つの狙いも上手《うま》くいってくれたらいいんだが。

「お二人には客間を用意してございますので、酒宴までの間はそちらでごゆるりと……」

「ありがとう、お言葉に甘えるとしよう」

日も暮れかかっていたので、今日はこの町に一泊、明日ディアマンカットへ出発予定。

そのため、町長は俺達が泊まる部屋を用意してくれていた。

というのも、この町には貴族である俺達が宿泊出来るような宿がないからで、ちょっと気を遣うが警備の都合上仕方のないこと。

そして、警備と部屋数の都合上、俺とニアは同じ部屋である。

それだけ聞けば心拍数が跳ね上がりそうなところだが、さっき言ったように警備上の都合もある。

つまりローラやトム、護衛の騎士も同室同然な状況なので、そういう雰囲気は欠片もない。まあ、うん。

今はそういう浮かれたこと考えてる場合じゃないしな。

しばし休憩した後、町の集会所みたいなところで酒宴となった。

もちろん事前にローラとトムが中心となって調べてくれたが、何かしようと隠れてるような輩《やから》は見つからず、問題なく酒宴は行われた。

「皆、今日は忙しい中よく集まってくれた。これからはこの『黒狼《こくろう》』が目を光らせているから、安心して暮らしてくれ！　では、乾杯！」

と俺が乾杯の音頭を取れば、皆一様に盛り上がりながらジョッキやグラスを掲げる。

恐怖の対象だった『黒狼』の名も、一度味方として認識されれば頼もしさへと変わるらしく、それぞれほっとした顔や喜びの顔を見せていた。

……柄じゃないかもしれないが、直接この町へ来てよかったと思う。

じゃなきゃ、住民の顔を直接見られなかったからな。

そんな感じで、ストンハント訪問は無事終了。成果も十二分と言っていいだろう。

翌日はディアマンカットへと出発、警戒はしていたが襲撃だとかは特になく、三日ほどで無事到着することが出来た。ここでもニアの交渉というかカリスマというかが炸裂《さくれつ》、町長は俺達への忠誠を誓ってくれた。

ついでに同じく医薬品を届け、また、ストンハントで頼まれたハーブなども渡したらかなり喜ばれた。

これからの時期、保存食作りに欠かせないらしく、そりゃないとまずいよなと。

つくづく、対応が遅れてたらまずいことになっていたと痛感するやら安堵《あんど》するやら。

で、同じように酒宴で歓待され、ディアマンカットでも一泊することに。

一通りやるべきことが終わった俺達は、案内された部屋でほっと一息吐いて。

それから、表情を改めた。

「いよいよ、明日からが本番ですね」

俺がニアにそう告げれば、彼女も真剣な面持ちで頷く。

二人の町長に会い、急場しのぎの品を渡して、現状把握をして。

といった表向きの目的は十分に果たせたわけだが、本命はそれじゃない。

「ストンハントと同じで、さっきの宴でも途中で抜け出した男がいました。こっそり後を尾《つ》けたら、会場の外でよろしくない風体の人間と何やら話をしましたね」

「恐らくその者が野盗連中の内通者なのでしょう。町長には、事が終わり次第捕らえるよう密かに伝えてあります」

トムが報告すれば、ニアがその後を受けて補足する。

これが、二つの町で暢気《のんき》に酒宴なぞやっていた理由。

そこで町長は俺達が何故やってきたのかだけでなく、その後どう動くかも軽く話していた。ストンハントからディアマンカット、そこでも一泊してからストンゲイズに戻る、と。

この情報を野盗連中が得たら、どうなるか。

「ディアマンカットに向かう道中では何もなかった、ということは指示を仰いだが返答が間に合わなかったんだろうな。やはり野盗の上に指示を出してる人間がいるのは間違いなさそうです」

もしも野盗がこの辺りを根城にしてるだけの本物であれば、すぐに連絡がいって俺達を襲ったことだろう。身代金が期待出来る領主夫妻が、大して護衛もつけずに貴重な薬品やら持って移動してるわけだから。

わざわざ、旅団が駐屯しているストンゲイズに近い街道で襲う意味もあまりないし。

ということで俺は結論づけたわけだが、ニアも同じのようだ。

「黒幕が彼だとすれば、恐らく近くには来ていないでしょう。王都に伝書鳩《でんしょばと》で連絡すれば、ここからだと往復四日ほど。直接やり取りをしているか、ある程度裁量権を持った人間が徒歩で数日程度の場所にいるか……どちらかでしょう」

「であれば、後者の方がいいんですがねぇ。連中のついでにその人間を捕まえることも出来たらベストなんですが」

その手の人間は逃げ足も速いと相場が決まっているから、難しいかもだろうけども。

それに、そいつから第二王子に繋《つな》がる物的証拠がないと、向こうを直接追及することも出来ないが、多分聞いてる性格からすると、証拠は残してないだろう。

自分の保身だけはしっかりする、そういうタイプの人間だ。ムカつくが。

「そこは出来る限りの努力目標にしましょう。まずは襲ってきたらしっかり迎撃すること。それだけであちらの目論見《もくろみ》は崩れますから」

「それは確かに。こっちをかき回そうにも手駒がいなくなればどうしようもないですし」

第二王子の狙いは、ここいら辺りの混乱。

新任領主が対応に追われたところに攻め入り、領土を奪い返すのが目的のはず。

ところが、混乱させるための手駒である野盗がいなくなってしまえば、その目論見は水泡《すいほう》に帰すことになる。

そうなった場合は強引に力押しできそうだが、そうなったらこっちも十分な態勢で迎撃出来るわけだし、そうそう負けることはないだろう。

「ニア、連中が襲ってきそうな場所はわかりますか？」

「はい、三十人前後の大所帯を伏せておけそうな場所、あるいは十分に展開出来そうな場所がいくつか。これは皆さんとも共有しておきますね」

俺が聞けば、ニアはすらすらと答えていく。それも、実際に行ったことがあるからか、どういう場所かの情景まで浮かぶ説明で。まじで最高の参謀だな、ニアは。

「これなら、連中がどこで襲ってきても大丈夫そうだ。もちろん他の場所も警戒はしますが」

感心しながら俺が言えば、同席している騎士達も同意する。

むしろ、これで対応出来なかったら、完全に俺達の責任だな、うん。

「ええ、申し訳ないですが迎撃はお任せします。……必ず守ってくださると信じていますから、ね」

そう言いながら、ちょっと茶目っけのある仕草で片目をつぶってみせるニア。

撃ち抜かれた俺は、思わず胸元を押さえる。

いや、もちろん守るともさ。

最高の参謀が準備を整えてくれたんだ、次は俺達が最強の騎士だと示さなければ。

「もちろんです。指一本触れさせませんよ」

自信たっぷりに、俺はそう言い切ったのだった。

＊＊＊

こうして、作戦面も含めて十分に準備した俺達は、翌朝ストンゲイズへと戻るため出発した。一日目は、特に何もなし。この距離だとディアマンカットから援軍が来るかと考えて避けた可能性はあるか。

ならば、恐らく来るのは二日目。この距離なら、ディアマンカットからもストンハントからも遠くて、町が襲撃に勘付くことも援軍が来ることもそうそうないだろうから。

と考えた俺の予測はピタリと当たった。

「……全体、止まれ！」

俺が号令をかければ、すぐにトムが反応して馬車の速度を落とし始める。

馬と違って馬車はすぐには止まれないからな……護衛の騎士達も、馬車の動きに合わせて馬の速度を落としていく。

「アーク様、やはり？」

「ええ。ニアは、窓をしっかり閉めてローラと中で待っていてください」

馬車の右斜め後ろに位置していた俺が馬を前に進めながら言えば、ニアがこくりと頷いて馬車の窓を閉める。

少しばかり緊張はしているようだが、逆に言えばそれだけ。

いくら襲撃をされた経験が幾度かあるとはいえ、これから今までにない規模の戦闘に直面しようっていうのに、ニアは随分と落ち着いたものだ。

「……下手なところは見せられんなぁ」

「隊長がかっこつけようとしてるなんて、随分珍しいですね？」

「ば～か、そんなつもりはねぇよ」

思わず口に出したところを先頭に立っていた騎士にからかわれ、俺は笑いながら返す。

こいつは特務大隊で中隊長やってた時の部下だから、割と気安いんだよな。

おかげでやりやすくはあるんだが。あ、一応言うだけは言っとかないとな。

「おい、俺はもう隊長じゃないぞ。ちゃんと子爵と呼べ」

「はっ、失礼いたしました、マクガイン子爵閣下様！」

「よ～し良《い》い度胸だ、後でみっちりしごいてやる」

「うわっ、それはご勘弁を！」

なんて冗談を言いながら俺が更に前に出れば、その後ろで、騎士達が馬車を囲んで守るフォーメーションを組む。これは、最初から打ち合わせていたこと。

ある程度前に出たところで俺は馬から下りた。

単純な戦闘力でいえば騎乗していた方が強いんだが、今は馬に鎧《よろい》を着けてないんで、乱戦になったら馬が怪我《けが》をする可能性があるためだ。正規の戦ならともかく、こんな野盗まがいの連中相手で怪我をさせるのは忍びないからな。

それから、鞍《くら》に付けていた武器を取り外す。３ｍほどの長い棒、訓練で使っていた棍《つえ》を。

『狼牙棒《ろうがぼう》』は、今回持ってきていない。理由は二つ。

単純に見た目が怖いから、訪問する町の住人を怖がらせないかっていう懸念が一つ。

もう一つは、こういった時に出来るだけ生け捕りにするため、だ。

ほんとはもう一つあるんだが、それは一旦置いといて。

取り外した棍を肩にかつぐようにして持ちながら、俺は無造作な足取りで更に前へ。

「お～い、とっくにバレてんだから、さっさと出てこいよ。かくれんぼしてたって、そっちが戦いにくいだけだぞ？」

俺がそう声をかければ、困惑したような気配。そりゃま、そうか。

ここは街道の左右に点在する木や岩が視界を遮る、ニアが指摘した待ち伏せしやすい場所の一つ。気付かれないと思っていたから連中は隠れていたっていうのに、かなり離れたところで俺達が止まった上にこんな声かけをされれば、何事かと思うだろう。

まあ、困惑しすぎたせいで、どうするか踏ん切りが付かないようだが。

「なんなら人数も当ててやろうか？　そこの岩に五人、そっちは四人。更に後ろの岩三つに三人ずつ。そこの木の上に一人、こっちに一人。弓持ちか？　で、その木の下に二人ずつ」

俺が棍の先端で指し示しながら言えば、困惑は更に深まった様子。

もちろん連中も顔を出してこっちを見てるわけじゃないから、俺がそうしてるところは見えてないわけだが、それでも声の向きだとかで俺がそうやって示したのは伝わるんだろう。

自慢じゃないが、気配だなんだでここまで正確に当てられる人間は、そうはいないからな。

……今度バラクーダ伯爵と競争してみたいな。あの人はかなり当ててきそうだ。

「お前ら、普段襲ってる時にあんま不意打ちとかしてなかったのか？　隠れ方が下手にもほどがあるっての。岩の近くの足跡隠せてないし、木の上の奴《やつ》は落ち着きが悪いから枝が揺れてるし」

まあ、足跡もそんな濃くはないし、枝も小さく揺れてる程度ではあるんだが。

しかしそんなんじゃ俺の目は欺けないし、そうでなくとも特務大隊の人間であれば全員気付くだろう。そんな程度の杜撰《ずさん》な隠れ方だ。

普通の商隊だとかを襲撃する分にはそれでも十分だろうが、あいにくと相手が悪い。

それとも、シルヴァリオの騎士はこんな程度で騙《だま》されるんだろうか。

「こんだけ人数を揃《そろ》えてきてるってことは、俺が誰かわかってんだよな？　まさか、アーク・マクガインと、悪名高い『黒狼』とわかっていて侮ったか？」

自分で悪名高いとか言っちまった。

俺が名乗っても動揺が見えないあたり、やっぱり向こうも俺だってわかってはいるらしい。

それでこれってのは……あ、まさか。

「おいおい、まさか『黒狼』は戦場で暴れるだけの知恵なしだ、とか吹き込まれたか？　可哀想《かわいそう》になぁ。悪いが狼《おおかみ》だけあって、鼻が利くんだ」

そう言いながら俺は、わざとらしい身振りで自分の鼻を指先で弾いてみせる。

……ちょっとかっこつけすぎか？　それこそさっき揶揄《からか》われたみたいに。

しかし実際俺は鼻が利く。比喩的な意味でも、物理的な意味でも。

だからニアのことを見つけられたんだし、というのは置いといて。

「別に、隠れたままでもいいけどな。それはそれで、各個撃破するだけの話だ」

わざとらしく一歩前に進めば、動揺の気配が更に強まる。

言うまでもなく、隠れてる体勢ってのは戦闘に向かない。

そんなところに殴り込まれたら、折角揃えた数も無駄になるってもんだ。

向こうの指揮官だかリーダーだかも、その程度のことはわかったんだろう。

何か合図を送ったような気配の後、岩場から男達が出てきた。

……聞いてた通り、服装こそバラバラだが装備している剣だとかは同一系統のもの。

ぶっちゃけた話、あの戦争の時にシルヴァリオ王国軍が使っていたものと酷似している。

つまりこいつらがシルヴァリオの手の者だってのは確定なわけだ。

「……貴様、一体何を考えている……？」

指揮官らしき男が、困惑した顔で問いかけてくる。

いや、そう聞かれてもなぁ。

「何をって、お前らを殴り倒してとっ捕まえることだが」

「何故それで、前に出てくるんだ……？　というか、勝てるつもりなのか？　こう、自分の身柄と引き換えに妻や部下を助けてくれと命乞いをしにきたとばかり……」

ああ、こいつらが困惑してたのはそのせいか。

気付かれること自体はあると踏んでいて、俺一人が出てくることも想定の一つとしてはあったはず。

こいつらの背後にいるシルヴァリオ王国第二王子バルタザールの狙いは、この地域の奪還。であれば、俺達を人質にして交渉や工作をすることも頭にあってもおかしくはない。

いや、そんなことをすれば、アルフォンス殿下のことだからいい口実を見つけたとばかりに開戦しそうだが……多分、そんな都合の悪い可能性は頭にないんだろうなぁ。

だが、そこで挑発的なことを言い出したから、『何考えてんだこいつ』となってたわけだな。まだまだ甘いな、シルヴァリオの連中。

「なんでそんな無駄なことをせにゃならんのだ」

呆《あき》れたような口調で言いながら、俺はゆっくりと視線を動かしていく。

目の前に出てきたのは岩場に隠れていた連中で、合わせて十八人と俺の見立て通り。

木の上にいる射手とその護衛だろう二人ずつはそのままか。

合計で二十四人、三十人足らず。

「俺を止めるには、数が一桁足りねぇよ」

そう言って俺は、自分でもそうとわかるくらいに楽しげで獰猛《どうもう》な笑みを浮かべた。

俺が切った啖呵《たんか》の意味がわからなかったのか、敵の指揮官が『は？』と呆気《あっけ》に取られた瞬間。

俺は、弾かれたように前に飛び出した。

考えることはただ一つ。『まっすぐいってぶっ飛ばす』。それだけだ。

そして、それしか考えていないから、速い。

急加速した俺は、一番前に立ってる連中に棍が届く距離へと、あっという間に到達した。

「は⁉　ふ、防げ⁉」

やっと我に返った指揮官が声を上げるが、遅い。ついでに、その指示は拙い。

何しろ出てきた連中の頭には、『俺に対して攻撃する』しかなかったはず。

後は、いつ攻撃するか。だから指揮官は、『かかれ』だとか『今だ』といった指示を出すべきだった。むしろ、それしか出してはいけなかった。

ところが、そこに飛んだのが『防げ』の指示。

元々、俺に待ち伏せを看破されたことで困惑していたところに、これは拙かった。

攻撃しようと思っていたところに真逆の、頭になかった指示が飛んだもんだから、前に立ってる連中は混乱しちまう。

結果、最前列に立っていた哀れな連中の一人は、俺の攻撃が直撃する羽目になった。

「食らえ、おらぁぁぁ!!」

ダッシュの勢いそのままに、俺は棍を突き出した。

踏み込んで、両足がガッシリと地面を掴む。

そこで掴んだ地面の重さを引き出して、回し、流していくように身体中の筋肉を連動させていき、背中を通して腕、更に手から棍へと重さを通して。

その重さを、突き飛ばす力へと変換する。

「うわあぁぁぁぁぁ!?」

悲鳴を上げながら、男が3mほど吹っ飛んで、その先にいた他の男を二人ばかり巻き込みつつ地面へと落ちて、ピクピクと痙攣《けいれん》している。あの感じなら、死んではいないだろう。

これが、今回『狼牙棒《ろうがぼう》』ではなく棍を持ってきた三つ目の理由。

こんな風に相手を突き飛ばすためだったわけだ。

槍《やり》をこんな勢いで突き込んだら、吹き飛ばすどころか相手の身体を貫通しちまう。そうなったら、いくら俺でも引き抜くことは出来ないから、槍を手放すしかない。

これが棍だと、使い方一つで相手を吹き飛ばしたり、相手の体内に衝撃を残したりと使い分けることが出来る。『狼牙棒《ろうがぼう》』でも出来なくはないんだが、あれは質量があるせいで相手の骨が折れやすくて、飛ばせずにめり込んだりってことが多いんだよな。

で、もちろん相手を飛ばすのが本当の目的じゃない。遊びじゃないんだし。

「……は？　え、は？」

目の前で何が起こったのか理解出来ず、混乱している指揮官。

いや、指揮官だけじゃなく、他の連中も同じく、だ。

木の上から射かけてもこないから、見ていた連中は全員度肝を抜かれてしまったらしい。

その隙に俺は棍を振るって瞬く間に一人、二人、三人と薙《な》ぎ払うように殴り飛ばし。

「さあ、次はどいつから飛ばされたい？」

と、牙を剝《む》き出す狼のように口の端を吊《つ》り上げ、犬歯を見せながら笑ってみせる。

よっぽど怖かったのか、大の大人、それもこんな作戦にあてがわれるような、汚れ仕事や裏方仕事にも慣れているだろう連中の顔が、固まった。

俺が一歩踏み出せば、釣られたように連中が一歩、二歩と下がる。

こっちに向かってこようだなんて気概のある奴は一人もいない。

まあ、仕方ない。人間ってのはそんなもんだ。

そしてこれが、こないだニアにもったいぶって語らなかった、特務大隊が三倍の数を相手に回すことが出来ていた秘密だったりする。

まず一般論として、戦争では部隊の一割が戦闘不能になると大幅に戦闘能力を落とし、三割が戦闘不能になると壊滅、もしくは全滅扱いを受けることが多い。

単純に部隊としての戦闘能力が期待出来なくなるというだけでなく、部隊を構成する兵士達の士気が維持出来なくなるせいだ。

ということは、恐怖だとかで心が折れてしまえばその部隊は機能しなくなる、とも言える。

特に、自分達が有利だと思って油断している部隊は、折れやすい。

何しろ、自分達が負けるかもと思っていないし、死ぬかもしれないと覚悟もしていない。

ところがそこに、いきなり死の実感が間近にやってきたらどうなるか。

あるいは、今みたいに『人間が突き飛ばされて軽々と3ｍばかり飛ぶ』なんていうあり得ない事態に遭遇したらどうなるか。

更に、次は自分だ、と突きつけられたら。

「ひ、ひぃぃぃぃ!?」

俺の脅し文句がやっと頭に浸透したらしい一人が、悲鳴を上げながら腰を抜かす。

その声を皮切りに、あるいは悲鳴を上げ、あるいは逃げようと背中を向けた。

身構えてなかったところに死を突きつけられれば、当然人間は恐怖する。

そして、恐怖は伝播《でんぱ》する。

伝播した恐怖は、よほど指揮官が優秀でない限り、部隊を簡単に制御不能状態へと陥れる。

そうなれば、どれだけの数がいようと関係はない。

後は、立ち尽くしたり逃げ出したりしたところを刈っていくだけ。これが、特務大隊のやり口だった。

「かかれ！」

そう号令をかけたのは、俺だ。向こうの指揮官はそれどころじゃない。

俺の声に応じて、隠れていた騎士達が逃げ出した連中に襲いかかる。

彼らもまた、特務大隊から派遣されてきた騎士達。

表立って俺達に随伴していた三人を隠れ蓑《みの》に、つかず離れずの距離で隠れながらついてきていた。

こうして俺を囮《おとり》にして連中を全員引っ張り出し、俺が突っ込んで連中の士気を挫いてから他の騎士達で刈り取る、という作戦のために。

「な、何が、一体何が……これが『黒狼』の狩り方だというのか!?」

ガクガクと震えながら、指揮官の男が嘆きの声を上げる。

自分が呆然《ぼうぜん》とした一瞬で切り崩され、思考が纏まる前に味方の潰走が始まったんだ、配下を纏め直す時間もなかったんだろう。哀れなことだ。

また数人ばかり殴り倒した俺は、その哀れな指揮官の前に立つ。

「知らなかったのか？　狼は集団で狩りをするもんだ」

「集団で……それが、『黒狼』の……いや、そうか、特務大隊の！」

「そういうことだ」

やっと気付いたらしい指揮官の頭を殴り飛ばして、気絶させる。……多分気絶で済んでるはずだ。

「気付くのが遅いぜ。ま、気付かせないためにやってんだが」

そう言いながら、俺は苦笑を浮かべる。

これが、『黒狼』という異名が一人歩きしているのを止めないでいる理由の一つだ。

俺みたいな突出した個人を目立たせ、囮にしたり切り込み隊長にしたりと上手く使い分けながら、最終的には集団で狩っていく。

今日もまた、俺はそんな戦い方をして無事生き残り。それが当たり前な特務大隊から派遣された騎士達は、逃げる連中を一人も逃すことなく片っ端から殴り倒し、あるいは切り捨てていく。

ついでに、木の上に隠れていた射手もいつの間にか引きずり下ろされていた。

ほんと、あいつらの手際がいいおかげで楽させてもらえてるなぁ。

「そんじゃ、残務処理をしていこうかね」

戦闘がほぼほぼ終了したのを確認した俺は、地面に伸びている連中を拘束し始めたのだった。

こうして野盗に扮《ふん》した連中の大半を拘束出来た俺達《たち》は、騎士を一人先行させてストンゲイズの街に連絡、旅団から護送用の人員を派遣してもらい、連中を引っ立てていった。

馬車と違って単騎行はその気になればかなりの速度を出せるから、こんなことも可能だ。

勿論《もちろん》、この手筈《てはず》はファルロン伯爵とも打ち合わせ済み。

でなきゃ、こんなにサクサクと二十人前後を乗せられるだけの台数は用意出来んし。

「ご無事で何より。……なんとも見事なお手前でしたな」

街で出迎えてくれたファルロン伯爵は、俺達の無事の帰還を喜んでくれた。

ただ、若干複雑な表情が見えなくもない。まあ、今回の作戦、全部特務大隊絡みの人間で終わらせちまって、旅団にはその後始末だけお願いしたような形だもんなぁ。

「いえいえ、旅団が駐屯しているおかげで私が気兼ねなく囮《おとり》になれたからこそ、ですよ」

と、旅団を持ち上げてみれば、少しだけ表情が緩んだ気がする。

留守番だけ、というのも彼の性格や立場からすると、やりきれないところもあるだろうし。

「出来る限りは生かしてありますが、吐きますかね？」

挨拶が一段落したところで、俺はファルロン伯爵に尋ねた。

これだけの人数を纏《まと》めて尋問するには場所も人数も必要なため、一旦旅団に頼んだわけだが。

「有益な情報を、はわかりませんな。吐きそうな連中は大したことを知らないように見えます」

「やはりそう見えますか」

大して表情を変えないファルロン伯爵に、俺は頷《うなず》いて返す。

彼もまた、こういったケースには慣れているのだろう。

他国に潜入する工作員は、当然捕まってしまう可能性も高い。

だから、工作員には二種類いる。

何も知らされていない下っ端と、知っているがしゃべらないよう訓練を受けている上役とだ。

今回のケースだと、腰を抜かしたり逃げ出した連中が下っ端、踏みとどまっていた指揮官が上役だろう。後は木の上にいた射手とかもその可能性はあるか。

「どの道シルヴァリオ王国側は工作員を潜入させたなんて認めないでしょうから、しゃべらなくてもいいと言えばいいんですがね。こっちの口実にすることが出来れば」

「それは流石《さすが》に……いえ、アルフォンス殿下ならばそれも可能なのかもしれませんが」

大して気にした様子もなく俺が言えば、ファルロン伯爵は苦笑を見せた。

やっぱり殿下の悪辣《あくらつ》ぶりは騎士団にも知れ渡っているらしい。

連中を捕まえたという報告も送ったから、遠からず何某か指示があることだろう。

「その殿下からの指示が到着するにも数日かかるでしょうし、まずは尋問の方をお願いします」

「ええ、朗報をお届け出来るよう励みましょう」

そう言って俺が頼めば、ファルロン伯爵はしっかりと頷いて返してくれた。

＊＊＊

それから数日後。

「シルヴァリオ王国の手の者ではないと言っている？」

ある程度情報を吐かせられた、との連絡を受けて旅団駐屯地へ出向いた俺は、応接室に着くなり聞かされた話の予想外さに、思わず聞き返してしまった。

向かい合って座るファルロン伯爵も、合点のいっていない渋い顔である。

「はい、正確には王国軍の者ではなく、ゴートゥックという商人に雇われた私兵だと」

「またおかしな話に……。ゴートゥックというと、シルヴァリオ王国の商人じゃないですか」

確認すれば、伯爵もすぐに頷いて返してきた。

ゴートゥックはシルヴァリオ王国でも有数の商人で、食料や武具など、軍需品の類いも扱っているため、シルヴァリオ王家御用達と言ってもいいほど。

そのゴートゥックに雇われた人間が入り込み、この辺りを荒らしていた。

「どう考えても、ゴートゥックを間に挟んでいるだけですよね？」

「ほぼ間違いなく。しかし、明確な証言はありません」

「それこそ、事情を知ってそうな指揮官だとかはだんまりってわけですか」

「その通りです」

答えて、ファルロン伯爵は溜息《ためいき》を吐《つ》いた。

彼としては、ここでシルヴァリオ王国の尻尾を掴《つか》んでおきたかったところだろう。

真面目な人だなぁ。

「ま、ゴートゥックに雇われたとわかっただけでも十分なんですがね」

「……は？」

あっさりと俺が言えば、伯爵は驚いたような顔になる。

うんまあ、真面目に追い詰めていく方向で考えたら、そういう反応になるよな。

「わずかなりとシルヴァリオ王国に繋《つな》がる糸があれば、それでいいんです。後はアルフォンス殿下があることないこと盛って糸を太くしていくだけですから」

「いやいや、それは流石に……え、本気ですか……？」

軽く流そうとした伯爵だったが、俺の顔を見て本気だと悟ったようだ。

それくらいのことは軽くやってのけるのがアルフォンス殿下というお人である。

ていうか、下手したら俺でもやれそうだな、今回に関しては。

「元々ね、ゴートゥックに関してはこっちも色々探ってるとこだったんですよ。何しろ、この前の戦争では軍需物資の供給をかなりの部分で請け負ってたみたいでして」

「……ほう？　何やら一気に臭ってきましたね……？」

俺の言葉に、伯爵の顔つきが変わる。

戦争に協力する商人には色んなのがいるが、謀略にまで手を貸す商人にろくなのはいない。それも、こんな直接的にとなれば。

「戦争になれば金になる。そう味を占めた可能性はあるんじゃないかと」

「なるほど、だから私兵を出してまで協力した、と」

「雇われの命なんて、強欲な連中には安いもんでしょうからね」

嫌な話だが、往々にして傭兵《ようへい》だとかそういった連中の扱いはそんなもんだ。

そして、使い捨て扱いだからこそあっさり口を割るわけだが。

逆に言えば、だんまりを決め込んでる奴《やつ》から聞き出せたら価値がある、とも言える。

「となると、まだしゃべっていない奴の口を割れたら、面白いことが聞けるかもしれませんな」

「ええ、おっしゃる通りです。……もし良かったら、俺も協力させてもらえませんか？」

「ほう。特務大隊仕込みの尋問術を見せていただける、と」

俺の申し出に、ファルロン伯爵は興味深げな顔をする。

うん、尋問であって拷問ではない。多分。一応。

「ここは一つ、勉強させていただいてもよろしいですか？」

「ご参考になりますかはわかりませんが、是非」

なんて、ちょっとニアには見せられない顔で、俺達は笑い合った。

＊＊＊

ということで俺は、野盗に扮していた連中の指揮官を捕らえている牢《ろう》に来ていた。

「よう、まだまだ元気そうじゃないか」

「……ふん、何をしに来た『黒狼《こくろう》』」

手足を鎖で拘束されている指揮官が、俺の方を睨《にら》み付けてくる。

意志は折れていないようだが、数日間飲まず食わずで顔色はあまりよろしくない。

丁度頃合いだろうか。

「なぁに、哀れな虜囚に最期の情けをくれてやろうってな」

「は？　……何を企《たくら》んでやがる」

問いかけに答えず俺が背後に控えていた騎士へと合図を送れば、彼は手にした盆から銀色の蓋《ふた》を外した。途端に、盆に載っているスープの入った皿から食欲をそそる香りが辺りに漂い始める。

「貴族と知って襲ってきたわけだから、お前らは遠からず縛り首。その前に美味《うま》いもんでも味わわせてやろうってな」

「なんだ？　そんな温《ぬる》いやり方で俺を懐柔しようってのか」

そんな甘いことするわけないだろ。とは言わず、俺はスープを一匙《さじ》すくい。

それを見た男は口をしっかり閉じるが、俺が騎士に命じれば、男の顎を掴んで強引に開かせた。

「安心しろ、毒なんかじゃない。美味くて身体《からだ》に良いだけの、普通のスープさ」

そう言いながら俺は、男の口にスープを放り込んだ。

匙を引くのに合わせて騎士が男の口を閉じさせ、強引に含ませる。

男は一瞬だけ拒否しようと暴れたが……すぐに虚を突かれたような顔で動きを止めた。

ごくり、と喉を動かして飲み下すのが見える。

「……ほ、本当に、普通のスープだ……？」

「ああ、普通に美味いスープだろ？」

「あ、ああ……？」

わけがわからない、といった顔で男が頷けば、ぐぎゅる……という音がする。

男の腹が鳴った音だ。それに気付いた男の顔が、羞恥に歪《ゆが》む。

「そりゃまぁ、腹も減ってるよなぁ」

うんうんと納得顔で俺は頷き。

それだけだ。

「……おい」

「なんだ？」

「いや……え？」

男が声をかけてくるが、俺はわからないふりで聞き返し。

男は困惑しながらも、それ以上何も言えない。

いや、言いたいことはわかるんだが。

「以上だ」

「は!?」

俺がそう言っただけで、何を言いたいか男には伝わったらしい。

そう。身体に優しく美味いスープを、一口だけ食わせたのだ。

数日間食べ物を入れていなかった胃袋が活性化するようなハーブ入りの。

人間、与えられないことには意外と耐えられる。

そして、じわじわ衰弱して口を閉ざしたまま……というのが捕まった際の逃げ切り方の一つ。いや、物理的には逃げてないのだが、情報面ではというか。

だがそこに、中途半端に与えられたらどうなるか。

諦めかけていた肉体は、貪欲に求めてしまうのだ、糧を。

「お前がこちらの聞きたいことをしゃべれば、もう少しやらんこともないんだがなぁ」

「なっ、き、貴様ぁぁぁ!?」

男は悲鳴のような怨嗟《えんさ》の声を上げるが、俺は涼しい顔である。

……こんなことしてるところは、ニアにはとても見せられんなぁ……。

なお、言うまでもないかもしれんが……この拷問、もとい尋問方法を考えついたのは、アルフォンス殿下である。まじで悪魔だと思うぞ、あの人……。

「あ～、冷めるしもう下げてもらうか」

「う、うわぁぁぁ!?」

その手法を実践している俺は、悪魔の手先なわけだが。間違いなく死んだら地獄行きだな、俺。

そんなことを思いながら、俺はじっくりと男の精神を痛めつけ、色々と聞き出したのだった。

＊＊＊

「……第二王子バルタザールが、ゴートゥックと繋がっている、ですか……」

尋問を終えた俺が聞き出した内容を共有すると、ニアは思案げな顔で言葉を切った。

軍需物資まで扱っている商人が第二王子と繋がっているだけなら不思議じゃないが、そいつが工作に加担して他国にちょっかいを出している、となると話は変わってくる。

「以前から、ゴートゥックにはきな臭い噂《うわさ》がつきまとっていました。あちこちに火種を作り、必要に応じて小競り合いを起こしては物資を売り込み、荒稼ぎをしている、と」

「そりゃまた、きな臭いどころの話じゃない。やってることは死の商人じゃないですか」

ニアの説明に、俺は思わず眉を寄せて顔をしかめてしまった。

戦争って奴は、大量の人を必要とするだけでなく、それだけの人数を飢えさせないだけの食料や、凍えさせないだけの寝具やテント、煮炊きする燃料なんてものも必要になってくる。

そして、国が消費するからといって、タダで接収して消費しているわけではない。

一部の例外を除けばきちんと金を払っているし、貿易で儲《もう》かっているシルヴァリオ王国が金を渋る理由はないだろう。むしろ注ぎ込めることを戦略に入れ込んでいる節もあるし。

……いや、まてよ？

「紛争を解決することで手柄を立てたい第二王子バルタザールが、紛争で儲けているゴートゥックと手を組んでいる……なんなら儲けさせるために紛争を作り出している可能性がある？　おまけにゴートゥックからキックバックを受け取ったりしてた日には……」

「王位だけでなく私腹を肥やすためにゴートゥックを利用しているという可能性は否定できません。……そこまで人として堕《お》ちているとは思いたくないのですが……」

俺よりも早くその可能性に至っていただろうニアは、小さく溜息を吐いた。

もしそうであれば、これは王族が国庫の金を詐取していることになるわけだもんな……。

王族といえども、一度国庫に入った金を好き勝手に使うことはできない。

きっちりと予算が編成され、貴族会議の承認を受けて執行される国がほとんどであり、第二王子といえども自由にすることが出来る金額には制限がある。

その中でも軍事関係は元々金額が大きい上に、想定外の事態になれば臨時予算も組まれて金が注ぎ込まれることが多いわけだが……そこに奴らは目を付けたんだろう。

紛争解決のために糸目を付けず金が注ぎ込まれる。

ゴートゥックが軍需物資を売り込むことでその金を受け取る。

便宜を図ったバルタザールに何割かキックバックする。

この流れでバルタザールに国庫の金が流れ込めば、察知することも止めることも難しい。

もしも本当にこんなことをやっているとしたら、奴らは国民の血税を、国民の血を無駄に流させることで己の懐に入れる仕組みを作って運用していることになる。

家族としての情はとっくになくなっているとはいえ、血筋の上では家族である人間がそこまで唾棄すべき存在だとは思いたくないのだろう。気持ちはわかる。

まして、そんな存在が王族として君臨しているなど。

だが、人の心を捨て去ったような人間というのは、どこにでもいるもんだ。

「……先の戦争で停戦条約を結んだ際に王族の私費予算を大きく制限しましたが、その時に第二王子バルタザールはほとんど反対しませんでした」

「予算を抑えられても問題がないくらいに貯《た》め込んでいたか、他の収入源があるから気にしなかった、という推測が成り立つわけですね……」

俺が小さく頷いて同意を返せば、ニアはまた溜息を吐いた。

状況証拠でしかないが、伝え聞く人柄、今までやらかしたことを考えると、九割方当たりなんだろう。というか、今までの振る舞いはそういうことだったのかと納得までしてしまう。

「もしそうであれば。今回、やや強引とも言えるような策を打ってでも割譲した土地を取り戻そうとしている動機にも納得がいきます」

「地方の紛争解決とは比べものにならないほどの大規模な戦闘になるでしょうから、当然そこにゴートゥックが入れば大儲け。バルタザールにも桁違いの収入が入ってくる。もちろん王太子争いにおいても大きくポイントを稼げる、と」

「はい。バルタザールにとっては一挙両得の好機に見えて仕方ないのではないでしょうか」

最低だ。最悪ではなく、最低だ。

ニアも同じ事を思っているのは、その顔を見ればわかる。

別に、王族だから国のために滅私奉公しろ、だなんてことは思わない。

真っ当な手段で儲ける分には、王族だろうが貴族だろうがやればいい。

だが、これは違う。これは違うだろう。

「やっていいことと悪いことってもんがあるでしょうに。バルタザールはそんなこともわからないわけですか」

「残念ながら、元々そういうところはありましたが……一層酷《ひど》くなっている、そう言わざるを得ません。いえ、まだ確定したわけではないですから、断定は出来ませんが」

ニアが、小さく首を振って待ったを掛けた。

言われて、俺も少々熱くなっていたことを自覚して、大きく息を吐き出す。

こんな仕事をしている人間だから、今更正義漢を気取るつもりもないが……それでも頭にくるってことはあるもんだ。

だが、怒りは判断を歪ませる。特に、頭にくるタイプの怒りは。

落ち着け、落ち着け、と俺は頭に上ってきていた熱を、腹の中に落とし込んでいく。

ある程度落ち着いてきたところでもう一度息を吐き出せば、大分頭はクリアになったが。

「とはいえ、状況は極めて疑わしい。否定のための材料がないですからね」

結局そう言わざるを得ないのもまた事実であり、ニアもこくんと頷いて同意してくる。

しばし、沈黙が場を支配して。

それから、ニアが顔を上げた。

「今考えるべきは、第二王子バルタザールが本当にそんな人間かどうか、ではありません。この仮説が正しいのであればどんな手を打つべきか。そうでないならばどうするかでしょう」

「なるほど、それはそうだ」

色々折り合いを付けたらしいニアの言葉に、俺も頷いて返す。

大事なのは、今後どうするか。

もちろん、事態が動いていって最後にはバルタザールを追及することにはなるかもしれない。だが、それは今じゃない。今考えるべきことでもない。

「まず、連中がやっていた物流に対する妨害工作が失敗に終わったことが、どれくらいの早さで向こうに伝わるかの把握。次に、それを受けて彼らがどんな手を打ってくるか。それに対して、こちらがどんな手を打つのか。あるいは、先んじて手を打つのかを決めたいところです」

「こちらは既にわかっている。把握するまでの時間差がどれくらいあり、それをどう活《い》かすかってことですね。当然、向こうが諦めるなんてことは考えにくいわけだし」

「はい、先ほどの推測が外れていた場合であっても、領土奪還を諦めることは考えにくいかと」

「とりあえず、ゴートゥックには数日のうちに伝わるのは確かでしょう。国境近くまで出張ってきてるようですから。その後、バルタザールに連絡を取って指示を仰ぐのが普通ですが……」

そこで一旦、俺は言葉を切った。

それを聞いたバルタザールはどう反応するか。

バルタザールの性格を知っているだろうゴートゥックはどう動くだろうか。

「……そもそも、ゴートゥックが正直に報告しますかね？　話から窺《うかが》えるバルタザールの性格からして、失敗の報告なんて聞いた日には暴れて手が付けられなさそうな気がするんですが」

「……言われてみれば、そうですね。確かに、自分の責任を棚に上げてゴートゥックを叱責するでしょう。そして、ゴートゥックとしては理不尽だけれど逆らえないはず」

「そんな時にセコい人間が考えることは決まっています。失敗を何とかして誤魔化《ごまか》そうとする奴が大半だ。となると、ゴートゥックが考えそうなことは……」

そこで言葉を切って、少し考える。

ゴートゥックが利己的な人間だということはわかっている。

そして、商人として名が売れているということは、それなりに頭も回ることだろう。

「上手《うま》くいったと虚偽の報告をすることはないでしょう。後からバレることは明白ですから。予定より進捗が悪い、と報告して時間稼ぎをするのがまず考えられますね。明確にこれを達成すれば終了、という目標はないようですし」

「バルタザールが傭兵を雇い終えるまで、かもしれません。であれば時間稼ぎをしつつ私兵を雇い直して再度工作を始めるか……あるいは、報告すらせずに雇い直すか。いずれにせよ、もう一度仕掛けてくる可能性は高いかな」

「であれば、どちらを取るかによって再度仕掛けてくるタイミングが変わりますか……あちらの都合次第で、というのは少々よろしくないですね……」

ほんの少しだけ眉を寄せて悩ましげな顔になるニア。可愛《かわい》い。いやそうじゃなく。

確かに、あっちの都合に合わせてばかりじゃ後手後手に回ることになる。

すると、いつ仕掛けてくるかと備えることになるわけで、巡回だなんだも必要になるんで単純に歩き回る疲労もあれば、精神的な疲労だって出てくるだろう。

それよりは、打てるのならばこっちから手を打てたらその方がいいに決まっている。

折角、相手の工作員達をとっ捕まえて、主導権が握れそうなタイミングでもあるんだし。

「であれば、何か餌を用意して食いつかせるようにしますか？　欲の皮が突っ張ってる連中だ、良い餌があればまた食いついてきますよ」

「それは一度、アーク様というこれ以上ない餌で実行してますし……」

俺は餌か～い！とは言わない。自分でもそう思ってたから『また』って言ったんだし。

また、『これ以上ない餌』ってのはある意味褒め言葉だしなぁ。

特務大隊にいた頃も、何度も俺を囮にしたりしてたし。

「戦場だと、二回か三回くらいは、俺を囮にしたら釣れましたけどねぇ」

「戦場ですと、情報の共有がすぐには行えない、というのもあるかもしれませんね。……いえ、待ってください。もしかしたらアーク様以上の餌があるかもしれません」

「……ニア、自分を餌にするってのはなしですよ？」

何か妙案が浮かんだらしいニアに、俺はすぐさま釘《くぎ》を刺す。

多分彼女は、俺と同じで有効であれば自分を危険に晒《さら》すことを躊躇《ためら》わない。

だから俺は、慌てて止めたのだが。

そんな俺に対して、ニアは首を横に振ってみせた。

「いえ、大丈夫です。私のことが知られるのは、まだよろしくないですし。それよりも、もっといい餌があるな、と思いまして。ただ、これを餌にするには、アルフォンス殿下の許可を頂かないといけないのですが……」

「ほう。随分と大がかりなことになりそうな?」

「はい、上手くいけば……第二王子バルタザールが軍を動かす時期すら早めさせることが出来るかもしれません。その備えもしなければいけませんから、私の一存ではとてもとても」

そう語るニアを見て、俺はちょっとほっとした。

そこまで語るニアの顔は、いつもの不敵さが戻って来ていたから。

だから俺も、ニアへと笑ってみせる。

「であれば、急ぎ殿下へ連絡することにしましょう。あの人だったら、『そんな面白そうなこと、なんで早く教えなかったんだ』って理不尽な怒り方をするかもしれない」

いや、滅多に理不尽なことは言わない人なんだけどさ。俺に対してだけはなんか妙な絡み方してくることあるんだよな。いいんだけどさ。

そんな俺を見て、ニアもクスクスと笑っている。

「では、早速お手紙をしたためていただかないと。私が考えているのはですね……」

と、ニアが語り出したことを聞いて、俺は驚きに目を瞠《みは》る。

そして確信した。

殿下なら、絶対にこの献策を採用する、と。

第六章　『黒狼』は口を開いて待っていた

ニアがアークへと策を語って、翌日。

「あっははは！　いやいいね、これは面白い！」

ブリガンディア王国第三王子アルフォンスの執務室で、愉快そうな笑い声が響いていた。

いきなり笑い出した主《あるじ》に、周囲で仕事をしていた文官も武官も、ギョッとした顔でアルフォンスを見て。それから、幾人かは手で胃の辺りを押さえた。

彼がこんな顔をする時は、大体面倒なことになると決まっている。そのことをわかっていない人間はここにはいないし、そのせいで胃痛を患っている人間は少なくない。

だが同時に、彼の無茶振りによって重要事項が片付くことがほとんどであることも知っているから、逃げることも拒否することも出来ない。

それだけの職業倫理、あるいは責任感があるからこそ、彼らはここで働いているのだから。

「殿下、どうなさいました。それに、それは……」

一人の文官が、思い切って声をかける。

彼はまだ、物理的、あるいは肉体的無茶振りをされないだけ武官達《たち》よりもましであるため、こういった時には最初に声をかけることが多い。

精神的にはもちろん負担が大きいため、武官達は後で労《ねぎら》ったり酒を奢《おご》ったりだとかしてはいるのだが、それに見合うかどうかと言われれば、首を傾《かし》げざるを得ない。

どの道、聞かなければいけないことではあるのだが。

「うん、実はアークから急ぎの連絡があってね。こういう策を打ちたいんだがいいか、ってさ。いや～、あのアークが策を提案してくるってだけでも楽しいのに、その案がまた面白くてさ！」

「お、面白い、ですか……マクガイン卿《きょう》が、そんな案を？」

そう言いながらアルフォンスはヒラリと手にした紙切れを見せた。

急ぎの連絡の時に使う伝書鳩《でんしょばと》が運ぶそれを見た文官は、首を傾げる。

彼の知るアーク・マクガインという男は、理解力もあり頭の回転も良いが、言われたことを実直に遂行するタイプで、自分から献策してくることはあまりなかった。

また、アルフォンスと冗談を言い合ったりするところは幾度か見ているが、基本的に真面目で堅実なタイプなので、面白い策を考えつくとも思えない。

「……それは、本当にマクガイン卿からの献策ですか？」

その発言を聞いて、アルフォンスはまた噴き出した。

彼をよく知る人間であれば、疑うのも無理はないところかもしれないが。

しばらく笑った後、アルフォンスはもう一度紙切れを見せる。

「間違いないよ、これはあいつの筆跡だ。ついでに、異常事態時の符丁も入ってないから、誰かに捕まって無理矢理書かされたとかでもない。多分、奥方の発案じゃないかな」

「ああ、先日結婚された奥方ですか。……殿下がそうお認めになるほどの人物だと」

「うん、直接会って確認したけど、彼女も中々のものだよ。現地の事情もよく知ってるみたいだから、こういう策を考えついても不思議じゃない」

「そこまでおっしゃいますか……であれば、私から申し上げることは何もございません」

自信たっぷりに言われて、文官もそれ以上異を唱えない。

学生時代からアークを知るアルフォンスが言うのだ、確かなのだろう。

であれば、後は動くだけだ。

「詳細を書いた書面は早馬で送るそうだから、明日か明後日には到着するんじゃないかな。それに合わせて『彼ら』を送り込むようにしたいんだけど」

「それだけであれば全く問題はありませんが。『彼ら』だけ、ですか？」

アルフォンスの指示に、文官が確認を取り。アルフォンスはまた愉快そうな顔をする。

一を聞いてそれ以上を察する。彼の周囲には気の利く人間が多い。

いや、そうでなければ近くに置かれない、とも言うが。

「『彼ら』だけじゃ道中が危険だし、護衛をつけないとだね。動かせる小隊をリストアップしておいてもらおうか。それから、必要な物資の運搬準備も手配しておいて」

「かしこまりました、すぐに準備いたします」

アルフォンスの指示に文官が頷《うなず》き、それを聞いていた武官がすぐにリストの準備を始める。別の文官は、物資の確認のためか運搬の手配のためか、執務室を出て行った。

すぐに動き出した部下達を見ながら、アルフォンスが立ち上がる。

「じゃ、私は念のため兄上から許可をもらってくるよ」

その顔には、とてもとても楽しげで……どこか危険な香りのする笑みが浮かんでいた。

＊＊＊

それから、一週間ほど経った、シルヴァリオ王国の王宮にある一室にて。

「おい、その話は本当か⁉」

「はい、間違いございません！」

偉そうにふんぞり返って座っていた若い男が、勢いを付けて立ち上がった。

その眼前で揉《も》み手をしていた中年男性もまた、それに合わせて勢いよく応じる。

若い男は、この国の王族に見られる金色の髪に縁取られた神経質そうな顔を喜色に歪《ゆが》ませた。

「まさか、あの土地に鉱山が眠っていたとは……道理でわざわざ欲しがったわけだ。これは大手柄だぞ、ゴートゥック！」

「ありがとうございます！　私も、報告に戻って来た者から話を聞いた時には半信半疑でございましたが、調べたところ鉱山技師らしき者がストンゲイズに来ておりまして！」

「うむ、追跡調査までするとは抜かりがないな！」

「それもこれも、日頃のご指導ご鞭撻《べんたつ》のおかげでございます、バルタザール殿下！」

中年の男……商人ゴートゥックがへつらえば、若い男、第二王子バルタザールは満足げな顔で幾度も頷いてみせた。

これがそんな話を聞いてきた、だけであればゴートゥックももう少し慎重になったところだろうが、希少な鉱山技師がいると聞いて、信じてしまった。

この鉱山技師達が、アルフォンスの言っていた『彼ら』なのだが……もちろん彼らにそんなことを知る由などない。

おかげでストンゲイズ方面の工作がどうなったかの確認など頭から飛んでおり、ゴートゥックはそのことに安堵《あんど》しつつも一切顔に出さないでいる。

ここは、王宮の中でも奥まった場所にあり、二人が密談をするのによく使っている部屋。

人払いもしているとあって、二人は抑えることなく欲に塗《まみ》れた顔で笑っている。

「これであの土地を奪い返せば、王位争いでリードを奪えるだけでなく、領有権まで主張出来るだろう。そうすれば、後は鉱山開発で利益がガッポガッポというわけだ！」

「その通りでございます！　鉄や石炭でも十分でございますが、これで銀や金など出てきた日にはどれだけの利益になることか！」

「その利益があれば更に兵を雇うことが出来る。そうすればあの憎たらしいブリガンディアに攻め込むことも出来る！　ああ、これが神の配剤というものだな！」

ご機嫌なバルタザールは妄想にも近い未来図を描くが、窘《たしな》める人間などここにはいない。

むしろゴートゥックなど一緒になって煽《あお》っているくらいなのだから始末に負えないところだ。

「この鉱山の話、もちろん誰にも話しておらんよな？」

「それはもう。このような話は時代の王たるバルタザール殿下以外には出来ませんとも！」

「うむ、殊勝な心がけである！　領土を取り戻した暁には、鉱山から出る金も銀もお前に取り扱わせてやろうではないか！」

持ち上げられて良い気分になったバルタザールは、もう手に入れたかのごとく金銀の流通について気前良くゴートゥックに約束などしている。

口約束でしかないというのに、応じるゴートゥックもまた下卑た笑みを返した。

「ありがとうございます！　流石バルタザール様、器の大きさが違いますなぁ！」

「はっはっは、そうであろうそうであろう！」

「そんなバルタザール様の器には物足りないかもしれませんが、上がった儲《もう》けはいつものようにさせていただきます。ですから、どうぞご贔屓《ひいき》にしていただければ……」

「くくっ、ゴートゥック、そちも悪よのぉ」

笑うバルタザールの顔に、王族たる気品は欠片《かけら》もない。

巡ってきた好機という餌に、そうと気付かずよだれを垂らす獣のごとき顔。

そして、同族であるゴートゥックもまた同様である。

「しかしそうなると、他の者に気付かれる前に制圧してしまわねばならんな」

「はい、おっしゃる通りかと。ご安心ください、此度《こたび》は十分な兵糧も用意してございます！」

「うむ、心強い！　ならば急ぎ兵を整えて攻め込まねば！」

ゴートゥックの言葉に頷いたバルタザールは、力強く頷くと急ぎ足で部屋を出て、出兵の準備を始めた。それも、第一王子である兄や、いまだ健在である父、国王にろくな相談もせず。

相談すれば、鉱山のことがバレる。あるいは言いくるめられて止められると判断してのことであり、その予想自体は当たっている。

ただ、彼は根本的に勘違いをしていた。

その勘違いを正されることなく彼は突っ走り始めたのだ。

破滅へと向かって。

＊＊＊

「ロブから報告がありました。物の見事に食いついたようです」

「まじですか～……こうもあっさりって……」

ストンゲイズにある領主邸の執務室で、俺はニアから報告を受けていた。

あまりに予想通りすぎて、若干肩透かしのようなものを感じながら。

あ、ちなみにロブっていうのが庭師のおっちゃんな。

「ここまで見事に嵌《は》まってしまうと、演技の可能性を疑ってしまうのですが……」

「まあ、そんなもんです。気持ちはわかりますが」

上手くいきすぎて逆に不安になっているニアへと、俺は肩を竦《すく》めて返す。

何やら問いたげな視線を向けられたので、俺は補足説明することにした。

「自分が攻める側と思っている人間は、攻められることを考えていないもんです。同じように、相手を嵌めようと思ってる人間は嵌められることを考えていない。今回のバルタザール達も例外ではなかったってことでしょう」

「なるほど……言われてみれば、彼の性格からすれば自分に都合のいい情報は嬉々《きき》として鵜呑《うの》みにする可能性の方が高いでしょうし」

納得したように幾度か頷いていたニアだが、すぐにはっとした顔になる。

「いえ、納得はしましたが、ここで気を緩めるのは違いますね。今度は私達がその心理に陥ることになりかねません」

……こういうところが、第二王子バルタザールとの器の違いなんだろうなぁ、などと感心してしまう。

何しろ、俺も注意を促そうと思っていたところだから。つっても、受け売りだけど。

「俺にこのことを教えてくれたアルフォンス殿下も、まさにそれを言ってましたよ。相手の隙を見つけた、と思った時が一番危ないのは組み手でも言えることですし」

「相手の誘いである可能性もある、そのことを忘れてはいけないということですね」

「そういうことです。なんで、向こうの動きには引き続き注意はしつつ。しかし、嵌まろうとしてくれるなら誘導はしていくって感じで」

「そうですね、変に躊躇《ためら》って何もしないのもいけませんし」

殿下の名前を出したら一層信憑《しんぴょう》性があがったのか、どこかすっきりした顔のニア。

ほんと、策略を駆使することに関してアルフォンス殿下の言うことに間違いはない。

あの人、俺と同い年のはずなんだけどなぁ……やっぱ貴族社会の最上位で揉まれてきた人だから、今まで見てきたものも違うんだろうなぁ。

ともあれ、これで基本方針は定まったわけだが。

「それにしても、シルヴァリオ王宮内部の情報なんてよく手に入りましたね？」

と、気になったところをニアに聞いてみた。

ニアが持ってきた報告だから間違いはないと思うんだが、出所の確認はしておかないとどれくらいの確度があるものかわからないからな。

そのことはニアもわかっているのか、気を悪くした様子もなく答えてくれる。

「ええ、ロブの昔の同僚から情報をもらったらしくて」

「ロブの、昔の同僚」

さらりと答えるニアに、思わずオウム返しする俺。

一瞬、沈黙してしまった俺は、良い機会だからと聞いてみることにした。

「ロブは、庭師ですよね？」

「はい、庭師です」

「お庭番ではなく？」

「ふふ、お庭番は東方の国が使っているという密偵のことじゃないですか」

コロコロと鈴が鳴るような声で笑いながら返してくるニア。

知っていること自体は、ニアだから不思議じゃないんだが。間髪入れないあたり……俺が聞いてくるのを見越してたんじゃないかって思わなくもない。

「なるほど、ロブはお庭番じゃなくて庭師、と」

「はい。彼は、庭師なんです」

……ふむ。何かを強調するかのように『彼は』と区切ってニアは言った。

かつてはともかく、今の彼は、庭師であることを望んでいる。そういうことだろうか。

であれば、詮索するのも悪いな。ニアにも、ロブにも。

「わかりました、ロブは庭師。ただ、彼のツテから得られる情報は確か、ということで」

「ええ、そう思っていただいて大丈夫です」

俺がそれ以上の追及を切り上げれば、ニアは少しだけほっとした様子を見せた。

裏方仕事をやってた人間が、元同僚から情報を仕入れるなんていう危ない橋を渡ってくれてるってことは、ニアへの忠誠心もそうだが、ここでの暮らしを気に入ってくれているのもあるかもしれない。そうならいいんだが。

もしそうなら、雇い主としては彼の事情も含めて守ってやりたいところだし。

「しかしそうなると、確かな情報がそういうツテからもらえるくらいシルヴァリオ王家は見限られ始めてるってことになるんですかね」

「王家、というよりは第二王子が、という方がより正確かと。彼が今の地位にいて権力を握っていることは、シルヴァリオ王国のためにならない、と判断されたのでしょう」

「……なるほど、『王家』ではなく『王国』のためにならない、と」

確認するために言えば、ニアはにっこりと笑っている。つまり、そういうことなんだろう。

「もしかしてシルヴァリオの密偵とかを束ねてるのって、騎士団だったりします？」

「騎士団配下の密偵も、いますね」

「あ～、そりゃそうか。ってことは、アイゼンダルク卿の影響を受けてる密偵もいる、と」

これで合点がいった。

ソニア王女失踪の件でシルヴァリオ王家を見限ったシルヴァリオ王国騎士団長アイゼンダルク卿は、密《ひそ》かに王家から距離を置き始めている。まだ表立って動きを起こしてはいないが、同じく王家から心が離れた貴族達を水面下で纏《まと》めているのだとか。

当然、お膝元である騎士団は彼のことだから真っ先に掌握していることだろうし……その麾下《きか》の密偵であれば、信頼も出来るだろう。

というか、だからロブも情報をもらいやすかったのかもな。

「じゃあ、後は向こうの動向を見ながら迎撃の準備をするだけ、か。って言っても、多分かなり無理して早めに仕掛けてくるとは思いますが。一カ月かからんくらいかな」

何しろバルタザールは第一王子エルマーに気付かれる前に侵攻を開始しないといけない。

軍需物資の調達は手を組んでいるゴートゥックがやるだろうからバレにくいとしても、それでも誤魔化せるのは一カ月がいいところ。

また、こちらが把握している傭兵《ようへい》の集まり具合などから考えても、一カ月かからんくらいで侵攻を開始できなくはない数が集まりそうな状況だ。

「アーク様の見立てではそうなりますか。迎撃準備は間に合いそうですか？」

「ええ、もちろん」

いかに博識なニアといえども、軍事関連はそこまで詳しくない。

なので俺の見立てを信じてくれるわけだが、その信頼が実に嬉《うれ》しい。裏切りたくない、この信頼。

「向こうが集められるのは、傭兵を中心とした一万ほど。対するこちらはファルロン伯爵が率いる旅団が騎士と歩兵を合わせて五千。ビグデンの街を活用して迎撃すれば、防衛には問題がありません」

地方都市であっても、いや、むしろ地方都市だからこそ、街にはある程度以上の規模を持つ防壁が備えられている。この辺りの中心都市であるビグデンも例外ではなく、そこに一カ月かけて手を加えれば、ちょっとした籠城戦に耐えられるくらいの防衛施設にすることは十分可能である。

俗に、籠城戦の攻撃側には、守備側の三倍から五倍の兵力が必要と言われる。安全に勝ちたいなら十倍用意しろ、なんてことも言われるくらい、守備側は有利だ。

おまけに、向こうの主力は傭兵達。開けた場所での戦闘においては数を揃《そろ》えられると脅威になる連中だが、籠城戦に用いるのは正直あまりお勧めできない。

籠城戦においては、忠誠心と根気、更に攻撃側は度胸が要求されることになるが、傭兵はそのいずれも持ち合わせていないことが多い。

上手いこと煽れば、『度胸を見せてやる！』とか言って突っ込んでくれる奴もいるんだが、そこまで単純な奴はそう多くない。長生きできないので。

攻撃側の雇い主としてはどんどん突っ込んでもらってどんどん死んでもらいたいところなんだろうが、雇われる傭兵側はもちろん死にたくないわけで、そこが上手く噛《か》み合わない。

前払いでドカンと何倍もの金を積めば、訳ありな奴は覚悟を決めてくれるんだろうが、話を聞くにバルタザールがそこまでポンと出すような器量を持っているとも思えない。

攻城戦で傭兵が役に立つのは、それこそ十倍の数を揃えて城を囲い込み、時間をかけてじわじわ防御側を消耗させていく戦法の時くらいだろうか。

言うまでもなく今回は時間との勝負な上に、向こうはそこまでの数を揃えられていない。

であれば、籠城すればこっちに負けはない、のだが。

「……その場合は、住民達の負担が大きくなりますよね……？」

「そこが大きな問題ではあります。早めに察知出来れば、ストンハントとディアマンカットに避難してもらうことも出来なくはないですが……現実的とは言い難いですね」

思案げなニアに、残念ながら俺は頷くしかない。

あまり規模の大きくない街とはいえ住民は数千人規模。

その規模の民間人を安全かつ的確に避難させるには、それ相応の人手が必要となる。

当然、防衛を担う旅団からそんな人数を出すわけにはいかない。

「また、絶対に籠城、と言い張れない程度の数っていうのが悩ましいんですよ」

俺の言葉に、ニアも小さく頷いて返してくる。

さっきも言ったが、攻撃側は三倍から五倍の数が必要となるが、逆に言えばそれだけの差がなければ籠城しないケースもそれなりにあったりする。

特に相手が傭兵ばかりだと、ただの数合わせでしかない場合もあるので防御側も打って出る判断をすることが少なくない。

傭兵達は戦争に出ることを生業《なりわい》としているが、だからといって全員がストイックに鍛練を積んでいるわけでもなく、その質はてんでバラバラである。

例えば俺でも舌を巻く使い手がいることもあるし、なんで出てきたと聞きたくなる質の奴もいたりした。そういう奴は大体、聞いても答えられない身体になるわけだが。

そして、戦場ではよっぽど突出した個人がいない限り、部隊の強さはその中で最も弱い人間の影響を強く受けて決まってくる。

おまけに彼らは集団戦の訓練を受けていないから、指揮官の指示に対する反応は極めて鈍い。だから傭兵部隊を小難しい戦術に組み込むことは出来ず、攻撃側なら『突っ込め』、防御側なら『その場で踏ん張って戦え』くらいしか指示が出来ない。そのため、彼らは歩兵に対して数を頼みに突っ込ませるとそれなりの効果を発揮するが、騎馬部隊がその機動力で攪乱《かくらん》すれば、一気に足並みが乱れて戦闘能力を大きく損なってしまう。

「ファルロン伯爵の能力と部隊の練度を見る限り、打って出るという判断も十分可能です。ただし、その場合はハイリスク・ハイリターンになってしまいますが」

「やはり、そうなりますよね……」

ニアの言葉に、勢いがなくなってくる。

俺にとっては当たり前のことだが、心優しい彼女からすれば野戦に打って出て騎士や兵士達が防壁なしに戦う危険に晒《さら》されるのは、とても心苦しいことなのだろう。

これだけしっかりしていても彼女はまだまだ年若いのだから、それは仕方がない。

かといって住民達を籠城戦という危険に巻き込むのも同様に避けたいところ。

であれば、どうすればいいのか。

「なので、野戦で圧勝してしまうような仕掛けをしておきたいところでして」

「仕掛け、ですか？　それは、一体……」

俺の言葉に、ニアが驚く。

そこへ俺は、向けられた視線へと、出来る限り頼もしく見えそうな笑顔を作ってみせた。

だってなぁ、驚くだけじゃなくって、期待みたいなもんも見えたもんだからさ。

応えなきゃ、男じゃないってもんだろ？

「実は、この前から考えていたんですが……」

だから俺は、密かに温めていたアイディアを、ニアに披露したのだった。

＊＊＊

俺のアイディアに、ニアも賛同を示してくれた。

間に合うかどうかギリギリではあるが、上手くいけば効果は高いはず。

ただし、これは俺達だけでは成功することはない。絶対に、ファルロン伯爵率いる旅団と歩調を合わせる必要がある。あくまでも主力は彼らなのだから。

ということで俺は、急ぎ使いを出してファルロン伯爵との面談を取り付けた。

「一カ月ほどで隣国が攻めてくる、ですか……」

応接室に入って挨拶もそこそこに俺が話し出せば、ファルロン伯爵が悩ましげな顔になった。そりゃ、停戦したばっかの国がまた攻めてくるとか言われれば半信半疑になるってもんだろう、と思ったんだが、どうも様子が違う。

「アルフォンス殿下からの手紙にあったのは、このことでしょうか」

「殿下からの手紙、ですか」

言われて思い出すのが、こちらに来た時に渡した殿下からの手紙。

なんでも、ファルロン伯爵にもこっちにとってもいい話が書いてあるってことだったが。

「……まさか。こちらに協力してくれたら武勲が立てられるとか書いてありましたか？」

「流石、殿下の懐刀と言われるだけのことはある。その通りです」

「いや、懐刀だなんてとんでもない。まだまだそんなのではないですよ」

懐刀ってよりは攻城弓の矢な気がしなくもないんだが。あるいは猟犬か。

しかし、そっちの利益供与で来たか、と感心してしまう。

ファルロン伯爵は領地のない宮中伯で騎士団の偉いさん。

この国境線付近に派遣されてくるだけあって経験もあり、能力も間違いない。

つまりその立場ってのは戦功、武勲によって支えられてるとも言えるんだが、ファルロン伯爵はこの前の戦争で出番がなかった。

もちろんそれで揺らぐような立場ではないと思うが、積み上げておくに越したことはない。

……いや、もしかしたら色々ごちゃついてるのか？

そんな状況を摑《つか》んだ殿下が持ちかけた、ってことは十分あり得る。

で、俺にそういった事情を教えてないってことは、首を突っ込むなってことだな、多分。

なら、あまりその辺りは聞かずに目の前の話だけしておこうか。

「俺の評価は置いておきましょう。迎撃に関して、打ち合わせをしておきたくてですね」

「ということは、既に敵方の情報を摑んでいる上に対応案もある、ということですね？」

「ええ、その通りでして」

察しがいいな、ファルロン伯爵。いや、察しが悪かったら王宮内で生きていけないか。

などと内心で感心しながら、俺は今のところ摑んでいる情報を共有した。

「なるほど……その数であれば、防衛すること自体は十分可能でしょうが……」

「はい、旅団の損害も相当なものになるでしょう。領主として言わせてもらえば、この街にもかなりの被害が出るのは免れませんし」

俺の言葉に、ファルロン伯爵も頷いて返してくる。

これで、この件に関して何かしなければお互いに損であることは共有出来た。

ということは、だ。

「逆に言えば、野戦で快勝出来ればお互い大きいってことになりますよね？」

「それは、確かにそうですが。それを、ご提案いただけると」

「そういうことです。で、その案なんですが……」

勢い込んで食いつくでなく、慎重な姿勢を見せるファルロン伯爵。

うん、そういう姿勢は実にいい。指揮官としての安定感がありそうだ。

そんな彼であれば、この案は受け入れてくれるんじゃなかろうか。

「……なるほど。確かに、それはいいアイディアです。実現出来れば、ですが」

おお、聞いてる間に計算までしていたらしい。

前に会った時はアドリブ苦手かと思ってたんだが……いや、違うな、多分事前に情報を与えられてからの計算と設計は得意なんだ、この人。

真面目に事前準備とかするんだろうな。だから、準備してなかったことには弱い、と。

だったら、俺がサポートすべき範囲も明確になるってもんである。

「準備までは間違いなく出来ます。先日の行脚でニアが住民たちの心を掴んできましたから」

「ほう。ならばかなり期待出来ますね」

俺の説明に、あっさりと頷くファルロン伯爵。

流石ニア、ばっちりすぎるくらいに彼の心を掴んじまってる。掴みすぎて怖いくらいではあるが。

「となると、こちらは相手の攻撃を確実に受け止める準備が必要になりますね」

そして伯爵も作戦のイメージを摑むのが早い。

こっちの策はあくまでも飛び道具、戦場の主役は旅団になる。むしろ、ならないといけない。

上手《うま》くはまったとしても、一番血を流すことになるのは彼らなのだから。

「基本的には正面からの突撃を受け止めることになるとは思います。相手の主力は傭兵達なので、複雑な機動は出来ないと思いますから」

「であれば、簡易設置型の馬防柵を用意しておきましょうか。防壁代わりにはなるでしょう」

あ、もう戦闘の流れが頭の中で出来てるな、これ。

前にも言ったが、傭兵達は本当にピンからキリまで、質が揃っていない。

そして、忠誠心は大体ないし集団戦の訓練もあまり受けていないから、指示に対する反応が悪いことが多く、例えば進軍の途中から分かれて相手の側面を突く、だとかの機動を取らせることはとても難しい。

正確に言えば、出来なくはないが足並みが揃わず時間がかかるため、有効なタイミングで突っ込ませることがほぼ無理、といったところ。

よっぽどカリスマ性のある部隊指揮官がいれば話は別だが、恐らく第二王子バルタザールにそんなカリスマ性はないし、優秀な部隊指揮官も抱えていないだろう。

もちろんそうでない場合もあるだろうから油断はしないし、第二案も作っておくが。

「歩兵用の長槍《ながやり》は十分な数が？」

「もちろん。なんなら追加も出来ると思います」

「馬防柵だとかそれらの費用に関しては、殿下にも協力してもらいましょうか」

得られる効果を考えれば、殿下も嫌とは言わんだろうし。

これで、野戦と見せておいて実際は籠城戦、って形に持ち込めるはず。短時間ではあるが。

防壁の展開速度がどれくらいのものかにも拠《よ》るんだが、そこはファルロン伯爵と旅団の面々を信じるしかないだろう。多分、彼らも自分が生き延びるためとあれば必死になるだろうし。

「後は騎兵の配置と役割ですか。これに関しては伯爵に一任したく」

「なるほど、お手並み拝見、というわけですか」

「いやいや、そんなつもりはないですよ。というか指揮官としては俺なんてまだまだですし」

ニヤリと不敵な笑みで応じてくるファルロン伯爵に、俺は慌てて手を振ってみせる。

真面目な話、俺が指揮したのは中隊レベルまで。

旅団を率いるような人の指揮能力に対してどうこう言える立場じゃない。

多分向こうもわかっていて、俺を持ち上げるの半分からかうの半分ってとこか。こんなことを言ってくるってことは、俺に対してもある程度打ち解けてくれてるってことでもあるんだろうが。

「どの道、騎兵の運用は相手次第になるところが大きいでしょうが」

「そうですね、馬鹿正直にくるだろうとは思いますが、布陣にも拠りますし」

ファルロン伯爵の言葉に、俺も頷いて返す。

騎兵は歩兵や傭兵に比べて練度が高く、その移動速度も桁違い。

基本的には騎士なので、忠誠心や士気、戦術理解度も大きく違う。

そのため柔軟な運用が可能で、相手の弱点を突いたり、相手の仕掛けを潰したりと状況に応じて色々な使い方が出来るという点が強みだ。

ということは、指揮官の腕次第で大きく戦場での存在感が変わる、ということでもあるが。

そこは、ファルロン伯爵もよくわかってるし、多分彼なら問題はない。

「情報収集に関しては、こちらも出来る限りはいたしましょう」

「ええ、かなり広い情報網をお持ちのようですし、素直にご助力を受けましょう」

……ここまでの会話で、こちらが特殊な情報網を持ってることに気付いたか～。

今回は仕方ないが、今後は出し方にも気を付けよう。

そんなことを考えながら、俺は伯爵と作戦を煮詰めていった。

＊＊＊

こうして、アークとニアが撒《ま》いた餌にシルヴァリオ王国第二王子バルタザールが食いついてから一カ月ほど経った後。

「くっくっく、まさかこうも密やかにして速やかなる侵攻が行われるとは、如何《いか》に狡猾《こうかつ》なブリガンディアの走狗《そうく》どもといえども思うまいて」

悦に入った声を、それでも彼なりには抑えながら、バルタザールは密かにブリガンディア国内へと兵を進めていた。

彼が率いる兵数は、おおよそ一万と二千。アーク達が事前に予測していた兵数よりも少しばかり多く集まった傭兵達を率いての進軍である。

これだけの傭兵達をかき集めた手腕そのものは、決してバカに出来ない。

また、傭兵達を中心とする寄り合い所帯を多数率いた進軍としては、彼が自画自賛するように密やかかつ速やかなものになってはいた。

彼は、決して無能ではなく、どちらかと言えば能力がある人間ではあるのだ。

ただ、その能力の使い所を間違えたり思慮が足りなかったりした結果として、自身やその周囲の人間にとっては、不幸なことになっているだけで。

「いや、誠にお見事でございます、殿下。このままいけば奴らの不意を打ち、散々に蹴散らすことも十分可能でございましょう！」

だから、バルタザールの副官としてついてきている騎士も、少々浮足立ってしまっていた。

色々と悪評を聞くこともある第二王子だが、実際に付き従ってみれば手腕は間違いなく、堂々とした振る舞いは王者のそれにすら思えてくる。

武人である彼から見れば第一王子エルマーの振る舞いはどうにも弱腰に見えてならず、それと比べた時にバルタザールの方が好ましく見えてしまったのだ。

それも合わさって、彼は状況を楽観視しすぎていた。前回の戦で痛い目を見せられた敵国の、領地内に侵攻してきているというのにも拘《かか》わらず、だ。

「傭兵どもも殿下のご威光に触れて、きびきびと歩を進めております。こんなにも従順な傭兵どもは初めて見ました！」

「私もでございます！」

同じように感化されたらしい騎士達が、バルタザールに媚《こ》びを売るかのように我も我もと褒めそやすが、それも仕方がないかもしれない。

金で雇われた傭兵は、基本的に忠誠心などろくになく、行軍訓練などもまともに行ったことがないため普通は足並みが揃うことなく、その進みは遅々としたものになる。

だが、今回の傭兵達は違った。大人しくバルタザールの指揮に従っているのだ。

今のバルタザールに感化された騎士達は、そのことを少しも不思議に思わなかった。

誰かが疑問に思い、少しでも調べればあるいは状況が変わったかもしれないが……金払いはいい雇い主、遠くから出稼ぎ同然に来ているから早く稼いで帰りたいという心情、などなど状況を説明出来る憶測がいくらでも出来てしまうのもそれに拍車をかけている。

彼らの視点から見れば、全ては順調に進んでいるのだ。

「はっはっは、我ながら自分の才能が恐ろしくなってしまうな！　品位の欠片もない傭兵どもすらこうも従うとは！　この分ではビグデンの街も瞬く間に落としてしまうであろうよ！」

「まさしくまさしく！　鎧袖一触《がいしゅういっしょく》に打ち払ってみせましょうぞ！」

あからさまなおべっかに、バルタザールの機嫌はすこぶる良い。

なにしろ騎士達は半ば本心で言っているから、バルタザールの目で見抜けるわけもない。

そもそも彼は、自身に向けられる賞賛の言葉を疑うという考えがない。

彼にとってそれらは、向けられるべき当たり前の言葉なのだから。

そして残念なことに、取り巻く騎士達からも、今この瞬間においてバルタザールは賞賛に値する主君に見えていたのだ。実際がどうかはともかく。

そして、誰も諫《いさ》めることなく、止めることなく軍は進む。

「あと二日も進めばビグデンの街が見えてきましょう。であれば……」

いつしか、そんな距離まで進んできてしまっていた。

もう、引き返せない。

そこまで来て、その報はもたらされた。

「報告いたします！　ブリガンディア軍が我らの進行方向に展開しております！」

「やはり、連中も嗅ぎつけてはいたか」

先行していた偵察部隊からの報告に、バルタザールと彼の取り巻き達《たち》は互いに顔を見合わせ。

ニヤリ、と笑った。

「殿下の狙い通りになりましたな！」

「はっはっは、そうだろうそうだろう！　この数であれば、連中も打って出てくると思ったわ！」

取り巻きの一人が賞賛すれば、バルタザールは鼻高々に幾度も頷いてみせる。

それもそのはず、彼からしてみれば傭兵達を集めることはまだまだ出来たところを、敢《あ》えて抑えていたという認識なのだ。

狙いは彼が口にした通り、ブリガンディア側が打って出てくるのを誘うため。

一介の地方都市でしかないビグデンの街は、長期の籠城戦に耐えるだけの設備はない、とバルタザールは考えた。そう、考えた、であり、調べさせてなどいない。心あるシルヴァリオ王国軍人が聞けば、無言で天を仰いだことだろう。

バルタザールからすればビグデンの街の籠城する能力は低いはずであり、よほどの兵力差でなければ籠城はしない、と踏んで侵攻してきた結果、本当にブリガンディア側は打って出てきたわけだから、彼らとしては笑みも漏れてしまうことだろう。

「この数を見て怯《ひる》まずに出てきた度胸は褒めてやるところですが、いかんせん計算できる頭はなかったようで！」

「左様、大人しく街を明け渡しておけばいいものを！」

彼らが位置するのは、一万二千に及ぶ軍勢の、最後尾。ブリガンディア軍は遥《はる》か遠くに小さく見えるのに加え、騎乗する彼らの眼下には居並ぶ大勢の傭兵達。

戦場に出た経験が少ない彼らの目に、自分達の軍勢が実態以上のものに見えてしまったのは仕方がないと言えばそうなのだろう。

ただ、であれば経験が豊富な人間を副官としておくべきだった。もっとも、騎士団長アイゼンダルク伯爵をはじめとする武辺者達はバルタザールに口煩《くちうるさ》いため、彼らは遠ざけられているのだが。

結果、今ここには、経験が浅くバルタザールへのおべっかのみ達者な連中が揃っている。

だから、誰も止める者がいない。また、適切に動かすことが出来る者も。

「皆の者、我らの勝利は間違いない！　全軍、突撃せよ！」

「全軍突撃！」

「全軍突撃‼」

バルタザールの号令を受け、あちこちで指揮官が声を上げて復唱し、それが軍団の末端まで連鎖するかのように広がっていく。

そして、広がっていくにつれて。

あちこちで、傭兵達が顔を見合わせる様も広がっていく。

「ええい、何をしているのだ一体！　これだから傭兵どもは！」

苛立《いらだ》たしげな声を上げるバルタザール。

彼の脳内では、号令一下、全軍が一気に突撃するはずだった。

だが実際の光景を見れば、動かない。いや、のろのろと動き出してはいるのだが。

「まるで殿下の命令が聞こえておらぬようですな……下賤《げせん》の者は耳も悪いようで」

嘆息しながら取り巻きの騎士が言うのだが、溜息を吐きたいのは傭兵達の方だろう。

一万を超える人間が集まって行軍している中で、人一人の声など簡単に掻《か》き消えてしまう。

そして、突撃は先頭から動き出さないと実行出来ないが、彼らはバルタザール達から最も遠い。

当然バルタザールの声は届かないから、復唱が伝播《でんぱ》してきてからようやっと動き出せたのだ。

そんなことなどわかりもしないバルタザール達からすれば、腹立たしいところだろうが。

「あやつらには言葉では通じぬのでしょう。おい、突撃の角笛を吹け！」

「は、はい！」

憤慨していた騎士の一人が命じれば、近くにいたにも拘わらず今まで存在を完全に無視されていた兵士が慌てて角笛を取り出し、力いっぱいに吹いた。

流石に号令用の角笛を預けられるような兵士だけあって肺活量は見事なもの。力強い響きは先頭にまで達し、やっと突撃の命令が伝わったのか理解されたのか、勢いよく前へと進み始める。

「やれやれ、こんなことでは勝てるものも勝てんぞ」

すっかり気分を害したらしいバルタザールが、そんなことを漏らす。

彼はまだ、勝てるつもりでいた。今、この時点においても。

動き出した傭兵達、遠くのブリガンディア軍。

これらを見ても、なお。

その意味するところを彼が理解するのは、もうしばらく後のことである。


それは、さほど時間を置かずに訪れた。

「なんだ？　傭兵どもの出足が鈍っているようだが」

「はっ、そのようでございますな……これは、一体。奴ら、よほど鍛え方が足りぬ連中ばかりだったのでしょうか」

「いや、さすがにそんなことは……最低限の確認はしておりますぞ」

バルタザールが怪訝《けげん》な顔で言えば、周囲にいる騎士達も首を傾げる。

見れば、つい先ほど角笛の号令に従って突撃を開始した傭兵達が、急速に勢いを失っていた。

それもそのはず。徒歩の人間がまともに突撃できる距離は、限られているのだから。

鎧《よろい》や武器といった重量物を身に纏《まと》った人間が走れる距離などたかが知れている。

これがアークのような人間であればそんな状態で走る鍛錬を積んでいたりするのだが、普通の兵士や傭兵はそこまでの追い込み方はしない。

だから、一般的に突撃というものは、もっと近づいてから敢行されるものだ。

ところが、経験が足りない上に浮かれてしまったバルタザールは、突撃が届くよりも遥かに離れた距離から突撃の号令を発してしまった。

傭兵達が顔を見合わせていたのも、最初の動きが鈍かったのも半信半疑だったためだ。

だが、角笛まで吹かれて念押しされてしまえば、号令が確かに下されたのだと認めるしかない。

だから彼らは突撃した。半ば破れかぶれで。

あるいはこれが、彼らの闘争心を十分に掻き立てての突撃だったのならば、彼らも勢いを失うことなく突撃を届かせることができたのかもしれない。

だが、彼らは金で雇われた傭兵でしかなく、仕事以上の意識を持たせることは中々に難しい。

ここまで彼らを順調に進軍させてきたバルタザールではあるが、それはよく言えば彼が合理的にことを進めてきたから。

悪く言えば淡白でビジネスライクな対応をしていた上に、見下した態度で傭兵達に接する……いや、接することなく上から指示を出すだけだったのだから、そんな彼相手に金銭以上の貢献をしようと考える傭兵など皆無である。傭兵達の聞き分けが良かったのは、単にバルタザールの金払いだとか食料の供給だとかが良かったからに過ぎない。

そして、彼らの失策はそれだけではない。

「……そういえば、傭兵達の中に咳《せ》き込む者や疲労感を訴える者がいると聞いたような」

取り巻き達の一人がふと思い出したように呟けば、一斉に視線が集まった。

それが示す重大な意味に気が付いたから……ではない。

「なんだと⁉　傭兵なんて仕事をしながら、なんと惰弱な！」

的外れな憤慨をしたからである。

そしてそれは、声を上げた騎士一人ではなくその場にいる全員の認識であった。

確かに、今回の進行は強行軍気味ではあったが、途中の休憩や食料の提供による疲労回復などの配慮は十分にされていた。この辺りはバルタザールの手腕と言っていいし、それをわかっているからこそ取り巻き達は憤慨しているともいえる。

それが、不幸でもあった。

そんな状況であったから、彼らは自分達に抜かりはないと思っている。

そして、元々他責志向があり、見下している傭兵達の責任にしがちでもある。

だから、見落とした。そんな状況で体調不良の者が出るということは、何か他の要因があったのではないか、という点を。

「まったく、栄えある我らが軍団の末席に属する栄誉を与えられながら、この辺りの農民どもと同じような弱音を吐くなど！」

口々に傭兵達を詰《なじ》る騎士達の一人が、そんなことを口走った。彼は、以前この辺りがシルヴァリオ王国の支配下にあった頃、ストンゲイズ地方に来たことがあったのだ。

そんな騎士へと、第二王子バルタザールは不思議そうな顔を向ける。

「うん？　なんだ、卿はこの辺りに来たことがあったのか？」

「はい、数年前のことですが。殿下が見事にこの辺りの諍《いさか》いを収められた時の」

「そういえばそんなこともあったな。なるほど、だから知っているわけだ」

「あの時の差配は、実にお見事でございました！」

「ははは、そうだろうそうだろう！　卿もよく働いてくれたな！」

得意げに笑うバルタザール。

自身の功績を誇りながら部下への労《ねぎら》いも忘れない。

そんな自分はやはり上に立つ者だと浸るために。

騎士も騎士で、おもねるために言っているのだから大きな違いはないのだが。

ちなみに、バルタザールもこの騎士も中途半端なところで放り投げており、最終的に事態に収拾を付けたのは当時のソニア王女だったりする。

もちろん二人には、そんな意識はない。

だから、肝心なところを見落としているともいえるのだが。

農民達が疲労感を訴えていたのはこの辺りの風土病によるもので、傭兵達はそれに罹患《りかん》してしまっている。この辺りの土地に詳しい者が一人でもいれば、そのことはすぐにわかったはずだった。

だが、そんな人間はこの場にいない。一人たりとも。

そういう人間のことを、バルタザールが『田舎臭い』と遠ざけたからだ。

バルタザールには、この地が敵地になっているという意識もなければ、戦において情報こそが何よりも大事だということを真の意味でわかっていなかった。

戦場は常に変動し、それ故に何が起こっているかを常に察知し続けなければならない。

ある程度以上の経験を積んだ軍人にとっては当たり前のことが、彼には欠けていた。

だから、全く気付いてもいなかったし、反応もできなかった。

「……何やら先頭がごちゃついておりますな？」

「いや、急にばらけだしましたぞ？」

「ええい、一団となって前進することすら出来んのか⁉」

彼らの目の前では、勢いを失っていた先頭が、更にまとまりすら失っている様子が見えていた。

傭兵達の悪口に興じ、駄弁《だべ》っていた彼らからすればそれすらも傭兵達の怠慢にしか見えない。

そもそも、彼らは根本的に勘違いをしている。

まず、一団となって前進するのは難しいことなのだ。

ある程度仲間意識、帰属意識のある兵士達ですら、行軍訓練を重ねることでしか集団の前進を実現することは出来ない。

ましてそれが、あちこちからかき集めてきた傭兵ともなれば、至難の業と言っていいだろう。

そんなことを、バルタザールも取り巻きの騎士達も知らなかった。

彼らが見る兵達は、そういった地道な訓練を終えた後の者達ばかりだったからだ。

これで経験とカリスマ性のある指揮官が前線にいれば少しは話が違っただろうが、残念ながらバルタザールの麾下にそんな人間はいない。

そんな人間はバルタザールについてこないし、バルタザール自身もそんな人間が必要だとはこれっぽっちも考えていなかった。

彼が言えば周囲の人間は言うことを聞く。例外は、第一王子エルマーの息がかかった人間ばかり。だから彼は今回の進攻に際して、エルマーの影響が及んでいる王国軍ではなく彼が中心となってかき集めた傭兵を主戦力にしたところもある。もちろん、そもそも先の敗戦の影響で消耗の大きかった王国軍が戦力を回復させられていないという面もあるが。

そして、かき集めた傭兵達を、バルタザールはここまで大過なく進軍させることが出来てしまった。成果といってもいいその事実が彼の自尊心をくすぐり、彼の目を曇らせる。

彼には必要な物と人員を必要な場所に送り込む能力があり、有能な戦略家になりうる素質がなくはなかった。ただその素質を開花させるには、冷徹な第三者視点を叩《たた》き込める師が必要であり、彼の前にそんな人間は現れなかった。

そして、戦場で指揮を執る戦術家としての素質は、致命的に欠けていた。

「敵方、弓の斉射を開始しました！」

「構うな、進ませろ！　兵がばらけたのであれば逆に好都合、斉射の効果は減る！」

戦況を見ていた騎士からの報告に、バルタザールは舌打ちしながら指示を出す。

「前衛接敵！　……だめです、次々討ち取られています！」

「やっと突撃が届いたと思えば、これか！　所詮は下賤な傭兵でしかないということか！」

バルタザールは怒りを顕《あら》わにしながら嘆くが、全て彼の正しくはあるがその場しのぎでしかない指示のせいである。

「き、騎士達を前に出せ！　傭兵どもを叱咤《しった》し、統率を取り戻すのだ！」

状況を打開すべく、バルタザールが声を荒らげる。

これが、この戦の勝敗が決定した瞬間だった。

＊＊＊

「流石はファルロン伯爵、完璧な戦運びだな～」

少し離れた場所から見ていた俺は、感心の呟きを零《こぼ》した。

歩兵を一度前に出して馬防柵を展開するという工作作業を完了し、すぐさま後退させ、そこに突っ込んだシルヴァリオ軍の傭兵達の隊列が乱れたところを蹂躙《じゅうりん》する。

口で言うのは簡単だが、それを数千人の兵士に完遂させるのはかなりの離れ業だ。

……しかしそれを、ファルロン伯爵は鮮やかにやってのけた。

「これで俺たちが下手こいたら、恥ずかしくて伯爵に顔向け出来ないぞ」

「いやまったくです。どうしてくれるんですか隊長、ハードル上がっちまいましたよ？」

「隊長言うな、子爵と呼べ。……いや、今は隊長か？」

隣に立つ騎士の軽口に応じながら、俺は苦笑を漏らす。

こいつは、アルフォンス殿下直属である特務大隊の所属。俺が中隊長やってた頃の部下だ。で、アルフォンス殿下が今回の戦のために派遣してくれた騎士の一人でもある。

「隊長でいいんじゃないですかね？　団長って柄でもないでしょうし、規模も違うし」

「ま、そりゃそうか。あんまり数が多くても手に負えんしなぁ」

答えながら振り返った俺の目に飛び込んでくるのは、こいつ同様に鎧をまとった騎士が十名。

それから、その背後に居並ぶ表情の硬い兵士達だ。

支給された槍と盾以外は体つきも装備もバラバラな彼らは、ブリガンディア軍の兵士ではない。

「てことで、諸君らも俺のことは隊長と呼んでくれ」

「いやとんでもないことでございますよ領主様⁉」

兵士達の一番前に立っている男が悲鳴のような声を上げたのも仕方がない。兵士達の中ではリーダー格の彼だが、身分は平民。それも、今の返答でわかる通り、我が領の領民だ。

そんな彼、いや、彼らからすれば、俺を隊長だなどと呼ぶのは恐れ多いことなのだろう。

その証拠に、彼の後ろに並んでいる兵士達も死にそうな顔色でうんうんと頷いている。

彼らもまたうちの領民なのだから、仕方ないことなんだろう。

だが、今この時ばかりは慣れてもらわんといかんし。さて、どうしたもんか。

「そうだよなぁ、諸君らからすれば、俺は領主様だよなぁ」

俺が納得したような声音で言えば、兵士達はうんうんと頷いて返してくる。

やっぱそれが本音だよな。それはそれで、良い領民達だなとは思うわけだが。

その心を別方向に向けてもらわないといけなくもあるんだよな。

「だが、今だけはそのことを忘れてほしい。何故《なぜ》ならば！」

声の圧を一段階上げた後、言葉を切って兵士達を見渡す。

……全員、一様に驚いた顔をして言葉一つ発することが出来ないでいる。

だが、一秒か二秒か。

俺が間を取れば、少し驚きが緩んだ気配。

そして、目の表情が少しだけ変わる。

俺の言葉を待っているような、そんな色。

そこを逃さず、俺は口を開いた。

「今この場は、瞬きの間に命を失う戦場であり！　諸君らは、そうと知ってなお駆け付けた義勇兵だからだ！」

俺が一層声を張れば、兵士達……義勇兵達の背筋が伸びる。

彼らは、職業軍人ではない。俺とニアが訪れたストンハントとディアマンカット、そしてストンゲイズから募った義勇兵なのだ。

「傾聴！」

俺の号令に、全員が姿勢を正して立つ。

これは、この一カ月で施した訓練の成果。

そして、成果と言えるものはこれくらい。集団として彼らが実行出来るものは、俺の号令に対して即座に反応し、姿勢を正して立つことだけ。

だが、それだけで十分だ。俺の声に即座に反応できる、それだけでも十分なのだ。

「今この時、この場において、俺は領主ではない！　一人の指揮官として俺は諸君らを率いて先陣を切る！　そんなことが出来るのは、諸君らがいるからだ！」

動揺していた義勇兵達の瞳の揺れが、収まっていく。

瞳に、顔に、力が戻ってくる。

その様子を見ながら、俺は気付いていないふりで言葉を重ねた。

「諸君らは、聖女ニアが認めた勇士である！　故に俺は諸君らに背中を預ける！　預けるに値すると認めたからだ！」

ニアの名前を出せば、義勇兵達の目の色が変わった。

彼らは、ソニア王女の功績を知っている。そして、領主夫人ニアがソニア王女の親友であり、この地方のことを託された聖女であると説明を受けている。

とんだ詭弁《きべん》だ。

だが、彼らには意味があった。彼らは受けた恩義をそのままに出来ない心の持ち主であり、生まれ育った故郷を守りたいと思える人間だからだ。

そしてこれは、俺に言い聞かせる意味もある。

冷静に考えれば、一カ月かそこらの訓練を受けた程度の民兵なんて信頼出来るわけがない。

中には以前兵士として従軍していた奴もいるんだが、半数は体力だけの素人《しろうと》。

戦力として数えることなんて普通は出来ないし、背中を預けて戦うなんて御免こうむりたい。

普通ならば。

だが、今はその普通でないことを押し通さなければいけない。

そして、それが出来ると確信している。

彼らの目の色が、はっきりと変わったからだ。

……俺個人の感情としては心苦しくもあるのだが。そうと言っていられる状況でもないのだから、俺は感情を押し殺す。

「俺が死ぬ時は諸君らが死ぬ時であり、諸君らが死ぬ時は俺が死ぬ時である！　であれば、領主だ平民だのつまらん遠慮は不要、いや、有害でしかない！」

小難しい理屈をこねることも考えたが、やめた。

多分、シンプルな方が伝わりやすい。

理屈で理解してもらう場面でもない。

「俺達は、仲間だ！　力を合わせ、ともに侵略者を打ち払う仲間なのだ！」

大事なのはただ一点。今は、それでいい。

熱が上がってくる。

義勇兵達の精神が高揚してきた証、熱としか表現出来ないものが俺にまで届いてくる。

こうなればあと一押しだ。

「思い出せ！　諸君らは何故立ち上がったのか！　守りたい人がいるのだろう！　守りたい町があるのだろう！」

短く、言葉を切っていく。

言葉が届き、彼らが思い出す時間を稼ぐために。守りたいものを背負った時、そして、その重みを自覚している時、人間は思いもよらぬ力を発揮するものだ。

「諸君らが守りたいものを、俺も守りたい！　俺たちは、仲間だ!!」

「うおおおお！！！」

ひと際強く俺が声を張り上げれば、それに呼応して怒号のような声が巻き起こる。

……実は、最初に声を上げた奴は仕込みだ。

だが、それに呼応して声を上げた彼らは、仕込みでもなんでもない。彼らは、心から湧き上がる熱に押されて声を上げた。

ここまでくれば後は進むだけ。彼らの心は炭のようなもので、簡単には火が点《つ》かないが、一度点いてしまえばそう簡単には消えない。心の奥底に燃料を秘めていたからこそ、彼らは義勇兵として志願してきたのだから。

「相変わらず、焚《た》きつけるのが上手でいらっしゃる」

「からかうな、こんなもん何の自慢にもなりゃしねぇよ」

俺の傍《そば》にいた騎士がからかってくるのを、俺は苦笑しながらかわす。

実際、多分アルフォンス殿下の方が上手く焚きつけるだろうし。俺なんてまだまだだ。

だがこの場に殿下はいないし、そもそもいてもらっちゃ困る。

だったら、俺がやるしかないってだけの話だ。この場の責任者は俺なのだから。

「……何人生き残りますかな」

縁起でもないことを聞いてきやがる。

しかし、指揮官として頭に置いておかなきゃいけないことでもある。

戦になれば、死人が出る。当たり前のことだ。

だから俺は。

「全員さ」

そう言って、笑った。

驚く部下へと、笑ってみせる。きっと、狼《おおかみ》そっくりの獰猛《どうもう》な顔で。

「一人だって死なせやしない。お前らも含めて。お前らもあいつらも、こんなくだらない戦で死んでいい奴らじゃねぇよ」

もちろん俺だって死ぬつもりはない。シルヴァリオの連中に俺は殺せない。

「久しぶりに見せてやるよ、本気の『黒狼《こくろう》』を」

そう告げて、俺は牙を剝《む》いた。

俺が一歩前に出れば、一歩だけ周囲にいた騎士達が後ろに下がり。

それから、すぐに持ち場についた。

彼ら、特務大隊から派遣されてきた騎士達は義勇兵達の部隊長。

そして、総指揮官が俺だ。

「総員整列！　これより、予定通り前進を開始する！」

そう宣言すれば、義勇兵達の表情が引き締まる。強張《こわば》る、ではなく。

……いい顔だ。

揃いも揃って、いい面構えになりやがった。芯のある奴ってのはこういう奴らだ。

些細《ささい》なきっかけで、兎《うさぎ》が獅子《しし》になりやがる。

だが、まだ本物の獅子じゃない。心に身体が追い付いていない。

そりゃそうだ、心と違って身体は急に強くなりはしない。

いや、心もか。

幾度も壁にぶつかって、時に修羅場を乗り越えて、心も身体も強くなる。

であれば、こいつらがこの修羅場を乗り越えれば、さぞかし頼れる獅子になることだろうよ。

だから、死なせない。

この俺が、こいつらを、一人たりとも死なせはしない。

「声を立てるな、足音を殺せ！　ここからは、どこまで気付かれないかの勝負だ！」

俺の声に、全員が静かに頷く。

俺達がいるのは、シルヴァリオ軍が使った林道から少し離れた場所。

……いくら荒れ地に慣れた傭兵主体とはいえ、こんなろくに整備されてない道を使ってあの大軍を進めてきたこと自体は驚くに値する。

こんなことが出来るなら、奴が傲慢《ごうまん》になってしまうのも理解できる。

それに、これだけを見たなら、きっと俺は計画変更を考えたことだろう。

だが、その後がお粗末すぎた。

ニアから聞いたところによると、バルタザールは戦場の経験がほぼ皆無。それを裏付けるかのように、戦場に出てきたシルヴァリオ軍は脳みそがないんじゃないかって動きしかしていない。

皮肉なことに、シルヴァリオ軍は第二王子バルタザールが偏った有能さを見せたからここまで来ることが出来た。そして、バルタザールが先にそんなものを見せてしまったから奴が指揮を執ることに誰も疑いを持たず、結果、戦場でまともに動けていない。

奴にアイゼンダルク卿か同等クラスの指揮官を連れて来ることと、その指示を素直に聞くことが出来れば、この状況はなかっただろう。

だが、奴に聞く耳がないことはわかっていたし、そもそもそんなものがあれば、こんな侵攻はしていない。

シルヴァリオ王国第二王子バルタザールの破滅は、奴が侵攻を開始した時点で決まっていたのだ。

俺の指示に従い、騎士達も義勇兵達も声一つ上げず足音を出来るだけ殺しながら前進を開始した。

特務大隊の連中はもちろんのこと、義勇兵達も中々の足取りを見せている。

考えてみれば彼らは農作業に従事したり山道を歩いたりには慣れているはずだから、足元がしっかりしているのも道理といえば道理。

特に山道は、野生の動物に気取られないよう歩く必要があることだって少なくなかったろうし。

おかげで俺達は、シルヴァリオ軍に気付かれることなく近づくことが出来た。

「……直衛の騎士達が前に出ていきますな」

「前線が崩壊しかかってるからな、督戦隊よろしく無理矢理指揮を立て直そうってんだろ」

タイミングよく、俺達の目の前で騎士の集団が馬を駆って前線へと向かっていく。

これだけ間延びしたら角笛の指示も届くかどうか。だったらもう、直接騎士が言って聞かせるしかない状況だろう。もっとも、奴らがちゃんと言うことを聞かせられるか……特に、全体をまとめられるよう意思統一された指示を出せるかははなはだ疑問だ。

いや、そうでなくとも傭兵達を抑えられなくなるかもしれんが。

「いくぞ。全員、俺が声を上げるまでは口を開くなよ」

俺の指示に、指揮官役である騎士達、少し遅れて義勇兵達が頷いた。

その顔には、緊張と興奮がない交ぜになっている。

無理もない。

なんせ目の前には、幾人もの兵士が掲げたシルヴァリオ軍の国旗がはためいている。

つまり、あの旗の下には総大将である第二王子バルタザールがいるはずで。

あそこを落とせば、俺達の勝ちなのだから。

だからって、興奮のあまりにここで雄たけびなんぞ上げられても困る。

静かにするようもう一度だけ念を押して、俺は隠れていた林から飛び出した。

といっても、即座に全力疾走するわけじゃない。

いくら俺でも、この距離を鎧を着たまま全力疾走なんて息が持たないからな。

駆け足で進むことしばし。幸いなことに、連中は全員が全員、惨憺《さんたん》たる有様の前線に目を奪われていたから、俺達に気付くことはなかった。

予想よりも遥かに近づけたところで、やっと兵士の一人がこっちに目を向ける。

「……なんだ⁉　て、敵⁉」

その言葉に反応して、まずは数人の兵士が。

それから、波が広がっていくかのように次々とこちらに顔を向けてくる。

距離もいい。頃合いだ。

「総員突撃‼　ぶちかませ‼」

声を張り上げながら、俺は全力で駆け出した。

俺に続いて特務大隊の騎士達が、それに率いられて義勇兵達が駆け出す気配がする。

見ている暇はないから、気配で感じるだけ。先陣切って走る俺の目の前には、当然敵しかいない。

そんな状況で、後ろなんて向けるわけがない。

そして、目の前には敵しかいないから、俺は全力を出せる。

この手に持った『狼牙棒《ろうがぼう》』の全力も。

「食らい、やがれぇぇぇぇ‼」

俺達の突撃に慌てて向こうの歩兵達も槍を向けてくるが、統率は取れておらず、てんでバラバラ。

そこに飛び込んだ俺が気合の声とともに『狼牙棒《ろうがぼう》』を振りぬけば、何かが潰れるようなエぐい衝撃音が響き、薙《な》ぎ払われた歩兵が三人ばかり吹き飛んで後ろにいた連中にぶち当たる。……なんか、いつもより手ごたえがある気がしないでもない。

ともあれ、もの凄《すご》い勢いでいきなりぶっ飛んできた成人男性なんて鍛えた兵士でも受け止められるわけがなく、巻き込まれるようにして数人がバタバタ倒れていった。

「……は？」

何が起こったか理解できなかったか、シルヴァリオ歩兵の一人が間抜けな声を漏らすが、聞いてる暇も答えてやる義理もない。

俺は更に踏み込んで『狼牙棒《ろうがぼう》』を振るい、そいつもろともまた数人薙ぎ払う。たった二振りの攻撃で、ただでさえ手薄になった敵の守りはぽっかりと大穴が開いたような状態になってしまった。

「今だ、隊長に続けぇ!!」

「う、うおおぉぉぉ!!」

そこに、時間差でうちの連中が突っ込んできた。

浮足立ってろくに陣形が整っていない歩兵連中と、決死の覚悟で一丸となって突っ込んできた俺達。結果は、火を見るよりも明らかだ。

「な、なんだ、何事だ!?　何故こちらが攻撃を受けているのだ!?」

悲鳴のような声がした方へと目を向ければ、ひと際目立つ、豪華な鎧を着た青瓢箪《あおびょうたん》。

多分、こいつがシルヴァリオ王国第二王子のバルタザールなんだろう。

だったら、やることは一つ。

「そこにおわすはシルヴァリオ王国第二王子、バルタザール殿下とお見受けした！　我が名はアーク・マクガイン！　『黒狼』の牙を馳走《ちそう》すべく、推して参った！」

「こっ、『黒狼』⁉　貴様があの『黒狼』だというのか⁉」

俺が名乗ればバルタザールの声は上ずり、動揺したことが丸わかりだ。

そんな態度を見せれば、浮足立っていた歩兵達から更に戦意が失われていく。

悪名高いブリガンディア王国の『黒狼』。

アルフォンス殿下が密かに噂《うわさ》を流していたためか、歩兵達の目に明らかな恐怖が浮かんで見える。

まあ、噂に聞いただろう『黒狼』の武威を実際に目の前で見せられたから、ってのが後押ししてるところもあるだろうしな。

だから、俺が一番に切り込んだわけだが。

危険はあれど、俺が気兼ねなく全力を出せる最前列。

そこで見せた俺の暴れっぷりは、ご覧の有様。

自分で言うのもなんだが、こんなもん見せられてビビらない奴はそういない。

バラクーダ伯爵あたりは血を滾《たぎ》らせるかもしれないが、一応あの人は味方だし。

そして、一度恐怖を自覚した人間は、驚くほど脆《もろ》い。

「我が欲するは、バルタザール殿下の御首ただ一つ！　だが、邪魔するとあらば容赦はせん！　さあ、次に死にたいのはどいつだ‼」

大見得を切って『狼牙棒《ろうがぼう》』を一振りすれば、棘《とげ》の先端についていた血が飛沫《しぶき》となってブワッと音がしそうな勢いで派手に飛び散った。

複数の尖《とが》った棘を持つ形状から、『狼牙棒《ろうがぼう》』は平たくなっている剣などに比べて血を払い飛ばしやすいという性質を持つ。

そのため、複数人を殴り倒した後に勢いよく振れば、広範囲に霧状の血飛沫を飛ばすことも可能。

当然、そんな光景はさぞかし凄惨に見えることだろう。

そして、漠然としていた恐怖に明確な形が与えられる。

次は、自分がああなるかもしれない、と。

「うわっ、うわあああああ⁉」

「ひっ、ひぃぃぃぃ⁉」

一人が悲鳴を上げながら逃げ出せば、それに釣られて一人、また一人と兵士達が覚束《おぼつか》ない足取りでその後を追う。こいつらも、前に撃退した連中と同じで、死ぬ覚悟なんてしちゃいなかった。

一つ違うのは、戦闘の状況推移から『まずくないか?』と漠然とした不安を感じていたこと。

そこに俺が明確な形で死の恐怖を叩きつけてやれば、大半の心がポキッといってしまったようだ。

「あ、おい⁉　ば、馬鹿者、逃げるな！　俺を守れ、守らねば打ち首だぞ！」

バルタザールが狼狽《ろうばい》しきった声で兵士達を引き留めようとするが、そんなことを言ったところで止まるわけがない。

踏みとどまれば、確実に死ぬ。多分、半分以上はもうそれしか頭にない。

残り半分弱は、それに加えて『逃げても、王子達に捕まえられることはないだろう』という計算が出来ているかもしれない。

そして、一握りの人間が考えるだろう。

ここでバルタザール王子が『黒狼』に討ち取られれば、そもそも追手がかからない、と。

指揮官たるもの、そんな風に軽んじられてはいかんと自戒を込めて思う。

今はそれを利用させてもらってるわけだが。

「さあ、覚悟をお決めになるがよろしかろう、バルタザール殿下！」

逃げる兵士をうちの義勇兵達が追い立てる楽なお仕事をしているせいで、この辺りは大混乱。

そのせいであまり乗馬が上手くないらしく逃げられずにいたバルタザールへと俺が声をかければ、奴はびくっと肩を震わせた。ただでさえ血色のよくないその顔は、いまやすっかり真っ青、を通り越して真っ白に近くなっている。

取り巻きの騎士達もいるにはいるんだが、混乱する馬を御することも出来ず、剣を抜くことも出来ていない。こんな程度の練度で攻め込んでこられたのかと思うと、少々むかつくものはあるな。

「や、やめろ、俺を、俺を誰だと思っている！　シルヴァリオ王家の尊き血を持ち、次代の王となる我こそは……」

「わかってるから来てんだろうがっての！」

何やら口上を述べ始めたバルタザールを軽く流して前へ進み出れば、それでも馬に乗った騎士が二人ばかり前に出て奴をかばおうとする。

もっとも、俺からすればいい的でしかないんだが。

「邪魔を、するなぁっ!!」

叫びながら『狼牙棒《ろうがぼう》』を振るえば、騎士達が乗っていた馬が嫌な音を立てながら横転し、転がり落ちた騎士達は打ちどころが悪かったのかぴくぴくと痙攣《けいれん》してそれ以上動けなくなる。

……馬には申し訳ないが、ここは戦場だ。後で埋葬してやるから勘弁してくれ。

「お覚悟！」

「ひっ、ひぃぃぃぃ!?」

気合の声とともに俺が一気に接近すれば、バルタザールが悲鳴を上げながらのけぞる。

と。それが良くなかった。

手綱の操作を誤ったか、それとも俺にビビったか。バルタザールの乗る馬が、いきなり大きないなきを上げながら後ろ脚で立ち上がり、暴れ出す。

「うわっ、あっ、ああああ!?」

当然、バルタザールにそんな馬を制御する技術なんてあるわけもなく、奴は為《な》す術《すべ》もなく転がり落ちた。地面に叩きつけられた奴は、打ちどころが悪かったのかぴくりとも動かない。

そんな主を一顧だにすることなく、バルタザールの馬はどこへとなく駆け出していってしまった。

「……ありゃまあ。死んだか？　いや、多分死んでないよな？」

バルタザールをまじまじと観察するも、首が変な方向に折れたりはしていない。もちろんそれでも頭の打ちどころが悪くて、なんてことはあり得るが、今確認することでもないだろう。

「バルタザールに縄を打て！　それから、シルヴァリオの旗を全部下ろさせろ！　俺達が勝ったのだと知らしめるんだ！」

俺がそう言えば、特務大隊の騎士が一人、手慣れた手つきでバルタザールを縄で縛りあげていく。

その向こうでは、こんな状況でもまだ踏みとどまっていたシルヴァリオの旗持ち兵数人を率いられた義勇兵達が取り囲み、組み伏せていた。

……ほんとなぁ、シルヴァリオ軍の末端にはきちんと鍛えられた兵もいるってのに。

全ては上に立つ者次第、とこんな立場になった今、改めて思う。

だが、感慨に耽《ふけ》っている場合でもないから、俺は続けて指示を出した。

「勝鬨《かちどき》を上げろ!!　俺達の、勝利だ!!」

「うおおおおお!!！」

「お、おおおおお⁉」

特務大隊の騎士達がまず手本となり、それにつられて義勇兵達も声を上げていく。

最初はおっかなびっくり。

続けているうちに、堂々と張りのある声になっていく。

そしてその声は、戦場の隅々へと伝播していった。

＊＊＊

「は？　な、なんで旗が下ろされてる？」

一人の傭兵が、呆然《ぼうぜん》とした声を漏らした。

彼が位置しているのは、シルヴァリオ軍の中でも比較的後ろの安全な場所。

だから、見えてしまった。本陣の旗が下ろされていく様を。

それでいて詳しくは見えないのだから、呆然としても仕方がない。

それは、総大将であるバルタザールが討ち取られたか捕まったか、あるいは敗走したことを意味するからであり、こうなっては軍勢の崩壊は免れない。

だからバルタザールの周囲にいた旗持ち達は己の仕事を全うしようとして最後まで踏みとどまり、アークも旗持ちだけは具体的な標的として挙げたわけだ。

その旗が見えなくなった。下ろされた。

こうなった時の傭兵達の動きは、速い。

「どうすんだよ、これ！」

「ど、どうするって、決まってるだろ⁉」

動揺しきった声で聞かれた傭兵は、ひきつった顔で何とか笑みのような表情を作る。

「逃げるんだよぉぉぉぉ‼」

叫びながら一人が逃げ出せば、他の傭兵達も我先にと逃げ出していく。

もっとも。海を越えてやってきたせいで土地勘もない上に、一瞬で総大将を落としてしまうような相手が急に現れるような敵地で、流行り病に罹《かか》って調子の出ない身体を引きずりながらという割と絶望的な状況だ。

「ちくしょう、来るんじゃなかった、こんな国ぃぃぃ!!」

叫んでも、後の祭りではあった。

＊＊＊

「まさか、ここまで鮮やかに決まるとはな……」

潰走するシルヴァリオ軍への追撃を命じたファルロン伯爵は、思わず嘆息を零す。

流動する戦況の中に生じたこれ以上ない好機を逃さず、『黒狼』が一噛《か》みで勝負をつけた。

「戦場の流れや呼吸が全て読めていたかのような動き……これが『黒狼』と呼ばれる男の嗅覚、か」

ブルリと、小さくファルロン伯爵は身震いをした。血の臭いにも慣れている練達の騎士が。

その牙が彼に向けられることは、きっとないだろうが。

それでも、背筋が冷たくなる思いが拭えなかった。

　こうして、当初の狙い通りほとんど被害を出すことなく俺達《たち》はシルヴァリオ軍を撃退することが出来た。……正直、上手《うま》くいきすぎて怖いくらいに。

　元々戦場での勘働きというか、『ここで突っ込め』『ここは引け』といった直感的な判断が得意だった自覚はあるんだが、今回は特にそれがハマった気がする。

　また、部下達の戦意高揚だとか統率だとかもいつも以上に上手くいったと思う。

　特に何かしたわけでもなく、いつも通りに振る舞っただけだというのに。

「ニアのおかげかな」

　特務大隊の騎士達が指揮し、義勇兵達が多数の捕虜を縛り上げている様子を見ながら、根拠もなく、そんな呟《つぶや》きが口から零《こぼ》れた。

　だってなぁ、前の戦争から今までの間で、大きく変わったとすればニアの存在くらい。

　鍛錬の内容も変わっていない、なんなら以前より忙しくなったせいで量が減ったくらいだ。

　おまけに幸せいっぱいな生活を送ってるから感覚が緩んでしまってもおかしくはない。

　だというのに。

　戦場に出た俺の感覚は鋭く、部下達にかけた声はいつも以上の力を帯びていた。

きっと、今までの俺だったら何人か戦死者を出していたことだろう。

だが、そうはならなかった。

俺の声はいつも以上に通り、部下達の戦意を高揚させ、指示を行き渡らせることが出来た。

身体《からだ》もそうだ、記憶にある限りあんなに軽々と『狼牙棒《ろうがぼう》』を振るえたことなんてない。

今日の俺は、恐らく人生の中で最も動けていた。

その最たる要因は、どう考えてもニアとしか思えないのも仕方ないだろう。

「早く会いたいなぁ」

思わずそんな呟きが零れてしまうが、許してほしいものだ。

ニアの顔を思い浮かべるだけで、疲れた身体に力が戻ってくる。

気力も漲《みなぎ》り、今からでもまた駆け出してしまえそうだ。

「隊長、何締まりのない顔してんすか」

顔なじみでもある特務大隊の騎士がそんな不躾《ぶしつけ》なことを言ってくる。

だが、今の俺は寛容だ、これくらいは鼻で笑って受け流してやろう。

「これはな、浸ってる顔っていうんだ。違いがわからんようではまだまだだな」

「いや、どっちにしてもあんま変わらん気がするんですが？」

そんな他愛もない会話に、出来ることに、ほっとする。

勝算はもちろんあったが、それでも形の上では多勢に無勢、何が起こってもおかしくはなかった。

突撃した相手、バルタザールとその守備兵の数は、あれだけ酷《ひど》い用兵をしていたにも拘《かか》わらず、それでもこちらとほとんど変わらないか少し多いくらいが残っていた。

そこに突っ込んだんだ、普通は何人もの死者を出すのが当たり前のはず。

だが、そうはならないという確信があった。

そしてそれは、現実になった。

「ま、そのうち違いもわかるようになるさ」

明日があるから。生きて明日を迎えられたから。

俺達には、次が与えられた。

「隊長！　俺達やりましたよ隊長！」

「勝ったんだ！　あいつらを追い払ったんだ！」

捕虜を縛り上げ、あるいは逃げ出す兵達を追い払った義勇兵達が俺の方へと駆け寄ってくる。

どいつもこいつも、良い顔つきになった。それがなんとも頼もしい。

まだまだ色々叩《たた》き込まないといけないことはあるが、彼らは一番に経験させたいことを乗り越えてくれた。

戦場を一つ生き延びること。これが出来た兵士は、本当に強くなる。

そのことは、よく知っている。後は、彼らを伸ばしていくだけだ。

「よくやった！　流石《さすが》は聖女ニアが認めた勇士達だ！」

俺が労《ねぎら》えば、彼らの顔が誇らしげなものになる。

これが得られたのも、今回の大きな戦果と言っていいだろう。

感情的な話だけではない。実利の面でも、だ。

これで、戦場を経験した兵士が五百人生まれた。

彼らをストンハントとディアマンカットに半数ずつ配置すれば、治安維持だけでなく有事の際にも有用な戦力となるだろう。

そこらの野盗なんざ目じゃないし、今回の戦で逃げ落ちた傭兵《ようへい》達が徒党を組んだとしても精々十数人程度を集めるのがいいとこ、十分撃退は可能である。

そうなれば、計画されている色々な開発も安心して進められるというものだ。

もちろん、これもまたアルフォンス殿下が立てた計画のうちである。

ほんとに人間かあの人。

ニアももちろん優秀な参謀役なんだが、あの人に比べると優しさがどうしても出てくる。

ことに人を使い切るという点においては、性格も相まって殿下の方が上だ。

いや、考えてみればニアが上に行く必要はないな、うん。

というか、あんな風になられたら、気の休まる場所がなくなっちまう。

ただでさえ仕事の話が多いってのに、その内容まで殺伐としてきた日には目も当てられない。

おかしいな、甘い新婚生活とかどこいった？

「……隊長？　どうかしたんですか？」

「うん？　いや、なんでもない、ちょっと感慨に耽《ふけ》っていただけだ」

思わず考え込んでしまった俺に、義勇兵の一人が声をかけてくる。

いかんいかん、計画や思惑はともかく、今は勝利を喜ばないと。

何しろ、喜んでいられるのもそう長くはないから。

「よし、捕虜を縛り上げたら、町に連行するぞ！　その後は、戦勝祝いの宴だ！」

「おおお〜〜!!」

俺が声を張り上げれば、呼応するように周囲から声が上がる。

この辺りの反応も、そのタイミングも、戦が始まる前と比べて随分と一体感が出てきた。

特務大隊の騎士を数人指揮官として残すつもりだから、こういう空気になっているのはありがたい。

なんせ、再配置後の面倒を俺は見ることが出来ないだろうから。

「いやぁ、今夜の酒は美味《うま》いでしょうなぁ！」

「ああ、だろうな。お前らもしっかり味わっておけよ?」

ご機嫌な様子の騎士に、俺は軽く笑いながら答える。

彼らが今日口にするのは、いわゆる勝利の美酒ってやつだから、そりゃ美味いことだろう。

ただし、俺がそれを口に出来るかはわからない。

「俺はアルフォンス殿下に報告しないといけないから、すぐには参加出来ないけどな」

すぐには、どころかそもそも参加出来ない可能性すらあるんだが。

なぜならば、特務大隊の長、第三王子アルフォンス殿下がビグデンの街に来て、俺の報告を今か今かと待ちわびているから。

あれこれ聞かれるだろうから報告が長くなるだろうし、休む間もなく次の仕事を振られる可能性すら十分にある。

勘弁してほしい気もしつつ、俺が断ることは出来ない。

あれこれを片付けた先にあるだろう甘い新婚生活のためにも。


「アーク様、お帰りなさいませ。お見事な勝利でございました」

ビグデンの街に帰ってきた俺達を迎えてくれたのは、いつもより少しおめかししたニアだった。

元の素材がいいからか、ちょっとおしゃれして化粧をしっかりしただけで一気に美人度が上がってて、思わず見惚《みと》れそうになった俺は慌てて気を取り直す。

「出迎えありがとう、ニア。それもこれも、彼らのおかげだよ」

そう言いながら、俺の背後に従ってついてきてた騎士達や義勇兵達を手で指し示す。

ちなみに、普段と違って丁寧語でしゃべっていないのは、表向きの振る舞いというやつだ。

この辺りは、事前にニアとも打ち合わせをした結果。

領主が妻に対して丁寧語を使っていたら、侮られる可能性があるのを考えてのことである。

まあ、うん。個人的にはそんなことで侮ってくる奴《やつ》がどうかと思うんだが。

言ったところでそういう人間が考えを改めるとは思えないし、一々言って聞かせるのも時間がもったいない。なので、外ではこういう言葉遣いにしようと二人で決めたわけだ。

これが急に俺の態度が変わったとかだったら後々問題も生まれるだろうが、二人で話し合って決めたことなら大丈夫だろう、多分。

「はい、話は伺っております。皆様、とても勇敢だったと。流石、生まれ育った町を守るために立ち上がった義勇兵の方々。皆さんこそ真の勇士と言えるでしょう」

俺が指し示した兵達をゆっくりと見回した後、ニアが柔らかな……それこそ聖女の微笑《ほほえ》みとはきっとこうなのだろうという顔を義勇兵達に向けた。

そんな笑顔を向けられた義勇兵達は、雷に打たれたかのごとく動きを止める。

……いや、特務大隊の騎士達も止まってんな。

まあ、ニアほどの美人からこんな笑顔を向けられたことなんて、騎士達にすらなかったんだろうから仕方がない。まして、直々にお褒めの言葉をもらうだなんて。

「私は、皆さんの戦いぶりと、何よりもその心を誇らしく思います」

「お、奥様……いや、聖女様……」

ニアが言葉を重ねれば、義勇兵達は感極まったような声を絞り出した。

中には涙ぐみながらその場に跪《ひざまず》き、手を胸の前で組んで祈るようなポーズになる奴まで出る始末。

流石ニアである。

これで彼らの忠誠心は揺るぎないものとなり、今後は一層身を粉にして働いてくれることだろう。

……とか考える自分に違和感を覚えなくもないが。

　今後は、こういうのにも慣れないといけないんだろうなぁ。

「皆、彼女の言う通り、本当によくやった！　俺も、諸君らのことを誇りに思う！」

「た、隊長……」

俺も労えば、義勇兵達がこちらを向く。

ここは一つ、俺も何か心を掴《つか》むようなことを言った方がいいんだろうな。柄じゃないが。

「傾聴！」

突然の号令に、しかし全員が反応して静かになる。

本当に、反応が良くなった。そういう意味でも誇らしい。

「復唱せよ！　俺達は、勝った！」

「お、俺達は、勝った！」

「もう一度！　俺達は、勝った！」

「俺達は、勝った！」

最初は若干ためらっていたものの、二回目には高揚が勝ったか、スムーズに言葉が出てきた。

いい感じだ、この雰囲気をそのまま使わせてもらおう。

「俺達は勝ったんだ、守り切ったんだ!!」

「俺達は勝ったんだ、守り切ったんだ!!」

熱が、上がっていく。

言葉にして改めて言うことで実感が湧いてきたのか。全員で唱和することで気持ちが高ぶってきたのか。あるいはその両方か。

一つ確かなのは、義勇兵達がいい感じで盛り上がってきたことだろう。

「やってやったぞ、コンチクショウ！」

「やってやったぞ、コンチクショウ！」

少々よろしくない言葉遣いだが、ここはスルーしていただきたい。

こういう時はこんな言葉の方が盛り上がったりするのだ。男ってのはそういうものだ。多分。

「俺達は、最高だ‼」

「俺達は、最高だ‼」

最後にひと際大きな声で俺が言えば、完璧に揃《そろ》った声が返ってくる。

言葉通り、今俺達の一体感は最高潮に達してる。

それが、なんとも心地いい。

「最高なお前たちに、最高の宴を用意した！　祝勝の宴だ、存分に食って飲め！」

「うおおお‼　流石隊長‼」

俺の言葉に義勇兵達が、いや、騎士達も盛り上がり、口々に「隊長！　隊長！」と連呼している。

これで、ニアとは別方向に彼らの心を掴んだんじゃないだろうか。

「本当にお疲れ様でした、アーク様」

宴へと繰り出していく彼らを見送る俺の隣で、ニアが労いの言葉とともに笑顔を向けてくる。

俺だけに。

そう、俺のためだけに。

そんな些細《ささい》なことで妙な優越感を覚えてしまう俺は、きっと単純なんだろう。

もっとも、それで幸せなんだからいいじゃないかとも思うが。

「ありがとう、ニア。そちらこそ、街の統制から宴の準備まで、お疲れ様でした。ありがとう」

「ふふ、どういたしまして。お礼を言われることでもないですけれども」

俺が感謝を口にすれば、ニアがはにかむように笑う。

それから、ちょっとだけ口ごもって。

「後ろを支えるくらい、当然です。だって私は、アーク様の妻なんですから」

そんなことを照れた口調で言うものだから、たまらない。

まじで心臓が止まるかと思った。

いやでも、そうなんだよな、この人は、ニアは俺の妻なんだよな。

何回味わっても慣れないが、何回味わっても幸せになれる。俺はなんて贅沢《ぜいたく》者なんだろう。

「いや、やはりありがとうと言わせてください。ニアがいるから、俺は安心して前に出ることが出来る。俺は、果報者です」

「アーク様……」

思わず、ポロリとそんな言葉が俺の口から零れた。若干照れ臭くもあるが、これは俺の心からの言葉だ。それが伝わったのか、ニアの笑顔がもっと優しく、嬉《うれ》しそうなものに変わる。

「そう言ってもらえる私だって、果報者です。だって、欲しくても言われなかった言葉ですから」

そんなニアの言葉に、俺はハッとした。

もちろん、今までだってニアが足を運んだ町や村の人間から言われたことはあっただろう。

だが、彼女が言ってほしかった相手から言われたことはなかった。

それどころか、彼女が何をしているか認知すらしていなかったはず。

だから価値を認められていなかった彼女が、人質として嫁がされることになったわけだし。

俺にとっては嬉しい結果になってはいるが、手放しで喜んでいいことでは決してない。

「だったら、これから何度だって言いますよ。ニアが聞き飽きたって言うくらいに」

「ふふ、どうでしょう」

そう言いながら、ニアが俺の袖の端をつまむ。

摑むでも握るでもなく、指先で、ちょん、と擬音が付きそうなくらいにそっと。可愛《かわい》い。

なんて思ってたところに、ニアからの追撃が入る。

「アーク様に言ってもらえるなら、聞き飽きることなんてないです、きっと」

心臓が止まるかと思った。今日何回目だこれ。

戦場にいるより心臓がやばいってどういうことだこれ。

心臓がバクバクと拍動し、顔に血が上ってくるのがわかる。やばい、なんだこれ。

「……アーク様？」

俺が何も言わない、言えなくなってることに気が付いたのか、ニアが俺を見上げながら小首を傾《かし》げた。可愛い。

いかん、ニアが可愛すぎてこのままじゃますます何も言えなくなる！

なんとか言葉を捻《ひね》り出せ俺！

「い、いえ、なんでもありません。その、ニアからそんな風に言ってもらえて、嬉しいなと」

無難で当たり障りのないありきたりな言葉しか出てこない。

捻り出したのに捻りがないってか、やかましいわ！　いかん、段々混乱してきたぞ⁉

「あら、そんなに嬉しいと思ってもらえるのなら、もっともっと、何回も言わないといけませんね？」

そこに、無慈悲で無邪気な追い打ちがかかる。

なんでこんなにグイグイくるんだ、いや多分本人にその自覚ないなこれ⁉

混乱の極みにあった俺だが、そこに思わぬ救いの手が差し伸べられた。

「アーク隊長！　殿下がお呼びです！　それから、奥方様にも来ていただくようにと！」

アルフォンス殿下からの呼び出しである。

……いや思わぬじゃなくて予想できたし、救いの手じゃなくて別の何かだこれ。

そんなことを思わなくもないが、まさか無視するわけにもいかない。

何より、おかげで一気に現実に引き戻された。悲しいことに。

「わ、わかった、すぐに行く！」

そう返答した俺は、ニアへと向き直る。

「すみません、ニア。殿下に報告と、今後の相談をしなければ」

「はい、わかっております。……それに、私しか出来ないこともありますし」

ニアもすぐにきりっと引き締まったものへと表情を改める。

この辺りの切り替えの早さも流石だ。

そう、ニアにも来てもらわなければならない。気が重いことだけれど。

そんな気持ちを呑《の》み込みながら、俺はニアを伴って殿下が滞在している旅団の駐屯地へと向かった。

＊＊＊

「やあ二人ともよく来てくれたね。特にアーク、お疲れ様」

駐屯地に着くと、すぐに殿下の部屋へと通された。

元々は旅団を視察に来た王国騎士団の偉いさんが泊まる想定で作られた客間らしく、ファルロン伯爵が使ってる部屋のすぐ近くで、何かあった時にはすぐに彼が駆け付けられる場所。

当然護衛の騎士も多く、窓の作りなどもしっかりしている。

これならば第三王子であるアルフォンス殿下の部屋としても使えるだろう。

残念ながら、領主の館にはここまでの客間はないし。

強いて言えば俺の部屋に寝泊まりしてもらうというのが安全面だけで言えば上ではあるが。

それは流石に勘弁だし、殿下も同様だろう。

いやまあ、王都にいた頃に部屋飲みしてそのまま雑魚寝《ざこね》したこともあるが、あの時とは色々と状況も立場も違うわけだし。

「ありがとうございます、労いのお言葉、痛み入ります」

俺が姿勢を正して騎士の礼を取りながら返答すれば、ニアがそれに合わせて頭を下げる。

本来ならニアにも言葉をかけてくれたわけだから彼女も返すべきなんだが、一応戦時下といえばそうなので略式の返し方で済ませた形だ。殿下ならこれで十分通じるし。

「それに、一番の骨折りはファルロン伯爵と旅団の皆さんでしょう。俺は美味《おい》しいところをいただいただけです」

そう言ってから、殿下の隣に立っていたファルロン伯爵へと向き直り、敬礼をした。

すると一瞬だけファルロン伯爵は驚いた顔になり、すぐに答礼を返してくる。

そんなに意外だったかな？　俺としてはまじで感謝してるんだが。

「痛み入ります。しかし、我々が十全に戦えたのはマクガイン卿《きょう》と奥方の策と仕込みあってのものです。お陰様で、こちらの損害も極めて軽微でしたし」

「そうですか、それは何よりでした」

ファルロン伯爵からの返答に、俺は心の底からほっとする。

貴族としてはあまり褒められたものじゃないが、今くらいはいいだろう。

街への被害や今後のシルヴァリオ攻略への影響を考えて、短期決戦という博打《ばくち》に出たのはこっちの都合。その博打に乗ったのは旅団の判断だから、その被害は自己責任、という考え方も出来なくはないんだが、俺は嫌だ。

むしろ、街の被害を減らしたいという甘っちょろい考えに賛同してくれた上に身体を張ってくれたんだ、どれだけ感謝してもしきれない。

だから、彼らの被害が最低限でしかなかったのは、俺にとって本当に喜ばしいことなのだ。もちろん、ニアにとっても。

「戦死者や負傷者への補償はきちんとするつもりだから、安心してくれ」

「はい、ありがとうございます。もとより国のために命を張るのが使命ではございますが、彼らも甲斐《かい》があったと思ってくれることでしょう」

アルフォンス殿下が言えば、ファルロン伯爵もゆっくりと頭を下げる。

彼らがそれを喜ぶかは、あの世に行って聞くしかないからわかりようもないが。

それでも、少なくとも残された遺族の心はいくらか慰められることだろう。

それしか出来ないのが歯がゆくもあるが……同時に、割り切らないといけないこともわかる。

一つの命に引きずられてより多くの命を危険に晒《さら》す、なんてのは戦場ではよくあること。

上の立場になればなるほど、そんな事態を引き起こすわけにはいかない。

そのことをアルフォンス殿下もファルロン伯爵もよくわかっているし、俺もそれに慣れないといけない立場だ。まだまだ、それこそ至らないところだが。

そして、アルフォンス殿下の考えはそんなところにすらない。

「彼らには金銭面だけでなく名誉も補償される。なにしろ倍を超える敵を見事に撃退した英雄の一員なんだ、十分に面目も施されることだろう」

「それくらいしかしてやれぬのが心苦しくもありますが……武人としての誉れとなりましょう」

「そしてもちろん、彼らを率いた君の名声も、ね」

殿下が軽く笑いながら言えば、ファルロン伯爵は若干複雑そうな笑顔で応えた。

今回の戦闘においては、概況として『ファルロン伯爵率いる旅団が、ほとんど損害を出さずに倍の数で侵攻してきたシルヴァリオ軍を撃退、第二王子バルタザールを捕縛せしめた』と報告されることだろう。これに関しては俺も同意しているし、納得もする。

何度も言うが、正面切って身体を張ってくれたのは、ファルロン伯爵率いる旅団なのだから。

もちろん、詳細の方では俺が五百人ばかりの人数を率いてバルタザールを急襲したことなども書かれることになる。だが、恐らくそんなことは話題にされない。

先の戦争で俺の二つ名がやたらと有名になってしまった半面、王国騎士団が存在感を示せなかったところにこのファルロン伯爵の大手柄だ、騎士団はこれを盛大に喧伝《けんでん》したいところだろう。

であれば、この概況を元に論功行賞を実施したいはず。

そして、それはアルフォンス殿下としても望むところなのだ。

「これで、以前にお約束いただいた通り私の名が上がる、というわけですか」

「もちろんそれもあるけどね。約束を破っても、いいことなんてありはしない。特に、君みたいに有能な人物相手だと、ね」

「殿下、からかわないでいただきたく」

「冗談じゃないんだけどねぇ。それに、こっちにとってもいい話なんだよ」

アルフォンス殿下からの率直な褒め言葉に恐縮するファルロン伯爵。

だが、この腹黒氷山がそれだけなわけがない。

「これで、ブリガンディアの兵は『黒狼《こくろう》』に限らず一騎当千、倍の数すら容易《たやす》く退ける強者《つわもの》揃いと周辺諸国に印象付けることが出来た。こんな国に攻め込んでこようだなんて命知らずは、当面現れないだろうね」

「そうなれば、うちがシルヴァリオ併呑《へいどん》のために大軍を動員したとしても、兵の数が手薄になったと狙ってくる恐れもなくなる、と。どうせ殿下のことだから、噂《うわさ》を流す手筈《てはず》も整えてるんでしょ？」

「流石、私のことをよくわかってるね、アーク」

呆《あき》れたように俺が言えば、悪戯が成功したとばかりの笑みを見せるアルフォンス殿下。

いや、これ全然悪戯《いたずら》とかそんな規模じゃないんですがね？

ほら、ファルロン伯爵なんか呆気《あっけ》にとられた顔してるし。ニアは苦笑してるだけだけど。

そしてこれが、殿下がこんな博打を許可してくれた裏だったりもする。

噂話《うわさばなし》に耳を傾ける奴が、兵の構成だなんだを細かく聞くわけがない。

だから、『統率の取れていない傭兵頼みのシルヴァリオ軍一万二千が、万全の備えをしていた六千のブリガンディア軍に撃退された』なんてことは人々の口には上らない。

『懲りずに再侵攻してきたシルヴァリオ軍一万二千を、六千のブリガンディア軍が大した被害もなく撃退した』って話の方が盛り上がるし、あちこちの酒場で酒飲み達が我が事のように話してくれることだろう。

酔っぱらいの頭でもそれくらいは覚えてられる、ってのもあるが。

そしてそれは、我が国に入り込んでいる他国の間諜《かんちょう》も耳にするはず。

「なるほど、それもあってファルロン伯爵の功績とするわけですね。公式に発表されるのはもちろん、仮に王宮に忍び込めるような腕の間諜がいたとして、論功行賞会議で話される内容と合致するわけですから疑うはずもありません」

「その通り。この戦で快勝し、ファルロン伯爵がその立役者として表彰されることで、我が国は数万の守備兵を得るのと同じ効果が得られるわけだ」

ニアが納得半分感心半分な顔で頷《うなず》けば、アルフォンス殿下が得意げな顔で笑う。

……なんか嫌な予感がする。

まさかニア、殿下のやり口を学んで吸収してたりしないよな？　こういっちゃなんだが、ニアには多分そっちの素質もあると思うだけに、こう、怖いものがあるんだが。

とか考えてると、殿下が急に俺へとジト目を向けてきた。

「アーク、何か失礼なことを考えてないかい？」

「いえいえ、何も。普通のことは考えていましたが」

「ふぅん。お前が私の普通をそういう風に考えてるとはね」

そんなことを言いながら口の端を上げるアルフォンス殿下。

やべ、これって俺の考えてたこと見透かされてないか？

いやいや、多分これは殿下の揺さぶりだ、顔に出すな。

ここまで、一秒にも満たない時間で思考した俺は、にこやかな顔をキープすることに成功した。

「……なるほど、アークも成長しているな」

「何のことでしょう？」

誤魔化《ごまか》したことまで見透かされた気がするが、乗らない乗らない。

ここを凌《しの》げば、話は変えられるはずだ。

「それより。この策が意味を持つためには、シルヴァリオ王国へ侵攻する大義名分が必要になりますよね？　そのためにニアを呼んだのでは？」

俺が言えば、アルフォンス殿下が一瞬だけ驚いたような顔になった。

なんかそれだけで達成感があるから、不思議なもんだ。

「その通りだ。本当に成長してるな、アーク。やはり所帯を持つというのは人を変えるものなのかねぇ」

だったら殿下も、なんてからかおうかと思ったが、やめた。

もしも触れちゃまずい過去の人間関係でも刺激した日には、この場に居合わせてしまったニアとファルロン伯爵が可哀想《かわいそう》だから。

「ニアのおかげで日々成長している実感はありますよ」

「言うようになったねぇ、お前も」

「お陰様で。で、やはり？」

重ねて問えば殿下がゆっくりと頷き、それから視線をニアへと向けた。

「マクガイン子爵夫人。君に頼みたいことがあるんだ」

「はい、何なりとお申し付けください」

殿下の言葉に、予想していたのか、ニアは淀《よど》むことなく頭を下げながら答えた。

＊＊＊

ニアの承諾を受けた殿下は、捕らえられているシルヴァリオ王国第二王子バルタザールの元へ案内するようファルロン伯爵に指示を出すも、彼は困惑した。

「殿下、マクガイン卿はわかりますが、何故子爵夫人まで？　彼女のようなご婦人をお連れする場所ではないと思うのですが」

「うん、伯爵が言うのももっともなんだけどね。けど、彼女にこそ足を運んでもらう必要があるんだ」

「左様ですか……かしこまりました、ご下命通りに」

殿下が答えれば、納得しきっていないもののファルロン伯爵も流石にそれ以上抵抗はしない。

多分、ニアも、そして夫である俺もそれが当然とばかりの顔をしていたこともあるんだろう。

すぐに部下へと命じて一人は牢《ろう》へ、もう一人は殿下の護衛を集めに走る。

ほどなくして準備が整えば、俺達は牢へと移動した。

「なっ、なんだ貴様らっ、この俺に、何の用だっ！」

牢の中にいる、バルタザールと思《おぼ》しき人物が狼狽《うろた》えた声で俺達に向かって声を上げてきた。

いや、こいつが偉そうに振る舞ってるところも見ていたし、着ていた鎧《よろい》にシルヴァリオ王家の紋章も入っていたから、ほぼほぼ確定ではあるんだが。

だがまあ、一応まだ確定ではない。建前上は。

「お、俺をシルヴァリオ王家第二王子バルタザールと知っての狼藉《ろうぜき》か⁉　だとしたらなんだこの扱いは、これが王族に対する態度か⁉　そ、そうだ、王族に対する正当な扱いを要求する！」

とか考えてたら、自分で言い出しやがった、こいつ。

それが自分の首を絞めてるってことをわかってんだろうか。

いや、わかってないんだろうなぁ、多分。

「なるほど。これでお前を王族詐称で打ち首にする口実も出来たわけだが」

「は⁉」

あ、もう言っちゃうんですね、殿下。ってことは、殿下としてはここでさくっとバルタザールにご退場いただくつもりはないってことか。

「ま、待て、俺は本当に正真正銘、シルヴァリオの王族だぞ、第二王子なんだぞ！」

子供か。

慌てふためく様子に、最初に思ったのがそれだ。

っていうか、殿下の言葉を真に受けてやがる。

……もしかして、この反応でバルタザールの器を見極めてるのか？

多分、いきなり底値になったとは思うんだが。

「お前がそう主張しているだけだろう？　ああ、鎧に王家の紋章も刻んであったが」

「そ、そうだろ⁉　だから、俺は」

「紋章の偽造と不正使用は重罪だ。逆さ磔《はりつけ》にでもした方がいいかもしれない」

「違うだろ、そうじゃないだろ⁉」

淡々と話すアルフォンス殿下へと、必死に訴えるバルタザール。

だが、感情的なだけで、何の訴求力もないのが滑稽というか哀れというか。

例えば今の話でも、あれだけの腕を持つ職人でそんな重罪に加担するような奴がいるわけないだろ、みたいな反論の仕方も出来なくはない。

奴が身に着けていた鎧は実に見事で、職人が誇りをもって仕上げたことがわかる逸品。

紋章をモグリの職人が後から刻み込んだような粗末な仕上げではなかった。

もしかしたら、裏社会にはそんな仕事を完璧にやってのける凄腕《すごうで》職人もいるのかもしれないが……特務大隊の情報網にそんな奴は引っかかってないし、そもそも王家御用達に匹敵するような腕でそんなリスクの大きい世渡りをするのは、正直割に合わないと思う。

だから、説得力のない反論ではないんだが、奴はそんなことも考えつかなかったようだ。

奴の今までの言動からすると、そもそも鎧だなんだを誰がどうやって拵《こしら》えているか、調達しているか、なんてことには欠片《かけら》も興味がなさそうだし、職人の仕事に敬意を払ったりなんてこともないんだろうから、当然と言えば当然ではあるが。

「そもそも、傭兵ばかりの部隊で攻め込んできた人間が王族、というのが説得力がない」

「なっ、それはそもそも貴様らブリガンディアのせいで軍が消耗したせいで！」

「であれば、正規軍が十分に回復してから攻め込むべきだろうに。不可解すぎるじゃないか」

「ぐっ、そ、それはっ！」

と、反論しかけたバルタザールだが、言葉に詰まる。

流石に第一王子との確執だとかを話すわけにはいかなかったか。

単にプライドが邪魔をしただけかもしれんが。

「他にもお前が王族とは思えない状況証拠が多数ある。そもそもどうやって傭兵をこれだけの数用意したんだ？」

「い、いや、それこそ王族の特権を使ったんだ！」

アルフォンス殿下が問えば、バルタザールは慌てて説明を始めた。

資金の出どころ、船をはじめとする使用した交通手段などなど。

己の命が危ないことを察してか、それはもうよくしゃべることしゃべること。

このためにアルフォンス殿下が脅しをかけてただとか全く気付くこともなく。

残念だ。

きちんと鍛えたら、戦略家として大成する可能性もあったんだろうと思う片鱗《へんりん》はあったのに。

周囲が甘やかしたせいか、本人の性格ゆえか、その両方か。

器を形作ることもせずにここまで来てしまったんだろうな。

その結果が、これなわけだ。

「兵を揃えられた経緯はわかったが、それでもまだわからないのが、兵糧だとかの物資調達なんだが」

「そ、そっちは簡単だ、ゴートゥックという商人がいてだな！」

あ、そっちもあっさり吐くんだ。

こいつからしたら共犯者とも言えるゴートゥックを売るだなんて、簡単なことなんだろうなぁ。

奴が待機している現在地まで吐きやがったぞ、こいつ。

「ゴートゥックとは長い付き合いなんじゃないのかい？」

「それはそうだが、考えてみればあいつが持ち込んできた儲《もう》け話は外ればかりだった。この前のだってそうだ」

とかバルタザールが語り出した内容は、最悪の一言だった。

ニアの話から、恐らくこいつらが組んで、地方のもめ事をわざと長引かせて紛争レベルにした挙句に儲けの種にしてたんだろうことはわかっていた。

だが、先日の戦争もその一環だったとは。

私腹を肥やすために他国を巻き込み、その上兵士や地域住民に被害を出したことなど、こいつの中では大したことではないらしい。

……はらわたが煮えくり返りそうなんだが、それが行き過ぎて頭は妙にはっきりとしてくる。

こいつには、どんな結末がふさわしいんだろう。

「なるほど、一応つじつまは合うな」

「そうだろう⁉　だから、俺は」

「だが、単にお前が知っていただけという可能性は払拭出来ないな」

「なんでそうなるんだ⁉　ほ、他にもだな⁉」

俺が物騒なことを考えている間にも、殿下と奴のやり取りは続いていた。

というか、とうとう命惜しさのあまりに聞いていないことまでしゃべり出した。

……こいつには、王族の誇りだとかそういったものは、ほんっとうに欠片もないらしい。

こっちとしては助かるわけだが。

既に把握していた情報もあるにはあったが、王族であるこいつが命乞いしながら話したことで信憑《しんぴょう》性が担保されたとも言えるわけで、役に立ったことは立ったんだが。

感情としては納得がいかない。ちらりと見ればファルロン伯爵も同様。

一番心配していたニアは。……何故か、うっすらと微笑みを浮かべていたのが、こう、ものすごく不安を掻《か》き立てる。何か声をかけたい、しかし今は黙っているしかない。

もどかしい時間は、やがて終わりを告げた。

「色々しゃべってくれたがね。一番の疑問が解消されていないんだ」

「な、なんだ、何が疑問だというんだ⁉　答えるから言ってくれ！」

みっともない。

そうとしか言いようのない醜態を晒しながら、バルタザールが上から目線で媚《こ》びてくる。

不遜な態度はそのままに情報を売り渡そうとしてくるその有様。

ああ。これが、無様ってやつなのか。

俺の中で、冷たい殺意が研ぎ澄まされていく。

だが、その刃を振るう役目を担うのは、俺じゃない。

「まず、私が誰だか、何故気にしないんだい？　そもそもの話で言えば、何故気付かないのかが甚だ疑問なんだが」

「……は？」

言われて初めて、バルタザールはアルフォンス殿下の顔をまじまじと見た。

……本当に今まで、目に入ってなかったんだな、こいつ。

状況を打開するために少しでもこの場の情報を集めようだとか、全くなかったらしい。

今まで、そんなギリギリの状況なんて全くなかったんだろうな。

こうなってみると、全くうらやましくもないが。

「……その髪の色、瞳……ま、まさかブリガンディアの王族⁉」

「ここまできてそれかい。名前の見当もつかないということでいいのかな？」

「ち、ちがっ、え、ええと、だな！　……だ、第三王子のアルフォンスだろう、そうだろう⁉」

必死に答えを捻り出したバルタザール。

正解ではある。

だが、色々な意味で不正解でもある。

まず、この状況で呼び捨てするか？っていうのもあるが。

ブリガンディアの王族であることまでわかりながら、アルフォンス殿下の名前がすぐには出てこない。ということは、頭の中のすぐに引き出せるところに殿下の情報を置いてなかったってことで。

……以前殿下はシルヴァリオ王宮に乗り込んで大暴れしてんだが、覚えてなかったのか、こいつ。誰を警戒すべきか、誰が出てくる可能性があるか、そんな基本的ともいえる用心すらしていなかったわけだ、こいつは。

「王族詐称の嫌疑がかかっている人間が私を呼び捨てか。いい度胸をしている」

「なっ⁉　ま、まだ晴れてなかったのか⁉　もう十分だろ⁉」

「それを決めるのは、お前じゃない。私だってことがわかっていないみたいだねぇ」

うわっ。めっちゃ背筋が寒くなった。

いやまあ仕方ないか。こいつは自分の器がわかっていなくて中途半端に賢《さか》しげな、殿下が一番嫌いなタイプ。まだほんの少しだけ利用価値が残っているから生かされているだけの存在で、しかもそのことを自覚していない。

その利用価値すら、もうすぐなくなるんだが。

「強いて言うなら、あと一人いるか。……マクガイン子爵夫人。シルヴァリオ王国第二王子バルタザールを自称するこいつは、本物かい？」

問われて、俺の隣に佇《たたず》んでいたニアが一歩前に進み出る。

それから、微笑んだまま視線を向ければ、バルタザールと目が合った。そのはずだ。

「……はい、間違いございません。シルヴァリオ王国第二王子、バルタザール様でございます」

一介の子爵夫人が隣国王子を相手にして口にする言葉としては、敬語表現の欠けた言い回し。

そんな初歩的なミスを、ニアがするわけがない。

ということは、わざとこんな言い方をしたはず。その意味を、バルタザールは理解しなかった。

それが、ある意味最後のチャンスだったにも拘わらず。

「き、貴様っ！　子爵夫人ごときが無礼であろうが‼」

激高するバルタザール。

……これで、命運が尽きた。

バルタザールはもとより、シルヴァリオ王国も。

奴を見据えるニアの瞳から、あっという間に温度が消えた。

顔は笑みを作りながら、その瞳はアルフォンス殿下にも劣らぬほどに冷え切っている。

「おわかりに、ならないのですね」

「は？　何をだ？」

その問いかけは、きっとニアの最後の慈悲だったんだろう。

だが、問いかけられ、ニアの顔をまじまじと見たというのに、バルタザールは要領を得ない顔。

つまり、そういうことだ。

ふぅ、とニアが小さく息を吐き出す。

それが意味することを、バルタザールは理解出来ない。理解する機会は、永遠に来ない。

「おわかりにならないのであれば、それで構いません。こちらの必要なことはわかりましたので」

何かを吹っ切った顔で、ニアが言う。……シルヴァリオ王国第四王女ソニアだった彼女が。

王家の象徴たる金の髪を切り、染めてはいる。

それでも顔の形は変わっていないし、瞳の色もそのままだ。

だというのに、奴は、わからなかった。同じ血を分けた、同腹の妹だと。

腹の底から湧き上がる激情を、必死に抑え込む。

一番傷ついているはずのニアが、感情を顕《あら》わにしていないのだから。

「夫人、ご苦労様。これで、こいつが一応本物であることはわかった」

アルフォンス殿下が言えば、バルタザールはあからさまにほっとした顔になる。

地獄の蓋《ふた》が開いたのだと気付きもせずに。

「ということは、シルヴァリオ王国は先だって停戦条約を結んだにも拘わらず、王族自らが、宣戦布告もなしに大軍を率いてこちらに侵攻してきたわけだ」

「あ……？」

助かった、と思ったのだろう。

直後に致命的なことを告げられ、バルタザールは、ぽかんと間の抜けた顔を晒した。

まず、宣戦布告もなしに攻め込むこと自体が無作法であり、非難の的となる。

ルール無用にも思える戦争だが、それでも一応作法や不文律がある。

特に、開戦にあたって宣戦布告することなどは最たるものだ。

ある意味でバルタザールにとっては不幸だったかもしれないが、先日の戦争は地域の紛争が拡大した結果、なし崩し的に始まったものだった。

だから宣戦布告なしでも問題にはならなかったのだが、普通はそうではない。

特に今回など、こいつが一方的に侵攻を開始したのだから、宣戦布告があってしかるべきである。

だが、奴はそれをしなかった。

事が明るみに出て、第一王子エルマーなどから干渉されることを嫌ったせいで。

結果、シルヴァリオ王国は、最早《もはや》何をされても文句が言えない立場に追い込まれてしまった。

「ありがとう、バルタザール殿。おかげでこちらは、好き勝手出来るよ」

「なっ、なぁぁぁぁ⁉」

まともな返事が出来ないバルタザールを、アルフォンス殿下が楽しげでありながら冷え切った瞳で見下ろす。多分、ここまで殿下のシナリオ通り。

ニアはそのシナリオを、きっちりサポートした形だ。……全く喜ばしくないが。

「生かしておいてはあげるよ。お前にはまだ、一応利用価値がなくもないからね」

冷ややかに告げるアルフォンス殿下に、バルタザールは最早何も言い返せない。

ただぱくぱくと口を開閉するだけの何かに成り下がった奴へと一瞥《いちべつ》だけくれて、アルフォンス殿下は踵《きびす》を返した。

それに従い、俺もニアも、一拍遅れてファルロン伯爵も奴に背を向ける。

最後に目にした、歪《ゆが》み切って真っ青になった奴の顔を、俺はすぐに脳裏から消し去った。

＊＊＊

部屋に戻った時、殿下は何とも複雑な表情をしていた。策が完璧にはまったというのに。

ファルロン伯爵は、物言いたげな顔をしていたが、何も言わなかった。

きっと何か察するところがあっただろうに。

改めて、俺は周囲に恵まれているなと実感した。

同時に、甘えてばかりもいられない、と思った。

「アーク、今日のところは戻ってくれて構わないよ」

むしろさっさと帰れ、とアルフォンス殿下が目だけで命じてくる。

つくづく、器が違うと思う。

奴は何を勘違いしてこっちに攻め込んできたんだかな、ほんと。

いやもう、奴のことはどうでもいいや。

「お気遣い、ありがとうございます。お言葉に甘えて、妻を休ませたく思います」

「あの、アーク様、私は大丈夫ですよ?」

俺が応じれば、ニアがおずおずと抗議してくる。なんて健気なんだ。

だが、いや、だからこそ、彼女の気丈さに甘えるわけにはいかない。

「ニア。俺や殿下は、必ず兵士を必要なだけ休ませます。そうしなければ、十分に力を発揮出来ないから。休むことは、戦う者の義務なんです」

出来るだけ優しく。しかし、きっぱりと俺は言い切る。

今俺は、どんな顔をしてるんだろうか。

優しい顔を作りたくはあるんだが……出来ている自信がない。
愛《いと》しい人を傷つけられて、冷静でいられるわけがない。
けれど、それをニアに見せるわけにはいかない。一番傷ついたであろう人なのだから。
「……わかり、ました……そう言われてしまっては……」
ニアは、それ以上続けられない。理屈の上では、反論のしようもないから。
殿下やファルロン伯爵もいる前では、それ以上何も言えなかったんだろう。
だからこそ、早く彼女を連れて帰りたい。
ニアは、戦ってきた。戦い続けてきた。もしかしたら、本人にその自覚がないままに。
そして、明確に対決したのが、今だった。
相手が、血を分けた実の兄というのが皮肉なことで。
わかってはいたが、結果は残酷だった。
奴の命運を閉ざしたことではない。そんなことは決まり切っていた。
ニアが傷ついたのは……わかり切ったことではあったのだが。
だからと言って、傷ついたことは事実で、それが痛くないわけでもない。
これが、俺の身体が物理的に傷ついた程度であれば、いくらでも耐えられるんだが。
ニアの心が傷ついたとなれば、耐えられない。
であれば、本人であるニアの痛みは、どれほどのものか。
わからない。

わからないからこそ、出来るだけのことをしたい。そして、これはきっと、杞憂《きゆう》じゃない。

ゆらりと揺れたニアの身体を、抱き支える。

「すみません殿下、やはり相当疲れてしまっているようです」

「うん、礼儀だなんだはいいから、早く連れ帰ってあげてくれ」

俺が言えば、殿下もすぐさま応じてくれる。こういうところは流石だと思うのだが。

「……すまない」

小さく、呟くように殿下が口にした。

こういうところだ、とも思う。

人の心がわかる悪魔は、人の心を持つ悪魔と、何が違うのだろう。俺には、わからない。

殿下を見ていると、なおのことわからなくなる。

だから、殿下を恨んだりが出来ない。そう出来れば、きっともう少しだけ楽になるんだろうに。

だから俺は、牙を振るう。

事を終わらせれば、きっと少しだけ楽になる。殿下も、ニアも。

俺に出来ることなんて、それくらいしかないから。

身体は、治る。

多少無茶をしたところで、俺の身体はそう簡単には傷つかない。致命的な傷は負わない。

人の心に比べれば、よっぽど。

そして。だから俺は、笑う。

「何言ってんですか、こんなことで。これからもっと大きな仕事が控えてんですから」

敢《あ》えて、明るく、軽く。

これからが、本番だ。

シルヴァリオ王国を、落とす。

そのためには、きっと更に多くの人命が失われることだろう。

もちろん、歓迎すべきことではない。

だが、シルヴァリオの迷走をそのままにしておくよりは、いくらかましだ。そのはずだ。

何よりも。そうしたらニアは、彼女を縛る何かから解放される。

いくらかの。あるいは、相当な心の傷と引き換えに。

それでも、解放されないよりはましな未来だと信じたい。

そんな未来にするのだと、心に誓っている。

「それでは、お言葉に甘えさせていただきます」

そう言って俺は、ニアを支えながら部屋を後にした。

……殿下がどんな顔をしていたか、見なかったふりをして。

＊＊＊

そのまま俺達は、祝勝の宴に参加することなく領主の館に戻った。

本来は宴にも顔を出す予定だったんだが、ちょっとそれどころじゃなくなったしな。

帰り道の馬車の中、普段よりもニアの口数は少なかった。

表情が、なんだか冴《さ》えなかった。

表に出てきた違和感は、そんなもんだった。

だが、心の奥底はどうなのか。残念ながら、俺にはわからない。

「そんなに、心配していただくようなことはないんですよ？」

ローラに頼んで茶を用意してもらい、テーブルについたところでニアが言う。

だが俺は、珍しくその言葉を額面通りには受け取らなかった。

テーブルを挟んで向こうに見えるニアの瞳をじっと見つめれば、彼女も見返してきて。

ふ、と小さく笑った。

「アーク様は、いつもそう。私を、見てくれる。それは、こんなにも嬉しいことなんですね」

「これくらいでニアが嬉しくなってくれるなら、いくらでも見つめますよ」

目を逸《そ》らすことなく、俺はそんなことを言う。

なんかキザっぽいが、心からそう思ってるんだし許してもらいたいところだ。

おかしかったのか、ニアが笑う、やはり、いつもと違って輝きというか張りのない表情で。

「そんなことを言ってくださるアーク様がいて、ローラやトムもいて。それで十分だと思っていたのですけれど」

そこまで言って、ニアが言葉を切った。

視線が、手元のカップに落ちる。揺らぐ湯気の向こうに、何かを探そうとするかのように。

だから俺は、何も言わずに待つ。

考えがまとまれば、ニアから話を続けてくれるだろうから。

そして、思った通り、しばらくしてからニアが口を開く。

「それに、元々わかっていたことでした。あの人にとって、私が家族ではなかったことなんて。わかってては、いたんです」

そこまで言って、ニアはふぅ、と息を吐き出した。

「けれど……改めて突き付けられると、疲労感のようなものが襲ってきて……」

「ニア、それは……」

どう言ったものか。

冷遇してきた故国と決別し、名前と身分を捨てたニア。

シルヴァリオ王国攻略への協力も積極的で、いくつも策を立ててくれもした。

だが、やはり心の奥底では家族への情を捨てきれなかったのだろうか。

そう思った俺へと、ニアは小さく首を振ってみせた。

「いいえ、家族を破滅に追いやった罪悪感だとかではないんです。ただ、疲れたというか……」

胸に手を当てながら、目を伏せるニア。

自分の内側と問答しているかのような沈黙が、しばし流れる。

そんな姿を見て、俺の脳裏にひらめくものがあった。

「……疲れていたことに気付いてなかったのかもしれませんね」

「気付いて、なかった？」

俺が言えば、ニアが少し驚いたような顔になる。

その顔を見て、俺は確信めいたものを感じた。

「ニアは、ずっと気を張っていたんじゃないですか？　見知らぬ国に身分を捨ててやってきて、元いた国に仕返しをするために策を練って。いや、もしかしたらもっと前からだったのかもしれない」

推測を口にするたび、俺の中でパズルのピースがハマっていくような感覚がある。

考えてみれば、いくら優秀だからって十代の少女が地方のもめ事を解決するために出張ったり、王宮内でそうと気取られないように立ち回ったりしてたのに、気を張っていないわけがない。

「ニアは、気が抜けたんです。俺だって、散々暴れた後にふと気が抜けたら、急に疲れを自覚した、なんてことは今まで何度もありましたから」

きっと、疲れを自覚するわけにはいかなかったんだ、ニアは。

ずっと走り続けてきた。そうしなければいけなかったから。

彼女がそうしたかったから、というのもあっただろう。多分、義務感だけで仕方なしにやっていたら、あんなにもストンゲイズ地方の人々から支持を集めることなんて出来やしない。

走り続けないといけない状況があった。走り続けられる能力もあった。

そうする意志もあった。

けれど、彼女はまだ年若い少女だ。だったら、どこかで息切れするのも当たり前だ。

俺は椅子から立ち上がり、ニアの傍《そば》に跪く。

「アーク様……？」

「今日、この戦で一つの大きな目標が達成されたんだ、気が抜けるのも当たり前。……そして、気を抜いてくれたのなら、俺は、嬉しい」

そう言いながら俺は、ニアの手を取った。

……小さな手だ。

普段が大人びているから忘れそうになるが、年相応に若く小さな白い手。

元王族の手としては少しばかり苦労が滲《にじ》んでいる手ではあるけれども。

いや、そんな手だからこそなおのこと……愛《いと》おしい。

「嬉しい、ですか……？」

「ええ。ニアが、気を抜いてもいいと思えるようになったのなら。そしてそれが……俺の傍でなら。こんなに嬉しいことはないですよ」

肩ひじ張って必死に生きてきたニアが、俺の前でなら力を抜けるのだとしたら。

そんな風に心を委ねてくれているのなら。

男として、心が奮い立たないわけがないだろう。

必ず、ニアを守る。だから今は、ゆっくり休んでほしい。

そんな気持ちを込めながら、ニアの手の甲に口づけを落とす。

「ニア」

「……はい」

「ここまで、よく頑張りました。あなたがここまで頑張ってきたから、今日、ほとんど被害も出さずにバルタザールを捕らえることが出来た。これは、ニアのお手柄です」

「私の、お手柄……」

「はい、そうです」

お手柄もお手柄、大手柄だ。

ただ、男連中相手ならそう言って盛り上げるところだが、今のニアを見ていたら、そうするのはちょっと違う気がする。

ニアが欲しい言葉はなんだろう。そう考えて、俺の口から自然と言葉が紡がれる。

「だから、今は休んでいいんです。後のことは俺や殿下に任せて、ゆっくりと」

何をしても認められることのなかったニア。

そのせいで気を抜くことも、誰かに任せることも出来なかったのなら。

今はもう違うのだと伝えたい。俺に任せて大丈夫だと思ってほしい。

少しだけ、楽になってほしい。まだまだニアの戦いは続くけれど、今だけは。

そんな願いを込めながら告げた言葉。

それを聞いたニアはしばし沈黙したニアは。

ぽろりと、涙を一粒零した。

「いいのでしょうか……？　私は、皆様にお世話になってばかりなのに」

「当たり前でしょう。むしろいつもお世話になってるのは俺の方です。こんな時くらい恰好《かっこう》つけさせてくださいよ」

ちょっとおどけた感じで言ってみれば、少しだけニアが笑った気がする。

よかった、とちょっと安心した。

それがいけなかった。

「そんな、アーク様は、その……いつも恰好いい、ですよ？」

「んぐっ」

ニアの思わぬ言葉が、俺の心の柔らかい場所を的確に打ち抜いた。

だめだ抑えろ、いつもみたいに慌てふためくんじゃぁない。

今こそ恰好つける時だ、やりきらなくてどうする。

顔に出さないよう気を付けながら、俺は自分を叱咤《しった》する。

「……そう言ってもらえたら、俺としても甲斐があります。もっと恰好いいと思ってもらえるようにしないと」

「それは、ちょっと困るかもしれません。これ以上恰好よくなられてしまうと、私の心臓がおかしくなっちゃいます」

「んぐぐっ」

やばい。

心臓が止まるかと思った。

なんて破壊力だ……いつもより少し儚《はかな》げな表情がギャップとなって、ただでさえ高い破壊力を何倍にも引き上げているっ！　このままでは、俺の心臓の方がもたないっ!!

「そんなことになったら、俺の方が困ってしまいますよ。だから、今日のところはゆっくりと休んでください、ね？」

「……はい、お言葉に甘えます」

ニアが柔らかく微笑めば、俺の心臓が跳ね上がる。

いかん、威力が天井知らずになっている、このままじゃ本格的に俺の方がやばい！

動揺しまくる内心を、必死に抑え込む。

俺は大人の紳士、大人の紳士。自分にそう言い聞かせながら。

「よかった、安心しました。……じゃあ俺は、ちょっと殿下達と打ち合わせしてきますから」

「はい、いってらっしゃいませ。……あの、アーク様」

立ち上がり、ニアの世話をローラに頼もうと思ったところで呼び止められる。

どうしたのかとニアを見つめれば、彼女がふわりと笑う。

「私、あなたに見つけてもらえて、よかった。あなたの傍にいられて、よかった」

「ニ、ニア？」

まってくれ、今そんなこと言われたらまずい、色々とまずい！

だが、まさかそんな情けない本音を口にするわけにもいかず。

当然、止《とど》まることなく、ニアは言葉を続けていく。

「きっと、あなたに見つけてもらえたのは、運命だったんだなって。今、わかりました。……私、とても幸せです」

「んぐぐっ」

呼吸が止まった。

……なんとか心臓は耐えてくれた。

だがギリギリだ、これ以上はもたない！

幸せだが、心臓がこれ以上はもたない!!

「ありがとう、ニア。でもね、俺だって幸せですよ」

「……ふふ、嬉しい。幸せって、こういうことなんですね」

そう言って、また微笑むニア。

ああ。

だめだ、もう限界だ。

「そうですね、きっと。……その幸せを守るためにも、いってきます」

「はい、いってらっしゃいませ、アーク様。お帰りを、お待ちしています」

「いや、待たずに寝ていてくださいよ？」

お互い笑顔で言葉を交わし、俺はニアの部屋を出た。

それから、数歩歩いて。

唐突に、自分の顔面を鷲掴《わしづか》みにした。

途端、ぶわっと涙が溢《あふ》れてきた。

ニアが、幸せだと言った。

言ってくれた。

言えるようになってくれた。

それが、たまらなく嬉しい。

ちょっとだけ、俺と一緒にいることにそう感じてくれたことを喜ぶのは許してほしい。

俺にだってそれくらいのエゴはある。

だが、そんなことが些細なくらいに、嬉しい。ひたすらに、嬉しい。

感情が声に変換されそうなのを必死に堪《こら》えても嗚咽《おえつ》が漏れてしまうが、何とか、声にはならないように踏みとどまる。

ニアに聞かれたら恥ずかしい。

それに、彼女だったら俺のことを心配しかねない。

こんなことで心配させるのは、申し訳ない。

そんなことになったら、それこそ恰好がつかない。

俺は、少しでも恰好よくありたいんだ。

「……はい、旦那様」

そう言いながら、どこからともなく現れたトムが濡《ぬ》れて冷えた手拭いを渡してきてくれたので、ありがたく受け取って目を拭う。

熱を帯びてきた目に、冷たい手拭いが心地いい。

そうしていたら、少しだけ落ち着いてきた。

「……ありがとうトム。気が利くな」

「いえいえ、これくらいなんでもないです」

礼を言えば、トムはそれだけ返してきて、余計なことは言わない。

やっぱ出来る奴だし良い奴だな、こいつは。

トムがいてくれて、色んな面で本当に助かっているなと今更ながらに実感する。

「トム、お前が……いや、お前達がいてくれて、本当に良かったと思うよ」

「なんですか旦那様、藪《やぶ》から棒に」

呆れたような声が返ってくるが、本当にそう思う。

今こうしてサポートしてくれるトム。

休ませないといけないニアを安心して預けられるローラ。

それだけじゃない、今この屋敷にいる使用人達、全員がそれぞれに信じられる面々だ。

本当に、幸運なことだと思う。

だから。

この幸運は手放せない。守らないといけない。

「悪いが、先ぶれを頼む。今から、駐屯地に戻ると」

「かしこまりました！」

返事をしたかと思えば、トムはすぐに身をひるがえし、外へと向かう。

さて。

俺はこの顔を何とかしてから戻らなければ。

情けない顔してたら、殿下からどれだけからかわれるかわかったもんじゃない。

何より、そんな顔じゃ決められない。

バルタザールを、どうするかなんて。

「そう簡単に楽になれると思うなよ……？」

ぼそりと、思わずそんなことを呟いてしまう。

身勝手な理由で散々に騒乱をばら撒《ま》き、挙句に再侵攻までしてきて、洒落《しゃれ》にならない被害も撒き散らしやがった主犯。

こっちの被害は軽微だが、それでも死者はいる。まして雇われ傭兵達など、どれだけ死んだことか。

そんな奴に、かける情けなどない。

だが。

そんな裁きを、決断を、ニアにさせるわけにはいかない。

そんな場にいさせるわけにはいかない。

手を汚すのは俺の仕事、やらせるのは殿下の仕事だ。

「覚悟しやがれ？」

最後にそう呟いた俺は、身だしなみを整えるために一度自室へと戻った。

＊＊＊

「さ、奥様、こちらで横になってください」

「ありがとう、ローラ」

アークが退出した後。ローラはニアを着替えさせ、ベッドへと横たわらせていた。

そして、心の中で舌打ちをする。

何故ならば、アークの言う通り、ニアが疲れている様子だったからだ。

身体的なものではない。毎日毎日、ローラ達が心を込めてケアをしているのだから。

だから、その疲労は精神的なもの。

そして、不覚としか言えないのだが……ローラは、そのことに気付けなかった。

言うまでもなくなく、ローラとニアの付き合いは、アークとのそれよりも遥《はる》かに長い。

しかし、気付けなかった。あるいは、だからこそ。

ニアの強さを知っていたからこそ。常日頃一緒にいるからこそ。

距離が近いからこそ、ローラは気付けなかった。

そして。

結婚したというのに、いまだ床を同じくせずに一定の距離を保っているアークが、気付いた。

距離を保っているからこそ、だとしたら、なんと皮肉なことだろうか。

「……あのヘタレでも役に立つことがあるんですね」

「え？　ローラ、何か言った？」

ぽそりと零してしまった、雇用主に対する不敬なセリフは、しかし今にも寝入ってしまいそうなニアの耳には入らなかったようだ。

そのことに、安堵《あんど》してしまう。

何しろ今のニアは、すっかりアークにぞっこんのようなのだから。

親しき仲にも礼儀あり。いくらローラであっても、踏み越えてはいけないラインというものがあるはずだ。

気付かれないように時折飛び越えてはいるが。

「いいえ、なんでもありません。奥様は安心してお休みください」

「ええ、ごめんなさい、そうさせてもらうわ」

ローラが言えば、ニアも素直に頷き。それから、くすりと小さく笑った。

「奥様？」

「ううん、大したことじゃないの。……本当に、疲れてたんだなって思ってしまって。アーク様の言う通りに」

言葉の通り、ニアの瞼《まぶた》は今にも落ちそうで。

うとうとした様子を見るに、やはり本当に疲れていたのだろう。

それが表に出てきて、休むべきタイミングで休むことが出来ている。

彼女の雇用主であるアーク・マクガインのおかげで。

それが妬ましくもあり。……少しばかり、嬉しくもある。

敬愛する主《あるじ》が、預けてもいいと思える相手と巡り会えたことは、どうやら事実であるようなのだから。とても残念なことに。遺憾ながら。

ニアのことに関してだけは頭の固いローラも、流石に認めざるを得なかった。

「旦那様のおっしゃる通り、ずっと頑張ってらしたんですもの、少しくらい休んだって罰は当たりませんよ」

むかつきますけど、という言葉を呑み込む。

もちろんむかついているのは、アークの言う通りだったことにだが。

そして、少しばかり自分にも。

本当は、ゆっくり休んでほしいと思う。

ニアのこれまでを振り返れば、数年くらいゆっくりしてもいいくらいだ。

そして、あのベタ惚《ぼ》れ男はそれを許すだろう。

……ニアがどれだけ頑張ってきたかを、よく理解しているがゆえに。

それもまた、むかつくところではあるのだが。

しかし、そんな本音を口にすることは出来ない。

「そうね、少し休んで……次は、いよいよ、だもの」

ほぉ、と息を吐き出しながらニアが零せば、ローラも小さく頷く。

これが、ゆっくり休んでくださいと言えない理由。

休んではいられない。次こそが本番なのだから。

もう、引き返せないところに来た。逃げられないところに来た。

情勢、立場、その他もろもろ。

であれば、ニアは立ち上がり、戦うことだろう。

むしろ、戦わないことを恥じるだろう。一生気に病むだろう。

そうとわかっていて、止める言葉をローラは持たない。

「ついに、ここまで来てしまいましたね」

「そうね、ついに……来た、わね」

来てしまった、とニアは言わなかった。きっと、とっくの昔に覚悟を決めていたのだろう。

それがいつなのかはわからないが……決定的だった出来事だけはわかる。

「それもこれも、アーク様のおかげね」

「……そう、ですね。旦那様のおかげです」

悔しいが。

アークとの出会いが決定的だったのは、ローラとて認めざるを得ない。

それが、運命的だったことも。

これでアークがニアをシルヴァリオ攻略のために利用するだけの男だったら、そんなことは思わなかったところだが、そうではないのが、また憎たらしい。

「その旦那様が休めと言ってくれているのですから、今日はしっかり休みましょうね」

「そう、そうね……明日からもまた、忙しくなるもの」

きっと、今夜のうちにバルタザールの処遇は決まる。

さくっと殺《や》ってしまうか、それとも生かしたまま利用するのか。

いずれにせよ、あのアルフォンスがこの機会を逃すつもりはないだろう。

「幸いにして兵力の損耗はほとんどなく、疲労も最低限。明日からでも反攻は開始出来るから」

「そこまでです、奥様。体を動かさなければいい、休んでいるということにはなりません」

明日から、どんな展開になるか。あれこれ考えを巡らせ始めたニアを、ローラが制止する。

「それで熱でも出したらどうするんですか。……旦那様に心配してもらいたいとかお考えなら止めませんが」

「そ、そんなこと考えるわけないでしょう？　……でも、悪くないかも……？」

そんなことを言い出すニアを見て、ローラは思う。重症だ、と。

こんな主は見たくなかった、と思わなくもないけれども。

こんなことを言える相手と巡り会えたことには、感謝したくもなる。

それこそ、ニアだって女の子なのだから。

あの日、アークが慌てて出て行った後、はにかみながら言っていたニアの顔を思い出す。

きっと、もうあの時にはこうなると決まっていたのだろう。

「はいはい、バカなことをおっしゃってないで、ちゃんと休んでください」

「は～い……」

ぺちんとニアの額を軽く撫《な》でるように叩けば、ニアは抵抗もせずに目を閉じる。

さて、ちゃんと寝てくれるだろうか、とその顔をローラは見つめていたのだが。

「……ローラ」

「はい、奥様？」

「あなたも、ありがとう、ね。あなたがいなければ、ここまで来られなかったわ」

「奥様……」

不意を打たれて、ローラは言葉を失う。

そのわずかな間に、ニアの呼吸が規則的な寝息へと変わった。

やはり、よほど疲れていたのだろう。

そんな主の寝顔を、ローラはしばし見つめて。

「こちらのセリフです、それは」

少しばかり複雑な顔になりながらも、ローラは主を起こさないよう小さな声で呟き返したのだった。

＊＊＊

「奥方は大丈夫そうだったかい？」

「ええ、熱などもなく。ただ、やはり精神的な疲労はあったようです」

駐屯地にある殿下の部屋に戻れば、開口一番に聞かれたのがこれだ。

……ちょっと、安心する。

ニアも、殿下の内側に入れてもらえたんだなと実感出来たから。

これで、この鬼畜腹黒王子は、ニアも守る対象にしてくれることだろう。

そうなれば、もう俺に怖いものなどない。

「さ、じゃあ早速シルヴァリオを落としちゃいましょうか」

「気が早いよ、と言いたいところだけれど。恐らく今がチャンスだろうね」

ちょっと勢い込んで言ってみれば、止めるかと思っていたアルフォンス殿下が冗談めかしながらではあるものの、あっさりと頷いてきた。なるほど、そうなのか。

「この一カ月あまりで仕込みが終わったんですか?」

「ま、いくつかの偶然があってのこと、だけどね」

そう前置きをしながら、殿下は椅子の上で姿勢を正した。

それに釣られて俺も、同席しているファルロン伯爵も背筋を伸ばす。

「アーク。君から見て、シルヴァリオ攻略における最大の障害ってなんだい?」

「そりゃもちろん、アイゼンダルク卿でしょう。あの人が守る王都に攻め込むんなら、相当な損害を覚悟しなきゃいけません」

「……マクガイン卿が、そこまで言う相手、ですか……」

殿下に問われて、俺は即座に返す。

アイゼンダルク伯爵は、シルヴァリオ王国の騎士団長で、数少ないまともな上層部の人間。

一目見ただけで武人としての格が感じ取れて、俺が手合わせしたくなったくらいの人物だ。

シルヴァリオ王家に見切りをつけてはいるが職業意識は高く、その彼が、有り余る金が注ぎ込まれて防衛設備も充実している王都を防衛しているとなれば、流石に大分きついものがある。

「うん、だよね。だから彼には、いなくなってもらった」

「はい？」

思わぬ言葉に俺はぎょっとしてしまい。

すぐに、思い返す。

彼は、半ばこちら側に取り込んでいるような状況でもある。

そんな彼を、殿下が軽々しく排除するわけがない。

そもそも、暗殺するにしても一苦労だろうし。

ということで俺が胡乱《うろん》げな視線を向ければ、殿下は苦笑を見せた。

「これくらいの冗談じゃ動揺してくれないか」

「まあ、殿下との付き合いも長いですからね。で、どういうことですか？」

「彼は今、シルヴァリオ王都にいない。シルヴァリオの東部国境に移動しているんだ」

言われて、俺は脳裏に簡単な地図を思い浮かべる。

シルヴァリオ王国は、俺達の国ブリガンディアの東に位置している。

ということは、シルヴァリオ王国から見れば、西側国境でうちと接してるわけで。

その反対側、シルヴァリオ王国の東にあるのは……。

「ザンディア王国がちょっかい出してきましたか」

「理解が早いね。そう、シルヴァリオが弱体化したところを、ザンディアが狙ってきたわけだ」

「なるほど、そうなるようにザンディアに情報流すなりして刺激した、と」

俺の言葉に返ってくるのは、氷の微笑。どうやら正解だったようだ。

いやもう、ほんと楽しそうだなこの人。

「一応停戦条約を結んだばかりのうちと、明確に軍事行動を起こしてきたザンディア王国。どっちを警戒するかは明白だよね」

「おまけにシルヴァリオ王国軍は先日の戦争で消耗しているから、国境を守備する戦力も心もとない。となるとアイゼンダルク卿を出すしかないわけですか」

俺が続ければ、そういうこと、と満足そうに頷くアルフォンス殿下。

そりゃ、最大の障害を一兵も損なわずに排除できたとなれば、ご機嫌にもなろうってもんだ。

そして、それだけでは終わらない。

「こちらから反攻するとなれば、我が国も守備が甘くなるのが普通ではありますが……」

と、ファルロン伯爵がどこか遠くを見ながら言う。

人のふり見て我がふり直せとも言うが、迂闊《うかつ》な侵攻はシルヴァリオ王国の二の舞になりかねない。

もちろん、アルフォンス殿下はそんなことも織り込み済みだったわけだが。

「さっきも言ったように、ファルロン伯爵のおかげで我が国の兵は倍の数も跳ね返すという実績が出来たからね。私の知る限り、そんな強者揃いの国に好き好んで攻め込む周辺国はないよ」

楽しげに殿下が言えば、ファルロン伯爵は苦笑しかできない。

改めて状況を整理されて、俺も思わず遠い目になる。

今回、野戦で見事な勝利を飾ったことで、ファルロン伯爵の評価は上がった。

俺はビグデンの街に被害を出すことなく防衛することが出来た。

アルフォンス殿下は、シルヴァリオ侵攻の口実を得ることが出来た。

そしてブリガンディア王国は強者揃いで簡単には攻め入ることが出来ない国、という評価を得た。

多分、俺が把握出来てないところにもプラスの効果が出ているんだろう。

国境の街の防衛、というたった一手だけで、これだ。ほんとにどんだけだよ、この人。

わかっちゃいたけど、謀略駆使する時はほんっと輝くよな〜……。

で、そうなってくると、だ。

「もしかして、街で派手に祝勝祝いしてるのも策の一つですか。入り込んでる間者に情報を持ち帰らせるための。この分だと、王都でも派手に宣伝してます?」

「おや、お前も大分わかってきたじゃないか。その通り、とっくに王都にも知らせてるよ」

さも当然とばかりに言う殿下。一応褒められてんのかな、これ。

言うまでもなく、王都は情報の宝庫。当然他国の間者も多数入り込んでいるし、多分伝書鳩《でんしょばと》だとかの高速でやり取りする手段も備えていることが多いはず。

そこで『倍の数相手に野戦でほとんど損害も出さずに勝利した』なんて情報を掴んだら、大慌てで本国に伝えることだろう。

また、伝えないわけにもいかない。伝書鳩などの手段で。

「……それもすぐに本国へ知らせなければいけないほどセンセーショナルな、しかしあくまで端的な情報を、ですか」

……殿下の顔を見るに、及第点をもらえる返答だったらしい。

それを聞いたファルロン伯爵の顔が、更に驚きを深める。

「あ。な、なるほど……街から少し離れた地点での、一日どころか数時間で終わった野戦となれば戦況分析もろくに出来ないはず。であれば、シルヴァリオ軍がほとんど寄せ集めの傭兵で構成されていただとかも他国の間者はわかりませんね……」

「まして傭兵達が、流行り病などもあって士気も下がり、状態も最悪だった、なんてことはわかるわけもなく」

「他国は『ブリガンディア王国軍が倍の数を揃えたシルヴァリオ王国軍を撃退した』という情報しか手に入れられないわけだ」

悪魔か。

ニコニコとご機嫌に笑うアルフォンス殿下を見ながら、そんなことを思う。

当然、そんな情報をもたらされた他国は、正規軍同士の戦闘だったと誤解することだろう。

まさか、傭兵主体の構成で来るとは普通は思わない。

というか、そもそも普通はこんな数を揃えないし、揃えられない。

まして先の敗戦からこんな短期間で再侵攻してくることは考えもしない。

「バルタザールの中途半端な有能さも組み込んだわけですか……」

「その点に関しては、君の奥方に感謝だね、ほんと」

うん。やっぱダメだわ、バルタザール。

素質はあったかもしれないが、生まれた時代が悪かった。

この人が隣国にいるのに、あの性格と環境じゃ大成できなかった、間違いなく。

と、ファルロン伯爵がこちらに何か問いたげな目を向けてきた。

……あ～……どこまで話したものか。

アルフォンス殿下と軽くアイコンタクトをして。

「マクガイン子爵夫人は、学者の娘でね。シルヴァリオ王国の事情にも色々通じているんだ」

そこまで言って、殿下は言葉を終わらせた。明らかに説明が不足しているというのに。

これ以上は言えない、ということでもあり。ファルロン伯爵にも、そのことは伝わったようだ。

「なるほど、そういうことでございましたか」

あっさりと顔色変えずに頷いて返すあたり、彼も宮廷生活で色々揉《も》まれてるんだろうことが察せられる。中間管理職は辛《つら》いよな……。

「今度一緒に飲みませんか、ファルロン伯爵」

「なんですか急に。いえ、お誘いにはありがたく応じますが」

面食らったように言うファルロン伯爵。そりゃそうか、脈絡がなさすぎた。

「ま、二人が親交を深めるのは、私にとってもメリットがあるから構わないけど」

「殿下、もうちょっと言い方というものが」

「その前に、まずはさくっとシルヴァリオ王国を落とさないとね」

「殿下、もうちょっと言い方というものが」

一国落とそうってのに、何軽く言ってんだ、この人。

いやまあ、もうほぼほぼ終わってるようなものなんだけどさ。

「二人とも、また明日からも働いてもらうけど、大丈夫だよね？」

そう問われて……いや、確認だな、これは。

ともかく、俺とファルロン伯爵は、揃って頷くしかなかった。

そこからは、本当に早かった。

まずはバルタザールが攻め込んできた証拠として奴《やつ》の兜《かぶと》を添えつつ、早馬でシルヴァリオ王家へとあちらの再侵攻を理由とした宣戦布告を通達。

当然向こうは大慌て、「何かの間違いだ！」とか言ってたが、無視。

間違いも何も、バルタザールの身柄はこっちで押さえてんだしな。

こちらの反攻が正当なものであることを証明するためだけに奴には生きてもらっている。

もちろん、事が終われば用済みだ。

一応、向こうが「そんな奴は知らん、似ているだけの偽物だ」とか言ってくる可能性もあるわけだが、その場合あいつの死期が早まるだけで、こっちのやることは変わらない。

国際的にも、シルヴァリオが攻め込んできたのはとっくに事実として知れ渡っているのだから。

そして、あちらの返事を待たず、早馬が到着しただろうタイミングで侵攻を開始。

ブリガンディアとシルヴァリオ、両王都を結ぶ主要街道を攻めあがる主力部隊が約一万。

あれだ、最初に俺がシルヴァリオ王都へ向かった時に使った街道だな。

ちなみに国境都市であるヴェスティゴは、太守をこちら側に引き込む工作に成功しており、難なく通れたそうだ。あの太守も気は弱いが判断力はあったからなぁ、もうシルヴァリオ王家はダメだと見切ったんだろう。

それに合わせて、俺達《たち》の方も侵攻を開始。

ファルロン伯爵率いる旅団にアルフォンス殿下が率いる特務大隊が合流して七千人近くになった大所帯だが、地理に明るいニアの案内がある上に、事前に何人かのシルヴァリオ貴族にも話を通していたので進軍は極めてスムーズ。

道中で何も知らないゴートゥックがいる軍需物資集積所を通り、奴を拘束して物資を接収。

距離で言えばこちらの部隊の方が距離は長かったのに、シルヴァリオ王都には主力部隊とほとんど同時に到着することが出来た。

「……流石《さすが》に歯ごたえがなさすぎじゃないかねぇ？」

目と鼻の先まで迫ったシルヴァリオ王都を囲う壁を見ながら、愚痴とも冗談ともつかない口調で思わず俺は零《こぼ》してしまう。

「義父も同じことを言ってましたよ」

聞き慣れた声に振り返れば、そこにいたのは苦笑を浮かべたゲイルだった。

「ゲイルじゃないか！　なんだ、バラクーダ伯爵と一緒に来てたのか？」

「はい、これも次期当主の修行と言われまして……」

なるほど、相変わらずの教育方針らしい。

バラクーダ伯爵家は、当主も嫡男も死を恐れず過酷な戦場に身を置くという家風を持つ。

そのせいで先日の戦争で伯爵は嫡男を亡くした上に、跡継ぎの娘婿として俺にちょっかいを出してきたりとちょっとした騒動が起こった。

結果として、ゲイルという優秀で政治的にも問題のない娘婿を獲得したわけだが……その大事な娘婿も、やはり実戦で鍛えるつもりのようだ。

もっとも、ゲイルであれば修羅場を幾度もくぐってきているから、大丈夫だとは思うが。

「となると、さしずめこれは、攻城戦の教育ってところか？」

「あまり参考にはならんかもしれんが、とはおっしゃってましたが」

返ってきた言葉に、俺も思わず苦笑を浮かべる。

そう、こんな軽口を暢気《のんき》に叩《たた》き合えるくらいに、何もない。

こんな、王都がすぐそこに見えるところまで来ているというのに。

何故かといえば、シルヴァリオ王国軍は王都での籠城を選択したからだ。

俺達ブリガンディア王国軍が総勢一万七千人ばかり。

それに対してシルヴァリオ側は二万を超える数がまだ残っていたはずなんだが……それだが、奴らは打って出てこなかった。

「まあ、向こうの事情もわからんではないが。恐らく二万の軍を率いて会戦に臨むことが出来る総指揮官がいないんだろ」

「そういえば、アイゼンダルク伯爵が不在なのでしたか。それでも、近衛騎士団長などは残っているのでは？」

「残ってるってことは、そういうことだろ？」

「……ああ、そういう……」

端的すぎる俺の物言いに、しかしゲイルは納得してまた苦笑した。

軽く調べたところ、シルヴァリオの近衛騎士団長に、実戦経験はない。

御大層な役職名がついてはいるが、実際のところは王宮警備の責任者程度の経験しかないのだ。

だから、二万なんて大軍を指揮することなんてとても出来やしない。

おまけに、その王宮警備すらろくに出来なかった無能、もしくは汚職に塗《まみ》れた腐れ外道のどちらか、あるいは両方だってんだから質《たち》が悪い。

ソニア王女への虐待とも言える扱いを看過していた奴でもあるので、当然俺の『絶対ぶん殴る』リストの上位にきっちりランクインしている。

「だから、向こうの守備も現場判断ばかりで統率だとか意図のないものになるだろうし、多分それで守れるとあっちは勘違いしてんじゃないかな」

「それは、確かに勉強にならなさそうです」

などと笑うゲイルを前にして思う。

こいつ、早くもバラクーダ伯爵家流に染まり始めてんな～、と。

いや、元々現場上がりだからこういう冗談もたしなむ奴だったが、もうちょい濃いめになってる気がする。この分だと、婚約者であるエミリア嬢と結婚する頃にはいい具合に仕上がってるんじゃないだろうか。

だったら、今のゲイルには通じるかもしれん。

「実際、今回は勉強にならんと思うぞ。それも、全くと言っていいほどに」

「はい？　……もしかして、正攻法を使わない、ということですか？」

言いたいことは通じたが。……これで詰まらなそうな顔をしてたら大分こっち側なんだが、まだそこまではいってないようだ。

若干安心するような気分を味わいながら、俺は笑ってみせた。

「その通り。なんせこっちには、素晴らしい情報源があるからな」

「ああ、なるほど、言われてみればそれはそうですね」

納得した顔で頷《うなず》くゲイル。

もちろんゲイルにも、シルヴァリオの第二王子であるバルタザールが捕虜となっていることは伝わっている。

普通はそれだけでも十分な話ではあるんだが。

「しかし、相手は策士気取りの自惚《うぬぼ》れ屋と聞いていますが、大丈夫ですか？　こちらを策に嵌《は》めようとしてきたりはしないでしょうか」

こういうとこに気が回るのは、流石だと思う。

実際、普通はそこも気を付けないといけないポイントだろう。

「あのアルフォンス殿下だぞ？　裏取りをしないわけがないじゃないか」

「言われてみれば、それもそうですね」

と、ゲイルは納得したが、まさか裏取りの仕方が普通じゃない、なんてことには気付かないようだ。

まあ考えつきもせんよな、元王族がいて、二人の言ってることを照らし合わせているだなんて。

さっき言った『素晴らしい情報源』とは、バルタザールじゃなくニアなのだ、俺の中では。

……こう考えると、つくづく王族を冷遇するってのは拙いことなんだなと実感する。

うっかり出奔された日には、あっさり致命傷になりかねない。

というか、今まさに、それが致命傷となって一つの国が落ちかけてるわけなんだが。

「ま、勉強にはならんだろうが……面白いもんは見られると思うぞ」

なんてうそぶく俺に、ゲイルは苦笑をまた見せた。

そして恐らく、作戦計画を聞いてもゲイルは苦笑したことだろう。

何しろ、王族しか知らないはずの地下通路を使って王宮に突入する、というものなのだから。

ブリガンディアの王都にもあるそれは、恐らくシルヴァリオにもあるだろうと殿下は予測していて、それは当たっていた。

そのことをバルタザールに問いただせば、命惜しさからか奴はペラペラとしゃべるったらない。

あまりにペラペラしゃべるもんだから、なんかおかしい、とは思ったんだが。

「嘘《うそ》は吐《つ》いてませんが、全てを話したわけでもありませんね」

と、隠れて聞いていたニアの補足に、納得してしまったもんだ。

抜け道は、王族しか知らないはずだが万が一見つけられる場合も考えられる。

だから、解除の仕方を王族しか知らない罠《わな》が点在しているんだという。

「その罠を、いくつか話していません。特に、致命的なものを三つばかり」

「なるほど、賢《さか》しらなことだねぇ。真実の中に嘘を紛れ込ませるのが上手な詐欺師というものだが、奴もそのことは知っていたわけだ」

尋問後、陣幕に戻ってニアの説明を聞きながら、アルフォンス殿下が楽しげに笑う。

多分、奴が嘘を言うか全てはしゃべらないかを殿下は予測していたんだろうな。

それが見事に的中した。つまり、結局奴は殿下の掌《てのひら》の上から逃れられなかったわけだ。

「バルタザールが話した罠の一つに、解除がとても難しいものがあります。そして、王族はその解除法を知っていますが、彼はまだ伏せています。恐らくアルフォンス殿下でしたら、この情報を鵜呑《うの》みにせず下見の偵察を出したはず。そこで偵察に被害が出たところで『解除法を知っているから連れていけ』と持ちかけるつもりだったのではないかと」

「最初から教えるのではなく、自分の価値を吊《つ》り上げてから売り込むつもりだった、と。地下通路に同行して罠を解除、信頼を獲得しながらある程度進んだところで致命的な罠に同行部隊を嵌めるつもりだったのかもね」

「恐らくそうではないかと。そうすれば、逃げ出して王宮に戻ることが出来ると考えたのでしょう」

頭のいい人達の会話って怖いなぁ。

そんなことを思いながら、淀《よど》みなく続いていく殿下とニアの会話を俺は見守っていた。

中途半端な策士であるところのバルタザールは、このタイミング、最後の仕上げと勢い込みそうなところを狙っていたわけだ。その狙い自体は悪くないんだが……相手が悪い。

「あれもこれもとペラペラしゃべっていたのも、彼なりの罠だったんだろうねぇ。命惜しさに何でもかんでもしゃべる人間、と思わせようとしたわけだ」

「人間は、自分と同じように他の人間も考えるものと思い込みがちだそうですから」

「相手を簡単に見下すような人間と思われていたわけだ、私は。そんなことはないのにねぇ」

ええ、そうですね。多分いい意味ではなく。そんな言葉を俺は呑み込む。これが殿下の執務室での雑談ならともかく、今は作戦会議中だからな。

「さて、これで地下通路の全貌はわかったわけだけれど。流石に突破するのは中々骨のようだ」

これで『通路がわかった！　突撃！』なんて言い出す人間なら、見事に引っかかったんだろうが。

バルタザールは、相手の見積もりが甘すぎるんじゃなかろうか。

いや、だからあんな無様な負け方をしたんだから、今更か。

「工兵の数は十分にいますから、二日もあれば、恐らくは」

俺の言葉に、殿下も小さく頷いて返すが、すぐには結論を出さない。

俺も敢《あ》えて伏せたんだが。……さて、果たしてどれだけの死傷者が出るものか。

もちろん、ニアから十分罠のことを聞き出してからだが……と、そう考えていた時だった。

「あの、アルフォンス殿下。差し出がましいこととはわかっておりますが……私を同行させていただけませんか？」

まさかの発言が、ニアの口から飛び出した。

もちろん俺はぎょっとしたし、アルフォンス殿下すら一瞬固まった。

だが、すぐに平静を取り戻したのは、流石というかなんというか。

そんな殿下を見て俺も立ち直れたのだが……言葉が上手《うま》く出てこない。

「ニア、それは……」

とんでもないことだ、と言いたい。

しかし同時に、それが合理的であることも頭では理解してしまった。

「そんなに、解除の手順は複雑なのかい？」

そんな俺の心を代弁するかのごとく、アルフォンス殿下がニアへと質問する。

ニアが、何の考えもなしにこんなことを言うはずがない。つまりそういうことなのだろう。

そして、やはりニアは頷いていた。

「はい。正確に申し上げれば、複雑なだけでなく、タイミングによって解除方法が変わります」

「つまり、どの解除方法を使えばいいのかをまず見極めなければならない、ということか」

そこまで言ったところで、アルフォンス殿下が「ふぅ」と息を吐き出した。

こんな殿下は珍しいが、気持ちはわからなくもない。

というか、今一番溜息を吐きたいのは俺だと思う。

「アーク、どう考える？」

だからだろうか、殿下は俺に問いを振ってきた。

それも、『思う？』ではなく『考える』ときたもんだ。

つまり、感情ではなく理屈での判断を問われているわけで。

「……感情を排して言えば、有効な手段かと愚考いたします」

俺は、そう答えるしかなかった。

それから、陣幕の中に集った面々を見回す。

アルフォンス殿下とニアはもちろんとして、ファルロン伯爵やバラクーダ伯爵は利を取ってくれるだろう。面倒なことになりそうな、王国騎士団のお偉方は今ここにいない。

……まさか、ここまで見越してたのか、アルフォンス殿下。

「ニアには、色々な事情がありまして。……シルヴァリオ王国にとどめを刺す機会をいただけるのであれば、これ以上のことはありません」

出来るだけ感情を抑えながら言えば、ファルロン伯爵は何かを察したのか表情を固くした。

言い方が悪かったのは認める。というか、わざとだ。

間違ってもいないのが、我ながら悪辣《あくらつ》だとも思うけれども。

「なれば、我々は主攻に見せかけた囮《おとり》を引き受けるのもやぶさかではありませんな！」

バラクーダ伯爵などは、豪快に笑い飛ばしてくれている。

彼からすれば、細腕でもってシルヴァリオ王国に殴りかかろうとしているニアは愉快でたまらないのだろう。……正直、俺にもそう思うところがないわけではない。

それ以上に、ニアに本懐を遂げさせたいという思いが強いわけだが。

「よろしい。では、マクガイン子爵夫人を伴っての潜入奇襲を採択する」

きっと、筋書き通りだったのだろう。

アルフォンス殿下が宣言すれば、異論などあるわけもなく。俺達は、揃《そろ》って頭を下げたのだった。


そして、翌日未明、俺達は、地下通路へと潜入した。


「……えっげつな〜……」

思わずそんな声が漏れてしまうような、エグい罠の数々を回避しながら。

この通路を通る資格のある人間以外は皆殺しだと言わんばかりに殺意の高い罠が、人間の心理を知り尽くしたかのごとく巧妙に隠されていて、とてもじゃないが正攻法じゃ突破出来る気がしない。

少なくとも、二日で突破出来るようなものじゃないことだけは確か。

それだけ時間がかかってしまえば、向こうに気付かれた可能性だってきっとあっただろう。

そうなってしまえば、囮として地上に残る部隊に攻撃をして気を引いてもらわなければならず、少なくない数の犠牲者を出す羽目になっていたところだろう。

だが、その損害はニアの的確な案内で回避出来た。

「ローラ、次はあちらにスイッチが」

「はい、奥様」

指示が飛べば、まるでニアの手か何かのごとく意図した通り俊敏に動くローラ。

二人のチームワークで、罠は次から次へと解除されていく。

「いやほんと、見事なもんだ」

思わず関心して呟《つぶや》けば、隣に立つニアがにっこりと笑いかけてきてくれる。

……至近距離でのこれは、なかなかえげつない破壊力があるな、ほんと。

ゴホゴホと咳《せ》き込んで誤魔化《ごまか》したりしている俺に、後ろからヤジが飛んでくる。

「ちょっと隊長、こんなところでいちゃつかないでくれませんか！」

「いちゃついてねーよ、バッキャロー！」

振り返れば、後ろに控えるのは特務大隊の騎士団から選抜された百人の騎士達。

ほとんどが元部下であり、幾度も戦場で共に戦った仲だから、気安い関係ではある。

だからつい反射的に怒鳴り返しちまったが、やばい、今はニアが隣にいる！

……と思いつつちらりとニアの様子を窺《うかが》えば、そんな俺をニアはクスクスと笑いながら楽しげに見ていた。なんて出来た人なんだ、本当に。

「ふふ、なんだかそういうアーク様を見るのは新鮮ですね」

「いやなんというか、お恥ずかしい」

笑うニアと視線が合わせられないのは勘弁していただきたい。

普段ニアと接してる時も演技したりしてるわけじゃないんだが、やっぱり気を使ってるのは事実。

もうちょっと砕けた方がいいんだろうか、と思わなくもないんだが、こう、踏ん切りというかきっかけというかがないとどうにもこうにも。

俺が考えている間にもニアの指示は飛び、ローラが飛ぶように移動して罠を解除していく。

「最初は正直どうかと思ったんですが、二人に来てもらって正解でした。こうもテキパキと解除が進むなんて」

と、軽い気持ちで言ったんだが、ニアは、一瞬考え込むような様子を見せた。

「……どうかしましたか？」

「いえ、その……順調すぎるのです」

ニアの言葉に、俺の、いや俺達の足が止まる。

順調すぎる時こそ警戒しなければいけない。そんな鉄則が叩き込まれている連中だ、反応が早い。

「敵の罠である可能性がある、と？」

「そうとも言い難いのです。先だって申し上げた通り、ここの罠は時間によって解除法が変わります。その解除法が、どれも一番簡単なものになっているタイミングでばかり遭遇していまして。ですが、複雑な機構で制御されていますから、簡単にいじることも出来ないはずなんです」

「偶然というには出来すぎている。しかし、意図的にそう出来るものではない、と」

俺が確認すれば、ニアもこくりと頷き返してくる。

……どういうこった、一体。

しかも、罠を解除しながら進まなければいけないから、偵察役を先行させるわけにもいかない。

警戒しつつ罠を解除しながら進むしかないが、それも面白くない。

と、しばし考えていた時、思わぬ言葉が聞こえてきた。

「もしかしたら、この城が奥様を歓迎しているのかもしれませんよ」

罠の解除を終えたローラが、ニアの傍《そば》に歩み寄りながら言う。

こいつも冗談を言うのか、とも思ったのだが。一笑に付すことも出来なかった。

「案外、冗談でもないかもしれんな」

少しばかり意識を集中させると感じる、空気の流れ。

こんな地下通路に風が通るわけもないのに、何故か俺の感覚はわずかな流れがある方向へと向かっていくのを捉えている。

「ニア、最終的な出口は、あちらの方ですか？」

俺が指させば、ニアは一瞬驚き。それから、こくりと頷いた。

こうなってくると、この空気の流れまで城の手招きのように感じられてくるじゃないか。

それでも、今の俺はこの部隊の隊長。楽観的な考えに染まるわけにもいかない。

「総員、警戒は厳に。この五人は合図ですぐ前に出られるようにしておけ」

「了解！」

俺やニアのすぐ後ろに立っていた五人に指示を出せば、彼らもすぐさま返事をしてくる。

申し訳ないが、何かあった時には彼らに守ってもらわなければならない。

俺が死ねば指揮系統が乱れ、ニアがいなければ撤退する時に罠を発動させてしまう可能性がある。

つまり俺達二人が死ねば、そのままここにいる百人も死ぬことになるわけだ。

それがわかっているから、彼らも迷うことなく応じたわけだが。

「こんな指示、空振りに終わってくれたらいいんだが」

思わず、ぼやく。そんなことは戦場では起こらない、とよく知っているにも拘《かか》わらず。それでも、願わずにはいられなかった。

だから。

……本当に何も起こらず、警戒が空振りに終わったと知った時、俺が拍子抜けした顔になってしまったのも仕方のないことだと思う。

こうして俺達は、無事シルヴァリオ王宮への潜入に成功した。

潜入作戦とあって人員は最小限、特務大隊から選抜された百人が、一人として欠けることなく王宮に潜入出来たのは本当に行幸だったと言える。

以前王宮に出入りした際に観察した結果とニアからの情報から、王宮の制圧にはこの人数で十分と判断された。

……おかしいな、王宮を警護する近衛騎士と警備兵は五百人ほどいるはずなんだが。

もっとも、俺の感覚とも合致しているのが悲しいというかなんというか。

といっても、近衛騎士団がただ惰弱ということではない。

広大な王宮に分散配置されているため、各個撃破を繰り返せば制圧出来るという計算に基づくもの。

当然、一区画に百人だとか固まっているわけもなく、精々十人いればいい方だろう。

そこに、百人が奇襲をかける。

彼我の練度も考えると、区画の制圧に一分とかからなかった。

後はそれを繰り返していくだけである。

そして、繰り返した。呆気《あっけ》ないほどに淡々と。

途中から、部隊を半数に分けての制圧が可能になったほどに。

一気に国王を確保した場合、そこにシルヴァリオ近衛騎士団が押しかけてくる羽目になる可能性があったから、中央へと向かう部隊と外周を制圧する部隊に分かれたわけだ。

結果としてそれは、正解だった。

異変に気付いた警備兵が駆け付けてくることもあったが、それは統制の取れていない散発的なもので、やたらと調子がいい俺が率いる部隊の敵ではなく、草刈りよりも簡単に薙《な》ぎ払っていって。

無人の野を行くがごとく、あっという間に俺達は王宮の中央を占拠した。

「……おかしいな？」

国王を捕縛させながら、俺は小さく呟く。

あっさりと国王を捕縛出来たことに、ではない。

ここにいるべき人間が、いない。

「なんで近衛騎士団長がここにいない？」

俺の呟きを拾った特務大隊の騎士達が辺りを見回す。

国王を守る責任者たる近衛騎士団長が、いないのだ。

「……他の王族も確保しろ！」

俺が指示を出せば、五人ずつの組を一瞬で組み、特務大隊の騎士達が散っていく。

頭の回る自己保身欲の強い人間であれば、誰か王族を伴って逃げる可能性がある。

そうすれば、再起を図ることが出来なくもない。大分可能性は薄いが。

それでも、この状況であればそう考える可能性はあるだろう。

そこまでの推察を一々言うまでもなく、特務大隊の面々は動いてくれた。

であれば、ニアが、俺の意図を汲《く》まないわけがなく。

「……恐らく、近衛騎士団長は第三王女オリヴィアの元にいます」

更に、内部事情をよく知っているのだから、助言がないわけもない。

「ああ、そういうことですか」

……声を抑えたつもりだったが、成功しただろうか。

気丈なニアの表情は変わらないから、いまいちはっきりしない。

だが、俺の腸は煮えくり返りそうになっていた。

ソニア王女の虐待を率先して行っていたと思われる第三王女。

そして、警備責任者の立場でありながらその虐待を見過ごしていた近衛騎士団長。

この二人が、結びついているのだとしたら。

……真面目に、俺は自分を止められる自信がない。

強いて言うならば、ニアの目の前で血を撒《ま》き散らすような真似《まね》はしたくないという気持ちだけが抑止力になるだろうか。ならないかもしれないが、そこはなんとかしたい。

そんな気持ちを抱えながら、俺はニアの案内に従って第三王女オリヴィアの私室へと踏み込んだ。

「キャ、キャアアア⁉　な、何、無礼者！」

「貴様ら、ここを第三王女殿下の居室と知っての狼藉《ろうぜき》か⁉」

……残念なことに、ニアの推測は当たっていた。

こんな状況だというのに発情していたんだろう胸糞《むなくそ》悪い臭いがする。

もういいかな、切り捨てちゃっても。と、俺の頭が妙に冷たくなったその時だった。

「……な、なんであんたがここにいるのよ⁉　ヒロインのあんたがここにいたら、あたしが悪役王女になっちゃうじゃない！」

金切り声を上げながら、第三王女がニアを指さした。

悪役、王女？

その言葉に、俺は動きを止めた。

聞き慣れない言葉ではある。だが、聞き覚えもある。

正確に言えば、前に耳にしたのは悪役令嬢、という言葉だったが。

しかし、恐らく同類の言葉だろうと理解も出来た。

ていうか、だ。

「……あなたは、私のことがわかるのですね」

静かな声で、複雑な表情のニアが言う。

言われてみればそうだ。この第三王女オリヴィアは、一目見ただけでニアがソニア王女であることを見抜いた、らしい。

でなければ、完全武装した騎士達よりもニアの存在に目を奪われるはずがない。

「当たり前でしょ⁉　やっと、やっとあんたを追放出来たっていうのに！」

ああ。

こいつか。

全ての元凶は、こいつだったのか。

妙にはっきりしている思考の中、俺はそんなことを思う。

そういえば、ソニア王女を特に攻撃していたのは、この第三王女だったな。

そんなことを考えている間にも、第三王女は金切り声で何やらあれこれ言い募っている。

そのどれもが、聞き覚えのある言葉だった。

「どこぞのピンク頭みてぇなことを言うんだな」

あ、いかん、言葉遣いが乱暴になっちまった。

だが、それはそれで効果的だったらしい。

びくっと身を震わせた第三王女は、顔色を青くしながら俺の方を向いた。

「ま、まさかあんたが、前作ヒロインを捕まえたの⁉」

どうやら、ビンゴだったらしい。

ブリガンディア王国第一王子を誑《たぶら》かした男爵令嬢の髪色は、ピンク。

そして奴は、自分のことを『ヒロイン』だとか自称してやがった。

「言ってることの半分も意味がわからんがな、あの男爵令嬢を捕まえたのは俺じゃない。当時俺はガキだったしな」

学生ですらなかったが、それでもピンク頭の戯言《たわごと》は耳に入ってきた。

頭のおかしな奴の妄言として。

実際、そうとしか思えない発言ばかりだった。

そして今、同じようなことを言っている人間を目の前にしている。

「貴様っ！　王女殿下に対して不敬であろうがぶぁっ⁉」

頭に血を上らせた近衛騎士団長と思《おぼ》しき男が斬りかかってきたんだが、思い切り殴り飛ばして黙らせた。……いや弱すぎだろ、いくらなんでも。

こんなクズ野郎でも、権力があったら王宮内で我が物顔に振る舞えるもんなのか。

虚《むな》しさも感じるが、そんな腐った王宮も今日限りでおしまいだ。

そう自分に言い聞かせ、何とか自分を制御する。

「なぁ～にが悪役王女だ」

あ、いかん、それでも声がめっちゃ低くなった。

ドスの利いた俺の声に、第三王女は硬直し。それから、ガタガタと身震いをし始めた。

こんな奴のためにニアが、ソニア王女が虐げられていたのかと思えば、怒りも呆《あき》れも湧いてくる。

おかげで、なんとか理性を保てているところはあるが。

「お前がソニア王女にしてきたことを思い出してみろ」

俺の言葉が、第三王女の耳に入っているのかどうか、正直よくわからない。

だがそれでも、一応思い出せるだろう時間を置いてから、俺は告げた。

「とっくにお前は、悪役じゃねぇか」

……これは、確実に届いたらしい。

第三王女オリヴィアは、目を見開いた驚愕《きょうがく》の表情で固まり。

数秒かけて理解した、のだろう。

間を置いてから、悲鳴のような金切り声が響き渡った。

「ち、違う違う違う違う！　あたしは悪役じゃない、悪役王女で破滅したりなんかしないぃぃ！」

思わず溜息を吐いてしまう。

こいつはとっくに悪役で、既に詰んでることに気付いていないんだろうか。

そういやあの男爵令嬢も最後まで現実を受け入れられてなかったよなぁ。

「諦めろ。お前はもう終わってんだよ」

「終わってない、終わってるわけがない！　だって、まだシナリオが始まってもいないじゃない！」

シナリオ、ね。

「ほんっとうにあの男爵令嬢と同じようなことしか言わねぇんだな。何がシナリオだ、芝居でもやってたつもりかよ」

落ち着け俺。

そう言い聞かせないと、今にもブチ切れそうだ。

いくらなんでも、そんなところをニアに見せるわけにはいかない。

一番の被害者である彼女を差し置いてだなんて、なおのことだ。

「そのシナリオとやらのために、一体どれだけ、何年、ニアを踏みにじってきやがった？　てめぇのくだらん猿芝居に、どんだけの価値があるってんだ」

答えはない。どうでもいい。そんなもん、端《はな》から必要としちゃいない。

そもそもこいつの中に、答えはない。こいつは、そんなことを考えたこともない。

「どうせ、考えたこともなかったんだろ？　相手が人間だって。心があるんだって。てめぇの都合に合わせて動く人形くらいにしか思ってなかったんだろう？」

「ひっ、ひぃっ⁉」

図星なのかなんなのか、悲鳴を上げて後ろに下がる第三王女。

だが、すぐに背中は壁にぶつかった。

こいつに逃げ場はない。そんなもん、与えてやるつもりもない。

「楽しかったか？　面白かったか？　こんな時に乳繰り合ってるくらいだもんな、さぞかし楽しかったろうよ！」

「ち、ちがっ、あたしはっ、あたしはっ！」

何か言い訳をしようとしているが、聞く耳は持たない。

こいつが何か意味があることを言うとは思えない。

恐らくこいつの世界に、俺達はいないから。何故だか、妙な確信を持って俺はそう思った。

「人を人とも思わず、踏みにじって笑っている。そんな人間は、なんて呼ばれるんだろうな」

「やめっ、やめてっ！　言わないで！　だって、だって！」

溜息が出そうになる。

こいつは、この期に及んでもまだ、反省も謝罪もない。

言い訳に終始している姿は、芝居の最後によく見るものだ。

「お前は、どうしようもない『悪役』だよ、王女様！」

「いやっ、いやあぁぁぁぁ!!」

俺から見える、第三王女の姿を表した言葉。

それを突き付けた瞬間、奴は頭をかきむしり、髪を振り乱し、悲鳴のような叫びを上げ。

「……なんだ⁉」

その身体《からだ》から、黒い靄《もや》のような何かを迸《ほとばし》らせた。

黒い靄、というには急速に拡散していく何か。

これは、まずい。

直感としか言えないものが、俺の脳裏を走る。

「全員下がれ！　こいつに触れるな！」

ニアをかばいながらそう叫べば、よく鍛えられた特務大隊の騎士達はすぐさま大きく飛び退《すさ》った。

……多分、全員なんとか回避は出来た、はず。

俺以外は。

「アーク様⁉　大丈夫ですか⁉」

ニアのこんな声は珍しいな。

そんな愚にもつかないことを思いながら、俺は唇の端を上げる。

残念ながら、ニアに見せている余裕はないが。

「大丈夫です、これくらい。……しかし、こいつは……」

ニアをかばって、黒い靄を大量に浴びた俺は……意識を、なんとか保っていた。

こいつは、多分呪いだとかそういった類のもの。

普通の人間が触れてはいけない何かだ。

そんなものが、第三王女の身体から溢《あふ》れ出した。

「こいつは、ほんっとうに、おとぎ話に出てくる化け物か何かの類なんですかね！」

声を張り上げ、強引に意識を引き戻す。

大丈夫だ、俺の意識はちゃんとある。

一瞬、怒濤《どとう》のように流れ込んできた怨嗟《えんさ》の声に呑み込まれそうになっちまったが。

そこを堪《こら》えたからか、俺の脚には力が入り、踏みとどまることが出来ている。

そして俺が壁になったからだろうか、ニアも俺の背後で立っている気配がする。

呼吸の具合から察するに、多分、俺よりは余裕のある状態で。

「……残念ながら、そうとしか考えられません。人の身体からあんな黒い靄が発生すること自体もおかしなことですし」

そこで、ニアは言葉を切る。

カツン、カツンと靴の音を響かせながら俺へと歩み寄り。

俺の背中に、触れた。

その途端、触れられた場所から何か温かいものが流れ込んでくるような感覚がする。

「ニ、ニア？　これは、一体？」

「どうやら私も、おとぎ話に出てくる何か、だったみたいです」

困ったような、笑ってるような声。

思わず振り返れば、目に飛び込んでくる白い光。

「……女神様？」

何も考えずに俺が口にした言葉は、しかし事実を正確に言い当てたような気もする。

神聖な、としか思えない白い光を纏《まと》ったニアが、そこには立っていた。

「女神だなんて、恥ずかしいですよ？」

「いやしかし、俺の目には女神にしか見えないんですが」

こんな時に何を言ってるんだ俺は、とも思う。

だが、そうとしか思えないのもまた事実。

それくらい、白い光を纏ったニアは神々しかったのだから。

だからだろうか。俺にはもう、第三王女オリヴィアが化け物だろうがなんだろうが、少しも怖いと思えなくなっていた。

「ナニヲ、ヒトヲ無視シテイチャツイテンノヨォォォォ!!」

第三王女のものに地を這《は》うような低い何かが交じり合った、不気味なはずの声で第三王女だったはずの何かが叫びを上げる。

……うん。何故《なぜ》だろう、まるで心が揺らがない。

更には、靄が塊となり、明確な攻撃意思を持ってこちらに突っ込んできたのに、それすらも羽虫が飛んできたような感覚で。

「邪魔っ、だぁっ‼」

俺の拳が、闇のような色の塊を打ち払った。

単に殴りつけただけだってのに、俺の拳が光って唸《うな》り、靄の塊はあっさりと砕けて霧散していく。

間違いない、これはニアの力だ。

と同時に、脳裏に浮かんだのは結婚式の場面。

あの時、聖別されたワインを飲んだ時の感覚を思い出した。

「やっぱりニアは女神だったんですね。それか、聖女か」

「……ええと……」

俺がしみじみ呟けば、慎み深いニアは何とも曖昧で困ったような微笑《ほほえ》みを浮かべるばかり。

まさか、『そうです私が聖女です』だなんて言えないだろ、ニアの性格からして。

俺は言うけどな！　むしろ大声で宣伝するけどな！

ニアが恥ずかしがるだろうからやらないが！

「ナンデ？　セイジョナンデ⁉　儀式サセテナイハズナノニ！」

……なるほど、虐げていたのにも理由があったのか。

ニアが、いや、ソニア王女が聖女として認められるための儀式みたいなものがあったんだろう、こいつが壊したかったシナリオの中では。

だが、それは別の場所で、別の形で為《な》されたわけだ。

「悪いがな、儀式ならとっくにやってんだよ」

「ナンデ⁉　儀式ナンデ⁉」

狼狽《うろた》えまくる第三王女だった何か。

いや、靄が薄れてきて、元に戻ろうとしているようにも見える。

まあ、もうどっちでもいいや。

靄の塊だろうが女の姿だろうが、今の俺は容赦しないし。

「放り出されたニアが、偶然俺と出会って恋に落ちた」

ということにしておこう。

靄の中でもニアの傍を離れなかったローラがめっちゃ鋭い視線を向けてくるのが背中越しにも伝わってくるが、こいつを悔しがらせるためだ、そこは勘弁してくれ！

「そんで色々あって俺と結婚したわけだが。その時の儀式がちょうどてめぇの言う儀式代わりになったんだろうなぁ」

「ハァ⁉　ナンデ、ナンデアンタミタイナモブガ⁉」

「モブ？　ああ、舞台用語であったな、脇役以下の端役だったか。ざまぁねぇな、端役にシナリオを乗っ取られちまったわけだ」

そういや、シルヴァリオ王国とブリガンディア王国が信仰しているのは、同じ神。

であれば、こいつが言うところの儀式だって、別にシルヴァリオ国内でやる必要はなかったんだな、きっと。

ということは、だ。

「なんで、と聞いたな？　教えてやるよ」

俺は、一歩、二歩、と前に出た。

見える。

この靄の核とも言える何かが、どこにあるのか。

第三王女の、額の奥。つまり、脳の辺りだ。

そこまで分かった俺は駆け出し、一瞬で距離を詰める。

「儀式が行われたのも、彼女が俺と出会ったのも。全部、お前が、ソニア王女を虐げ、挙句に放り出したからだよ！」

「ア、イ、エ〜〜〜!?」

ゆっくりと、数秒かけてやっとこいつの脳は理解したらしい。

その時にはもう、俺は第三王女の目の前に来ている。

そして、ニアの力を受けたからか、あの結婚式の時に授かった力か。

光放つ右手で、俺は第三王女オリヴィアの額を、鷲掴《わしづか》みにした。

「これで、終わりだ！」

力を籠《こ》めれば、放つ光が一層強くなっていく。

その光は、第三王女の額の、更に奥。脳に巣食う何かへと、届いた。感覚で、わかった。

「イヤァ〜〜〜ッ!!」

「グワァァァァァ!!」

響く、王女の悲鳴ともう一つ。何か名状しがたい存在の、断末魔。

黒い靄は完全に霧散、消失。

そのせいだろうか、それとも恐怖で意識を失ったか。

第三王女の身体から力が抜けたのを感じた俺は、手を離した。

別にあのまま掴《つか》んでてもいいんだが、そうしたらこいつの首の骨が抜けそうだからなぁ。

こいつには取り調べとお裁きが待ってるんだ、ここでおさらばとはいかせない。

まだ、終わりじゃないんだが。

ただ、それでも。

「終わりました、ね……」

ぽつりと呟くニアへと、俺は頷いてみせる。

一つの区切りはついた。それだけは間違いないことなんだろう。

俺は、微妙に消化しきれなかった感情もろとも、大きく息を吐き出した。

＊＊＊

こうして、シルヴァリオ王都は陥落した。

王宮が占拠されたことで、ただでさえ滞りがちだった防衛側の指揮系統は完全に沈黙。

何が起こっているのか城壁を守っている兵士達が理解するよりも早く城門は開けられ、ブリガンディア軍がなだれ込んできてしまえばもうどうしようもない。

更に国王から降伏する旨が伝達されれば、抵抗しようとする者は全くといっていいほどいなかった。一般兵士の忠誠心なんてそんなもんだ、普通は。

後は粛々と戦後処理をして、シルヴァリオ王国を併呑《へいどん》するだけ、のはずだったんだが。

「何してくれてんの、お前達は……」

いつか見たような姿勢で頭を抱えながら、アルフォンス殿下が呻《うめ》くような声で言う。

ここは占拠したシルヴァリオ王宮内にある、殿下が執務室として接収した一室。

そこで、俺やニアなど主だった面々を前にして今後のことについて話をしよう、ということになってたわけだが。

「……外からも見えてしまってましたか」

「ああもう、ばっちりとな」

このやり取りで察してもらえるだろうか。

第三王女オリヴィアが絶叫した時に出てきた黒い靄。

そして、それを打ち払った白い光。

事が起こったのは室内だったというのに、これらが王宮の外からも見えてしまっていたらしい。

「なんだってそんな、おとぎ話みたいなことになってるんだよ、本当に」

「俺だってわかりませんよ、本当に。唯一わかるかもしれなかった奴は、あれですし」

珍しく愚痴っぽい物言いをするアルフォンス殿下だが、俺にだって当然わからない。

そして、もしかしたらわかるかもしれない第三王女からは、聞き出せない。

奴は、聞き出せる状態にない。

謎の光を注ぎ込まれて気絶したシルヴァリオ王国第三王女オリヴィアだが、その後、いまだに目を覚ましていない。

医者曰《いわ》く、呼吸もあり、生きてはいる。

だが、目に光を当てるなど、様々な刺激を与えても全く反応がない状態だ。

つまり、心だとか脳だとかが死んだ状態になっているっぽい。

「まあどうせ、最終的には幽閉か毒杯か斬首かだったから、そこはいいんだけどさ」

いいんかい。とか心の中でツッコミを入れつつ、俺はちらりと横目でニアの顔を窺《うかが》う。

……こんな話を聞かされても、彼女に動じた様子はない。

大丈夫だろうとは思っていたし、殿下もそう判断したから歯に衣着せずしゃべってるんだろう。

それに、ニアが顔に出していないなら、今気遣うことではないのだろう、きっと。

だから殿下は、話を止めずに続ける。

「あれを目撃した人間や、彼らが流してしまった噂《うわさ》をどうにかする『物語』が欲しいわけなんだよ、こちらとしては」

「はぁ、『物語』ですか」

「そう、物語さ。目撃されたのは仕方ないし、噂が広がるのはどうしようもない。だが、無軌道に尾ひれが付いていくのはよろしくない。そのためには、ある程度こちらに都合のいい形で収まる器、つまり『物語』が必要になるわけさ」

なるほど、そういうことか、と納得してしまう。

無責任な噂話《うわさばなし》が好きな奴ってのはいるもんで、これはもう性分なんだから仕方がない。

だが、そのせいで要らん憶測だとか動揺だとかが生まれても困りもの。

そこに、人々が好みそうな『物語』で方向性をつけてやろうってわけだ。

「……そんなの、殿下だったら簡単じゃないですか？　でまかせ、もとい即興で話を作るなんざ得意技じゃないですか」

「お前が私をどういう目で見ているかはよくわかった。それはともかく。他国の人間である私では、シルヴァリオの文化に根差したディテールを持つ『物語』を提供出来るかに少々不安が残るんだ」

珍しく控えめな態度を取るアルフォンス殿下。

確かに、同じ神を崇《あが》める隣り合った国、といっても文化というものはそれなりに違うもんだ。

特にこのシルヴァリオは、貿易によって潤ってきたからか庶民生活ですらブリガンディアと少々違うところがあるようだし。

となると、だ。

「つまり、ニアの出番なわけですか」

「それももちろん考えたんだけどね」

確認のつもりで言ったんだが、返ってきたのは予想外の返しだった。

てっきりそのつもりでニアも呼んだんだと思ってたんだが……アルフォンス殿下は、悪戯《いたずら》が成功したとばかりな顔でニヤニヤ笑ってやがる。

もとい、笑っていらっしゃる。危ない危ない、心の中を読まれたら危ないところだった。

「アーク？」

「いえ、なんでもありませんよ？」

……ほんとに危ないところだった気がしないでもないが。

それはともかく、どういうことなんだ？

と促すようにアルフォンス殿下に目を向ければ、あまりもったいぶるつもりはなかったらしく、殿下はすぐに口を開いた。

「君がいいネタを持ってるんじゃないかい？　ローラ・アルバシャフ嬢」

殿下の言葉に、ニアの傍に控えていたローラへと全員の視線が集まる。

これだけの視線を受けてなお動じないこいつの神経は本当に大したもんだとも思うが。

同時に、別のことも頭をよぎった。

「今、アルバシャフとおっしゃいましたか？　その家名、聞き覚えがあるんですが……昔、この辺りにあった王国とその王家の名前じゃ？」

「その通り。よかったよ、これでピンと来てなかったら話が進まないところだった」

なんて冗談めかして殿下は言ってるが、知らなかったらほんとにクビの危機だった気がする。

俺や特務大隊の面々は、殿下の指示で工作活動を行うことも少なくない。

その場合、近隣の王家や主だった貴族の家名は必要最低限な知識の一つ。

その中には滅んだ王家も含まれる。というか、むしろそういう家こそ覚えていないといけないくらいだ。そういう家を担ぎ出そうとしたり、復興を期して暗躍しようって奴もいるだろうし。

だから、殿下は俺がアルバシャフという家名を知っている前提で話したところもあるんだろう。

しかしそうなると、一つおかしなことがある。

「……なんで俺、ローラの家名を気にしてなかったんだ……？」

ソニア王女に仕える男爵家の人間であることは知っていた。

だが俺は、その家の名を知ろうとしなかった。俺の今までを考えれば、不自然なほどに。

視線をやれば、相変わらず表情の薄いローラ。隣にいるニアも、戸惑ったような顔をしている。

「そこも含めて説明してもらえると嬉《うれ》しいんだけどな」

アルフォンス殿下からも視線を向けられ、ローラは観念したかのように一つ息を吐き出した。

「直答をお許しいただけた、という解釈でよろしゅうございますか？」

「うん、もちろん。何なら、今後も君は私に対して直答してくれて構わないよ」

若干だが、ローラが面食らったような顔になった気がする。

王族にしちゃ珍しい態度だと思うが、平民出身のゲイルとも普通に話す人だからな、アルフォンス殿下。男爵家出身のローラなんてこれくらいの扱いはある意味当然かもしれない。

ローラもローラですぐ立ち直ったらしく、表情はもう元に戻っていた。

「かしこまりました。まず、アルバシャフ王国がどのように成り立っていたかご存じでしょうか」

そう問われ、全員が頷く。俺でさえ知ってるんだ、ニアや殿下は言うまでもない。

アルバシャフ王国は、一種の宗教国家だったそうだ。

神への信仰が強かった時代に、神の声を聞くことが出来た男が現れて建てた国だという。

その後も預言者や聖女といった神から愛された人間が幾人も現れ、彼ら彼女らを保護することで王国は揺るぎない立場を手にしていた。

だが、時代が下るにつれて信仰心は弱くなり、預言者や聖女も現れない時期が多くなっていく。

そして最後に現れた聖女が身罷《みまか》ってから十年ばかり経った頃に、シルヴァリオ王国に呑み込まれたはず。

「シルヴァリオ王国に男爵として組み込まれる際、アルバシャフの当主はまじないをかけたのだそうです。滅んだ王家として侮られることなく、ひっそりと暮らすために。それでいて、残された使命を果たすために」

「残された、使命？」

そこまで聞いて、俺の脳裏にひらめくものがあった。

目を向ければ、ニアも同じく思い至ったようである。

「ニア。あなたは、ローラの家名を知っていましたか？　というか、知ろうと思いましたか？」

「……はい。出会った最初の時に、まず確認しました」

俺が問えば、ニアはこくりと頷いた。

アルバシャフ王家を知っているニアのところに、アルバシャフを家名として持つローラが侍女としてやってきたとなれば、そりゃ聞かないわけにはいかないだろう。

俺だって、雇用主としてローラの家名は確認しなければいけない事項であったはず。

なのに、気にもしなかった。ニアの侍女だから信頼していたのもあるが、それでもおかしい。

「これがまじないの効果か。伝わるべき人間にだけ家名が伝わるように。あるいは、守護すべき存在がわかるように」

「その通りです。預言者や聖女であれば、まじないの効果を受けないのです」

だから俺は気付かず、ニアはローラの家名を知ろうとした。

そうなってくると、おかしなことが一つあるんだが、その答えに至っている人が、一人いた。

「しかし、あくまでもまじないでしかない。強い意志を持って調べようとすれば調べられる程度の」

「かつての魔力は失われておりましたし、それで十分ではあったのです。うだつの上がらない男爵家を調べようとする人間などいませんでしたから」

アルフォンス殿下が問えば、ローラが肯定する。

お世辞にも、殿下は預言者だとか神職者なんてタイプではない。

そんな殿下がアルバシャフのまじないに打ち勝ったのは、その意志力によるものだったんだろう。

……そう考えると、ちょっと自分が情けなくもなるが。

「アーク様は、ローラも身内として受け入れてくださったからですよ」

そんなにわかりやすく顔に出ていただろうか、すかさずニアが慰めてくれる。

嬉しいような情けないような、複雑な気分だ。

しかし、ここまで聞くと色々納得も出来る。

「ローラがニアに色んな教育が出来たのも、元王家の人間としての教養だとかが受け継がれてきたからか？　謎にあちこち人脈があるのも」

「そうですね。別に王家復興の野心などがあったわけではないのですが、なくしてしまうのももったいないものですし」

「おかげでニアがブリガンディアに来ても快適に暮らせていたんだから、そこは感謝しきりだが」

「奇遇ですね、そこばかりは私も感謝してしまいましたよ」

そう言いながら、ほんのりとした笑みを見せるローラ。

そのことに、少しばかり安心もしてしまう。

「そうか。……アルバシャフのことがわかったから、ニアが、ソニア王女が聖女だからってだけで仕えてたわけじゃないんだな」

「それが最初ではありましたが。それだけでは、ありませんでした」

ローラの顔を見ていればわかる。仕えているうちにソニア王女のことを気に入り、なんとかしたいと思うようになっていったんだろうな。

ニアは、ソニア王女はそういう人だと、俺だってよく知っているんだから。

「ですから、姫様を踏みにじるような政略結婚なんてぶっ潰そうと思っていたわけですが」

その政略結婚の相手予定だったアルフォンス殿下を前にして、よくも言ったもんだな、こいつ。

いや、この場合は俺も政略結婚と言えばそうなるのか。

ニアがブリガンディアで身分を手に入れるためにした結婚なんだから。

複雑な顔になる俺。楽しそうにしているアルフォンス殿下。そして、ハラハラしているニア。

それぞれの顔へと視線を動かした後、ローラはまた一つ息を吐き出した。

「私の負けです。マクガイン子爵様なら、と思ってしまいました」

「ローラ……」

どこか寂しげに、少しさっぱりしたような顔でローラが言えば、ニアが驚きの顔になり。

それから、瞳を潤ませた。

育ての親、頼りになる姉のような存在であるローラからこんなことを言ってもらえたのだ、感極まったのかもしれない。

まあ、うん。俺といえば、なんだか達成感というか嬉しいというかな気持ちもありつつ、責任の重さのようなもんも感じているわけだが。

元々ニアを粗末に扱うつもりはなかったが、ますます、だなぁと。

「アルフォンス殿下がお求めの『物語』は、アルバシャフ王国の時代から伝わる聖女の逸話をアレンジするのがよろしいかと。今のシルヴァリオ国民にも馴染《なじ》んでいるものがございますから」

「なるほど、アークがソニア王女、もといニア殿の伴侶としてふさわしくなかったら、その『物語』

も提供しなかった、と」

殿下が楽しげに言えば、思わずぎょっとしたもんだが。

それにあっさりと頷いてみせるローラに更に度肝を抜かれてしまう。

まじかこいつ。そこまでか。

……いや、そこまでなんだな。そこまでニアを、ソニア王女を大事にしていたってことなんだな。

なのに、俺をニアの伴侶として認めてくれた。その信頼は裏切りたくないなと思う。

「じゃあ、その方向でいこうか。アーク、聖女様の伴侶役、しっかり頼むよ？」

「はい、お任せください」

俺の意思としても、取り巻く状況としても、この役は譲れなくなった。決して譲れないと思った。

だから俺は、殿下に問われて即座に、きっぱりと答えることが出来た。

ますます俺の名前は悪目立ちすることになっていくんだろうが、こうなったらどんとこいだ。

「ニア、あなたの伴侶を、俺に任せてくれますか？」

本当ならば『伴侶役』と表現すべきだったんだろうが、そうは言えなかった。言いたくなかった。

その気持ちは、ニアにも伝わったんだろう。

「はい、もちろんです。……私の伴侶は、アーク様以外にはいませんから」

そうい言いながらニアは、これ以上ない笑顔で頷いてくれたのだった。

こうして、現代に聖女伝説が蘇《よみがえ》った。

正確に言えば蘇らせられたというのが本当のところだが、そこは誰も問題にしていないのだから、いいのだろう。

その主役は、もちろんニア。俺はその隣に立つお相手役だ。

……正直に言えば役者が足りてないんじゃないか心配ではあるんだが、かといってこの役は誰にも譲れない。だったら、無理してでも足りない分を補うだけだ。

「へぇ。いい男ぶりじゃないか」

珍しくアルフォンス殿下がストレートに褒めてくれている。

シルヴァリオ王国が併呑《へいどん》され、あれこれ面倒事を片付けるのに一カ月ほど。

それから更に一カ月ほどの準備期間をおいて、ニアが聖女として神殿から認められる式典が行われることになった。

今日はその式典の日。『黒狼《こくろう》』のイメージを強く打ち出した黒主体の衣装を身に纏《まと》う俺は、やや緊張した声でアルフォンス殿下へと答える。

「今日ばっかりは普段の五割増しは男前じゃないといけないですからね」

「ふぅん」

俺の答えが不満だったのかなんなのか、殿下はただそれだけを言ってしばし沈黙。

じろじろと不躾《ぶしつけ》に俺を値踏みするかのごとく見回すまでしてくる。

「なんですか、何かおっしゃりたいんですか」

「いやね。……お前も貴族が板についてきたと思ってさ」

「ほんとなんなんですか、急にそんなこと言い出して。変なものでも食ったんですか」

思わぬセリフに、ぎょっとしてしまう。アルフォンス殿下がこんなことを言い出すなんて今日は雨でも降るんじゃないか、と思って空を見上げるが、雲一つない快晴だ。

そんな俺の動きで、殿下は何が言いたいかなんてすぐに察してしまう。

「一応、本当にそう思ったんだよ。見栄を張る時には張るっていうのは、貴族の基本だからね」

「あ～、そういう。一応ってのは気になりますが、預かる領地がまた増えそうですし俺だって多少はなんとかしようと思いますよ」

今日の式典では流石《さすが》に何もないが、ほぼほぼ内定してるような状態だ。

バルタザールを迎撃した戦では手柄をほぼ全部ファルロン伯爵に譲った形になったが、今回のシルヴァリオ王都攻略はそうはいかない。

単純に俺が先陣切って突入、ほとんど血を流さずに攻略出来た、というのもある。

それに加えて、聖女の伴侶たる人間にはそれなりの地位がなければ、という政治的配慮も絡み、遠からず俺は伯爵に叙せられる予定だ。

……いくらなんでも急激すぎるだろ、この変化。

まあ、それも仕方のないところで。

シルヴァリオ王国が滅んだことで、大量の領地が手に入ってしまった。

きちんと治めていた地方領主の領地は安堵《あんど》すればいいだけだが、シルヴァリオ王家直轄領はそうもいかない。

おまけに、今回捏造《ねつぞう》された聖女の『物語』を成立させるためには、領地没収だけでは収まらない。

本来の聖女だったソニア王女が虐待の末追放され、その最期を看取った親友であるニアに聖女の力が引き継がれた、という『物語』。これは、過去にあった逸話を元にしているため、シルヴァリオ王国の民には抵抗なく受け入れられた。

そうなると、虐待していた側の断罪は免れない。

元々そのつもりだったが、期せずして大義名分も手に入ってしまった。

虐待の主犯である第三王女オリヴィアと側妃は斬首。

王家の尊厳ある死、毒杯を与えられるでなく、罪人として斬首に処されることはこの上ない屈辱となるだろう。彼女らにそんなことを考えられる余裕があるかはわからないが。

元国王をはじめとする旧王族達《たち》は財産を没収の上で男爵へと臣籍降下、最低限の貴族年金だけで糊口《ここう》を凌《しの》ぐことを余儀なくされている。それも、いつ毒杯が差し入れられるかわからない生活となるのだ、身体《からだ》と心、どちらが先にもたなくなるやら。

まあ、似たような扱いをされていたアルバシャフ家が必死に生き延びてきたんだし、シルヴァリオ家にも頑張ってもらいたいものである。

心にもない、とはこういうことだが。

ということで、俺はその激流の真っただ中に武功第一等として放り込まれたのだから堪《たま》らない。

それでも、何とか踏ん張っていこうとは思っている。

「大体、貴族だろうが平民だろうが、男ってのは貴賤《きせん》問わず見栄張ってないと恰好《かっこう》つかないもんでしょうよ」

いや、女性もそうなのかもしれんが。

だが、俺が見てきたのは大体男所帯ばっかりで、女性の目がない時の男ってのは男の俺から見てもだらしないもんだ。

それはそれで、気楽でもあり楽しくもあったんだが。

恰好つけたいと思える女性に出会ってしまったんだ、見栄も意地も張らないとならんだろ。

「……本当に、変われば変わるもんだねぇ」

一瞬呆気《あっけ》に取られたアルフォンス殿下が、くっくと喉の奥を鳴らしながら笑う。

うるさいな、俺だって柄でもないとは思ってるんだよ。

しかしもう昔の俺に戻れないのも事実なんだよなぁ。

ニアの隣を離れるなんて、もう俺には出来やしない。

「アークがそんなに変わるとはね。私も恋の一つくらいはしてみたくなったよ」

「……だから最近ローラにちょっかいかけてんですか」

思わずジト目になってしまったりするが、それは許してほしい。

ただでさえ加速度的に忙しくなっていくことが予想されるってのに、ニアを任せられる貴重な人材を引き抜かれるのは勘弁してほしい。

だが、俺の視線くらいでアルフォンス殿下が怯《ひる》むわけもない。

むしろ冗談なのか本気なのかわからない顔で笑っているくらいだ。

「ちょっかいとは失礼な。この私が、珍しくきちんと手順を踏んで真正面からアプローチしてるんだよ？」

「それもまたその通りだから、俺としても態度が難しいんですが」

悪びれもしない殿下に対して、俺はため息を吐く。

殿下はローラに対して、まず深い青色で染められた組紐を送ってきたんだが、それを見た時のローラの顔ったらなかった。

絵に描いたかのように目を見開き、硬直したまましばらく動かなかったもんだから。

その次は、真っ白な紙に青いインクで書かれた詩。

あんなに困惑していたローラは見たことがない。

ニアいわく、これらは滅んだアルバシャフ王国で王族や貴族男性が女性へと交際を申し込む際の正式な手順なんだとか。

わざわざ調べた上に恐らく自作で自筆と思われる詩。

ただの冗談ではない、と思わせるには十分だった。

「とはいえ、今のところ彼女が私にとって都合がいい人であることも事実ではあるから、アークがそう言うのもわかるんだけどさ」

「わかっていて、敢えて、ですか」

「そりゃね、私的にも公的にも、恐らくこれ以上はそうそうないんだから」

ジト目のまま俺が言えば、殿下は笑いつつも若干の真剣みを滲ませつつ言う。

これが、この人の食えないところだ。

滅びた王家の血を引く男爵家の娘。尊い血筋ではありながら、政治的な力は一切ない。

その上器量もよく王族に負けない教養があり、各種能力も高いときている。

王位に興味はないが外向きの仕事はやっていくとアピールしたいアルフォンス殿下の伴侶として、これ以上の存在は中々考えつかないというのが正直なところだ。

これで、ローラのそういった都合の良さだけに目が行ってのアプローチであれば、ニアはもちろんのこと俺も許さない。

あいつの前では絶対に言わないが、ローラも俺にとって大事な身内なんだ、今となっちゃ。

ところが、ちゃんと一人の女性としても興味を持ってるっぽいから、対応に困っている。

「難攻不落にも見えるローラ嬢だけれど、彼女にとっても私は都合がいいところはあるだろうからね。後は感情の問題さ」

流石アルフォンス殿下、相手の感情を利用するところも抜け目ない。

それもそのはず、次期国王間違いなしな兄を支える王家の剣で、地位は程よく安泰。

ニアの立場をより強固にしたいローラにとって、これ以上ないコネクションだろう。

形式上でも旧王族の血筋は物を言うし、ローラ自身の所作も及第点を遥かに凌駕しているのだから、正論であれば文句のつけようがない。

そして、暴論だ難癖だであれば、アルフォンス殿下は笑顔で踏みつぶしていくことだろう。

この人が本気であればローラを任せるに是非もないし、恐らく本気なんだろうなとも思う。思わせるような言動をしている。

多分、俺がそう理解するところまで織り込み済みで。

「無配慮に引き抜かれると俺も困ります、とはお伝えさせていただきます」

雇用主として、守る姿勢は見せる。多分それで、俺が理解したことも伝わる。

アルフォンス殿下は、そういう人だ。そんな期待も込めて。

きっぱりと言い切った俺に、アルフォンス殿下が一瞬だけ目を丸くした。

かと思えば、すぐに笑い出した。

「は、あはは！　いやほんとに貴族らしくなったよ、アーク！　それでこそ、だ」

それはもう嬉《うれ》しそうにアルフォンス殿下が言うのを聞けば……背筋が寒くなる。

長年の付き合いからくる勘なんだが……『これでもっと無茶振りが出来る』と言っているようにも聞こえて。冗談じゃない、勘弁してほしい。だが、俺に拒否権はない。中間管理職ってのはいつの時代でも悲しいもんだ。

どう返したもんか迷ってる間に、殿下は一人納得したのか、俺に背を向けた。

「じゃ、そろそろ時間だし、私はお暇《いとま》するよ。……少しは緊張がほぐれたかい？」

意表を突かれ、俺は返す言葉もない。

そんな俺へと、殿下は追い打ちをかけてくる。

「それから。私から見れば、お前はいつだって男前だよ」

……だからさぁ。

こんなこと言われたら、軽口も悪態も出てくるわけないじゃないか。

ほんっとずるいわ、この人。

そんなことを考えている間に、殿下は姿を消した。

そして、ほどなくして儀式の裏方をしている神官が俺を呼びにやってくる。……このタイミングまでわかってたんじゃないかって思えてしまうのが、ほんっとに殿下の底が知れないところだ。

「マクガイン子爵様、奥方様の……聖女様の準備が整いました」

「ありがとう。わかった、すぐに行く」

すぐさま俺は子爵の、貴族の仮面を被《かぶ》り、神官へと応じる。

……そんな自分に、内心で苦笑する。

多分、今鏡を見れば、見慣れた笑みに似た顔が見られるだろう。こういう時に俺が真似《まね》るのは、腐れ縁で無茶振りばっかりしてきて、けれど決して憎めない王子様の顔だ。

あの人のことだから気付いているだろうが、向こうが何も言わないから俺も言わない。

男ってのは、そういうもんだ。

だから俺は、誰憚《はばか》ることなく誰かさんの真似をして堂々と歩き出す。

俺にとって世界一の女性を迎えに行くために。

そして、その仮面はすぐ剝《は》がれた。いや、ニアとか身内しか見ていないような状況だったから、致命傷は避けられたと言えなくもない状況だが。

そんなことを考える余裕もなく、俺は聖女の控室に入って扉が閉じられた瞬間、その場で膝を突いてしまった。

もしかしたら、こうなることを予測してローラが色々指示していたのかもしれないが。
こう、案内してきた神官から背中を押されたような気がするし、扉の横に控えていたトムが今まで見てきた中で一番ってくらいの鋭い動きで扉を閉めたし。

なんてことは後から思い至ったことで、この時の俺にそんな余裕はなかったわけだが。

「あ、あの、アーク様、大丈夫ですか……？」

おずおずと、ニアが聞いてくる。そんな姿すら、今の俺にはガンガンと効いてくる。

女神が、俺だけを見ている。今の俺には、そうとしか思えなかった。

「ニア……綺麗《きれい》だ……」

「あ、あの、アーク様、大丈夫ですか……？」

さっきと全く同じセリフを、全く違う調子で言ってくるニア。

さっきは純粋に心配したものだったが、今は多分に照れが入っている。

少し朱が入った頬、わずかに逸《そ》らされた瞳。そのどれもが愛らしい。

綺麗な上に愛らしいとか最早《もはや》完璧な存在じゃないか。

頭の中でそんな思考が高速で流れた後、俺ははっと我に返った。

「だ、大丈夫です、ニア。すみません、あまりに綺麗で、混乱するくらい見惚《みと》れてしまいました」

「……今もまだ、混乱されているようですが……？」

思ったままのことを口にしただけなのに、ニアの顔はどんどん赤くなっていく。可愛《かわい》い。

いや、そうじゃない。冷静になれ、落ち着け俺。

「混乱していても俺が最初に思うことはニアが綺麗だということですね」

「あの、だんだん私まで混乱してきたように思うのですが……」

おかしい、混乱してませんよアピールために真顔を作って返事をしているというのに、ニアの顔は赤いままだ。

何を間違ったのか全くわからないまま、俺にはどうしようもなくなっていたのだが。

「はいはいそこまで。奥様も旦那様も、大事なお仕事をお忘れですか？」

パンパンと手を叩《たた》きながら割って入ってきた奴がいる。

もちろん、ローラだ。

いや、今この時この場においてはありがたかったかもしれないが。

なんせ、こう言われたことで俺は、今が儀式の前であることを何とか思い出せたのだから。

「すまん、そうだった。準備は……十二分に出来ていますね」

そう言いながら俺は、改めてニアの装いを見る。

まず飛び込んでくるのは、目にも鮮やかでありつつ清冽《せいれつ》な、真っ白なドレスに身を包まれたニア。

全体としての印象に華美さはないのだが、職人達が技巧を凝らしてくれたレースがふんだんに使われ、計算されつくしたドレープがあしらわれることで優美さと神秘的な雰囲気を演出している。

それを纏うのが、元々知的でありながら明るさと芯の強さも持つニア。

更に今日は、普段よりもちょっと大人っぽいメイクまでされているのだから、地上に降りた女神と言っても過言ではないだろう。

「どう考えても言い過ぎですよ⁉」

悲鳴のようなニアの声が響く。

……え。……やべ⁉

「あの。……声に出てました……？」

「……はい、それはもう、はっきりと……」

ニアの返答に、俺まで真っ赤になってしまった。

口にしたのは全部本心だが、それを他人に聞かれてしまったのが凄《すさ》まじく恥ずかしい。

「ニアにだけ聞いてほしかった……」

「そこですか⁉」

そこです、と返そうかと思ったが、やめておいた。

なんか出口の見えないやり取りになりそうだったから。

「ですから、そういうのは夜に寝所でお願いいたします」

冷たいローラの声が響く。途端に、ニアが真っ赤になったまま固まった。

いや、俺も固まったような気がするが、それはそれとして。

そっか〜……いやそうだよな、そろそろ腹を括《くく》るべきだよな。

「ローラ、お前ほんと出来る侍女だよな……」

「こんなに欠片《かけら》も嬉しくないお褒めの言葉もそうそうないですね」

うわ、きっつ。にべもない言いざまのローラに、俺は逆に少しばかり安心してしまう。

現代に復活した聖女と、救い出した英雄。

そんな持ち上げられ方をしている今、俺とニアに物申そうとしてくる人間はあまりいない。

いや、ズバズバ言ってくるアルフォンス殿下はいるが。……そう考えると、あの人も貴重な存在だよな……。

だが、使用人の立場でズバズバ言ってくれる存在は、正直ありがたい。

俺が正気でいるために。どこぞの馬鹿みたいに、手にした権威だかに溺れないために。

「これからもその調子で頼むよ。お前とトムなら、驕《おご》り高ぶって隙だらけになった俺の後頭部をぶん殴れるだろうし」

「さらっと俺まで巻き込まないでくれませんか⁉」

悲鳴のような声でトムが叫ぶが、撤回は出来ない。

俺のことを物理的にぶん殴れる人間は貴重なんだ、これからも付き合ってもらわないと。

「殴っていいっていうお墨付きは中々ないと思うんだがなぁ」

「だから、殴りたくないっつってんですよ、わかってくださいよ！」

……なるほど。あ〜、なるほど、これは効くなぁ。

「わかった。ああ、わかったよ。お前やローラの手を煩わせない俺でいてみせるさ」

多分それが、ニアや俺を支えてくれる彼ら彼女らに報いる唯一の方法なんだろう。

本当に、真っ当に恰好がついている主《あるじ》であること。

聖女の伴侶として、恥じるところのない英雄でいること。

言葉にすると凄まじくしんどいが、それを選んで背負ったのは俺なんだ、放り投げるわけにはいかないってもんだろう。

「行きましょう、ニア。皆が待っています」

背筋を伸ばし、顔を作る。

余裕と親愛をたたえた、英雄の顔を。

そうして俺は、ニアへと差し伸べた。

「はい、行きましょう。……アーク」

……そしてその顔は、すぐに砕かれそうになった。

いや待ってくれ、手を取りながらそんなこと言うのは、いくらなんでも反則じゃないか⁉

確かに、事前の打ち合わせでそういう話はあった。

あくまでも俺は聖女の伴侶、いわば従者みたいなもんだ。

だから公的にはニアの方が立場は上、だから公的な場所に出る時はニアが上になるっていう取り決めはしてたし、俺も納得していた。

だが、今このタイミングで呼び捨ては、こう、だめじゃないか⁉

なんてことを考えながら、俺は顔に出さない。出さないことが、俺の意地だ。

「豪華な披露宴は考えていましたが、こんな規模のお披露目は考えてなかったなぁ」

「ふふ、公費で出来て良かった、と考えましょう。これからも、きっと色々物入りですから」

「流石マクガイン家の頭脳、財布の紐《ひも》はしっかり締めている、と」

こんなやり取りをしながら会場に出ていくことが出来たのは、きっと貴族が板につき始めてきたってことなんだろう。

うん。

シルヴァリオ王都にある大きな神殿の、広場。

神官の説教を信徒が聞くだとかの用途に使われるそこは、押しかけた人々の熱狂に包まれていた。

ほんっとうに王都中の人が集まってきたんじゃないかってくらいにぎゅうぎゅう詰めで。

ここまでくると、いっそ笑えてくるな、これ。

「なんだか、笑えてきます」

思ったことそのままに、俺の口が動いた。

いやほんと、もう笑うしかない。

「何か、おかしいですか？」

「おかしいというか、愉快というか」

ニアに答えながら、改めて観衆を見渡す。

数万という規模の、大群。戦場で鍛えられた俺の目は、その規模をある程度正確に把握していた。

百万人が住むと言われるシルヴァリオ王都。その半数に届きそうな勢いで、人々がここに集まってきている。

「これだけの人を前にして、俺がニアのもので、ニアが俺のものだって宣言出来るんですから。これ以上なく愉快じゃないですか？」

「……えっと、その」

何か吹っ切れた俺がそう言えば、ニアはもごもごと口ごもる。可愛い。

いやそうじゃない。

俺がこんなことを言ったのに、即座に否定されない。それが堪らなく嬉しい。

これ以上ないくらい嬉しいと思ったのに、その上があった。

「……アーク」

「はい、なんですか？」

「……私を、あなたのものにしてくれますか？」

……本気で死ぬかと思った。

なんなら、この大観衆の前で、これで死ねるなら本望だとすら思った。

だが、死ぬわけにはいかない。

おとぎ話と違って、現実はめでたしめでたしで終わらない。

この後も、人生は続くのだから。

「もちろんです」

だから。

これからも人生が続くのだから。

ニアとの生活が続いていくのだから。

少しくらい欲張ってもいいよな?とか思ってしまった。

「ニアは、俺のものだ。絶対に、離さない」

そう宣言して、抱きしめる。

……ああ。ニアは、こんなに華奢《きゃしゃ》だったんだな、と今更ながらに思う。

こんな細い身体で、今まで頑張ってきたんだな。戦ってきたんだなと思えば、胸の奥から熱いものがこみ上げてくる。

「……絶対に、離さないでください。私も、離しません。……あなたのものに、してください」

こんなことを言われて、俺の理性はよく耐えたと思う。

人前でなければ、こう、激情に身を任せるところだった。ほんっとうに危ない。

「もちろん。絶対に。……永遠に」

心の底からそう誓って。

手順も何もすっ飛ばして、俺はニアと唇を重ねた。

割れんばかりの大歓声が起きたらしいんだが、その時の俺には全く聞こえなかった。


俺は、ニアと生きていく。

これから更なる無茶振りが待っているんだろう。厳しい戦いが待っているんだろう。

だが、それがどうした!

俺は負けない。負けるはずがない。

「ニア、愛してる。心の底から、あなただけを」

最愛の人がこの腕の中にいるのだから。

「……はい。私も愛しています、アーク」

こうして、聖女の伝説はめでたしめでたしで幕を閉じ、それから、始まった。

やがて大陸全土を巻き込んでいく聖女の物語は……きっと、いつかどこかで語られるのだろう。

だがそれは、今ではない。今は、勘弁してほしい。

今この時だけは、二人の幸せを感じていたいのだから。

そんなささやかな願いは、今この時は叶《かな》えられた。

＊＊＊

バルタザールの条約破り再侵攻と、そこからの逆襲とシルヴァリオ王国陥落から数カ月。

俺は、業務外の用事で思わぬ時間を取られ、予定よりもかなり遅くに帰宅していた。

「お帰りなさいませ、アーク様」

「ただいま、ニア。……そろそろ、普段も様付けなしで呼んでほしいんだが」

「えっ……あのっ、ちょっと、アークッ様っ!!」

真面目くさった顔で俺が言えば、覿面《てきめん》に慌てるニア。可愛い。

先日の聖女お披露目式から、俺はニアに対してため口で接するようになった。

そしてニアも……二人だけの時には様付けなしだったりと砕けた口調が増えてきている。

正直、親しげにしゃべってくれるニアが可愛すぎるから、普段からそうしてほしい感情が半分、俺にだけ見せてくれと思うのがもう半分。

我ながら贅沢な悩みだとは思うが、悩ましいのは悩ましい。

とはいえ、本人があまり恥ずかしがるようなら無理強いするわけにもいかんし。

「それはそうと、どういったご用事だったんですか？」

ということで、若干無理矢理気味に話題を変えようとするニアに乗ることにした。

「うん、ゲイルの奴に呼ばれてね。結婚や家庭を持つことに対する相談を色々と」

「なるほど……いわゆる男同士の会話、というやつですか？」

「まあ、そんなところだ」

それだけのやり取りで色々察した顔になるニア。

先日の遠征で、まともな戦闘こそなかったが、バラクーダ伯爵の副官として軍をまとめたゲイルの手腕は家臣団の目にも明らかで、入り婿の次期当主として認められたようだ。

そのためゲイルの婚約者でバラクーダ伯爵の娘であるエミリア嬢との婚姻に向けて色々と急ピッチに進み始め、ゲイルにも色々と気苦労や悩みが増えてきたらしい。

で、急に貴族家の当主へと成り上がった先輩である俺に、お悩み相談が回ってきたわけだ。

「殿方は殿方で大変ですね……私も、エミリアから色々話を聞いていますけれども」

「ああ、ご婦人方それはそれで大変だと聞くし。エミリア嬢もニアの話が聞けたら心強いんじゃないかな？」

むしろ俺よりも相談役として適切だろうニアに相談されないわけがない。

戦後処理などが終わった後、ニアとエミリア嬢はかなり頻繁に会っているようだ。

元々知的レベルが近くて話が弾む上に、エミリア嬢の抱えている悩みは大きく、それに返されるニアの答えはきっと明確なんだろう。

いつの間にか二人はお互いを、様付けなしで呼び合っているというのだから驚きだ。

この辺の貴族の習わしに照らせば、親友関係になった、ということなのだから。

子爵夫人と将来の伯爵夫人となると、意外と身分の壁は厚かったりもするもんだが、あのエミリア嬢がそんなことを気にするわけもないか。

それに、彼女が伯爵夫人になるころには、それも問題なくなっているだろうし。

「いずれ今度はこっちが伯爵家のあれこれを聞く立場になるだろうから、今のうちに恩を売っておくっていうのもありだろうし」

「まあ、とうとう本決まりに？」

「遅くとも数年以内には。殿下曰く、速ければ一年かからないそうで」

少しばかり目を見開いて驚きを示すニア。可愛い。いやそうじゃなく。

ニアが驚くのも無理はなく、子爵になったばかりの俺だが遠からず伯爵に陞爵することが決定的となったんだが、こんな出世スピードは滅多にあることじゃない。

しかし、聖女の伴侶が子爵位というのも体裁が悪く、おまけに俺はシルヴァリオ攻略の功労者とあって、伯爵への陞爵が一気に決まった。主にアルフォンス殿下の主導で。

……あの人がその気になって、バラクーダ伯爵やファルロン伯爵の支持もあったら、そりゃとんとん拍子に話が進むよな、と思わなくもない。

俺に貸しを作りたいのもあるかもしれんが。

「これから更に忙しくなりそうだし、今日はくつろぎたいなぁ。……ローラもいないし」

なんて言えば、ニアが困ったような微笑みを見せた。……若干、頬が赤い。

ローラはついに根負けして、アルフォンス殿下の誘いを受け夜会に出席している。

だから夫婦の部屋でくつろぐとなれば、ローラもおらず二人きりになるわけだ。

流石に泊りじゃないだろうが、帰りは遅くなるはずだからと、休みも出されてるし。

旧王族で聖女の侍女となると、夜会では質問攻めにあっているだろうし、帰ってきたころにはいくらあいつでも疲労困憊だろうから、というニアの気遣いである。

こうでもしないと、自分の疲れなんて無視してニアの世話をしようとするだろうし。

なんて考えていたら、ニアが小さな声でぽそぽそと呟いた。

「うん？　ニア、何か言ったかな？」

「えっ、いえその、あの、えっと」

聞き返した俺に、ニアはすぐ答えることが出来ない。珍しい。

しかしそれも仕方がない。

人よりも鋭い俺の耳は、しっかりとニアのつぶやきを捉えていた。

その上で、敢えてもう一度言わせたかったのだ。我ながら酷い奴である。

「その。明日は、予定を入れてないんです。だから、ええと……」

「ああ、うん、そうか」

……それだけしか言えなかった俺。こっちまで照れてしまった。

明日は予定がない。つまり遅くに起きても大丈夫。ということは。

まあ、そういうことだ。

この言い回しで俺が察することをわかっているニアからの、精いっぱいのお誘いなわけだ。

であれば、あまりからかうのも悪いし、そもそも俺にからかったりする余裕がない。

あれから何度も夜を共にしているのに、慣れない。まだまだ全然、慣れない。

新鮮な気持ちでいられるのは、それはそれでいいものでもあるんだが。

「じゃあ今夜は、夫婦水入らずで……」

「は、はいっ」

と、はにかみながら言うニア。可愛い。

こんな天使のような彼女が俺の伴侶として傍にいてくれる日々に、感謝しかない。

そして、絶対に失いたくないとも思う。

そのためなら、いくらでも俺は、全力を尽くしてやる。

『黒狼』の牙は、これからもそのために振るわれていくのだ。

きっと、いつまでも鈍ることなく。

あとがき

はじめましての方ははじめまして、前作もお読みいただいた方はお久しぶりです、鯵御膳《あじごぜん》でございます。皆様の応援のおかげもあって、こうして2巻をお届けすることができましたこと、心から感謝申し上げます。

前作とそのあとがきをお読みになった方でしたらご存じの通り、少し風変りないきさつで始まった、少しお約束からずれたこの物語も、なんとか完結までこぎつけることができました。これは、昨今の出版事情などを考えますととてもありがたいことかと思います。

もちろんアーク達の人生はこれからも続いていくのですが……この先は莫大な経済力を背景にしたアルフォンスの策略無双、信仰心を掴むことで発揮されるニアの聖女無双が続いて、物語にしにくいという意味でお話にならないような気がしなくもありません。それはそれで面白いのかも知れませんが、そこまでいくと別ジャンルになってしまいそうです。ただでさえ女性向けとしてはギリギリの縁を綱渡りしているような作品だというのに……。

特に2巻は、『ぼくのかんがえる最強のヒーロー』的なを詰め込んだ感があり、皆さまの目にどう映るか心配なところもあります。優しく真面目だけど冗談もわかり、人類最強クラスだけど頭も回り、とスペックだけ見れば爵位以外完璧超人なんですよね、アーク。それが今回は戦場で大暴れ！なわけでして。そんな彼がニアに見せる一途で不器用なところが可愛いと思っていただけたら、と願うばかりです。

ありがたいと言えば、今回も中條《ちゅうじょう》由良《ゆら》先生に表紙や挿絵を担当していただけたことも本当にありがたいことでした。口絵の第三王女オリヴィアの表情とかかなりぐっときたのですが……いかがでしょうか。そして何より表紙。大団円を迎えたこの作品の締めくくりとして、こんなにふさわしい表紙もないのではないかと。本当に、中條先生に描いていただけて幸運でした。皆様にとってもこの作品が迎えた結末を大団円と思っていただけて、ご満足いただけたら。私としてはこれ以上の幸せはございません。

そしてもし叶うならば、またいつかどこかでお会い出来ますことを。別作品を手に取っていただけるご縁があることを心から願っております。

DRE NOVELS

人質姫が、消息を絶った。2

～黒狼の騎士は隣国の虐げられた姫を全力で愛します～

2024年6月10日　初版第一刷発行

著者　鯵御膳
発行者　宮崎誠司
発行所　株式会社ドリコム
〒141-6019　東京都品川区大崎2-1-1
TEL　050-3101-9968
発売元　株式会社星雲社（共同出版社・流通責任出版社）
〒112-0005　東京都文京区水道1-3-30
TEL　03-3868-3275
担当編集　阿部桜子
装丁　AFTERGLOW
印刷所　図書印刷株式会社

本書の内容の無断複製（コピー、スキャン、デジタル化等）、無断複製物の譲渡および配信等の行為はかたくお断りいたします。

定価はカバーに表示してあります。

落丁乱丁本の場合は株式会社ドリコムまでご連絡ください。送料は小社負担でお取り替えします。

© Ajigozen,Yura Chujo　2024
Printed in Japan
ISBN978-4-434-33977-6

ファンレター、作品のご感想をお待ちしております。

右の二次元コードから専用フォームにアクセスし、作品と宛先を入力の上、コメントをお寄せ下さい。
※アクセスの際に発生する通信費等はご負担ください。

いつでも誰かの
“期待を超える”

DRECOM MEDIA

DRE NOVELS　DRE COMICS　DRE STUDIOS　DRE PICTURES

株式会社ドリコムは、世界を舞台とする
総合エンターテインメント企業を目指すために、
出版・映像ブランド「ドリコムメディア」を
立ち上げました。

「ドリコムメディア」は、4つのレーベル
「DRE《ドリ》ノベルス」（ライトノベル）・「DRE《ドリ》コミックス」（コミック）
「DRE《ドリ》 STUDIOS《スタジオ》」（webtoon）・「DRE《ドリ》 PICTURES《ピクチャーズ》」（メディアミックス）による、
オリジナル作品の創出と全方位でのメディアミックスを展開し、
「作品価値の最大化」をプロデュースします。